联大学术文库

王 霞◎著

在诗与历史之间

海登·怀特历史诗学理论研究

中国社会科学出版社

序　言

　　王霞的博士学位论文《在诗与历史之间：海登·怀特历史诗学理论研究》即将出版，嘱我写序，作为指导教师，我乐意为之，也为她高兴。

　　在三年的攻读博士学位期间，王霞为人正直坦诚，朴实热情，勇于进取，严于自律，学习认真刻苦。本书对美国当代著名的历史哲学家与文艺批评家海登·怀特的历史诗学理论进行了研究，具有积极的意义。其一，海登·怀特倡导历史的诗性建构特质，打通了历史与文学的学科界限，引起了国内外学界的广泛关注与争论；其二，海登·怀特的理论复杂而深刻，选择这个有明显研究难度的题目可谓知难而进；其三，论文具有问题意识，并不仅仅停留于海登·怀特历史诗学理论的梳理、阐述，而是能够深入到其理论所针对的历史、文化与哲学层面，对怀特的历史文本主义思想与历史相对主义思想进行辨析，有自己的结论。

　　在如何辩证地评价后现代主义的问题上，本书也有重要价值。后现代主义思潮对历史学的入侵解构了历史的客观性神话，海登·怀特也通常被作为后现代史学的领军人物。全书揭示了怀特的理论建构与后现代语境、怀特的问题意识之间的关系，彰显了怀特的理论在后现代主义的表层之下所蕴含的丰富的现代主义内涵，并指出怀特的思想中同时存在后现代主义与现代主义的双重特质，现代主义与后现代主义并非一种水火不容的对立关系，后现代主义蕴含于现代主义，是对现代主义的继承、反思和批判。同时，本书对怀特的历史文本主义思想所蕴含的复杂内涵进行了分析，一方面，分析了怀特对于历史的文本性及历史编纂过程中存在的种种主观建构因素的强调；另一方面，指出怀特并不主张彻底取消历史与文学的界限，亦不是语言决定论者。在此视野之下，本书以美国著名汉学家史景迁的文本为个案，探讨了史学实践领域中的历史与文学的交叉对话。此外，本书以纳粹大屠杀为案例，对海登·怀特的历史相对主义思想进行了辨析，认为怀特尽管倡导历史解释的相对性，但他的历史相对主义思想是一种有边界的相对主义，这个边界就是历史事件本身的客观性以及人类基于是非善恶形成的道德判断标准。在此基础上，本书对事实与价值、学术与政治、解构与建构之间的关系进行探究、分析，指出它们并非截然二分的关系，而是互相影响与制约的辩证张力结构。

　　总体来说，本书较全面地展现了海登·怀特的历史诗学理论体系，全书框架严整，思路清晰，观点明确，而且不乏独到见解，表现出了扎实的学术积累和较强的科研能力。然而，学无止境。论文的"余论"部分对海登·怀特的理论贡献进行了总结和评价，但还有待于进一步深入展开论述。祝愿王霞在学术的道路上不断进步，取得更大的成就！

章安祺

2014 年 3 月 18 日于北京

目 录

第 一 章
绪　　论

　　海登·怀特（Hayden White）是美国当代著名的历史哲学家、文艺批评家、文化史家、新历史主义的代表人物之一。本书以海登·怀特的历史诗学理论为研究对象。怀特本人在《元史学》一书中曾将"历史诗学"（"The Poetics of History"）作为该书的前言而明确提出来。他认为，历史编纂是一种诗性构筑的过程。其一，从语言层面来讲，怀特认为历史叙事是一种语言虚构，与文学的语言虚构有许多相似之处，却不同于科学领域的叙述。其二，从编年史、事件与故事的区别来看，历史事件只是故事的因素，历史学家在将编年史和事件转变成故事的过程中，伴随着主观意图的介入。其三，从对故事的解释来看，怀特认为存在三种方式，即情节化解释、形式论证式解释、意识形态蕴含式解释。这三种解释模式的组合使得历史解释具有多元化、多样性特点。其四，从历史意识的深层结构看，隐喻、转喻、提喻、反讽这四种比喻模式为理解历史意识的深层结构提供了基础。怀特在《元史学》之后出版的三本著作《话语的转义》、《形式的内容》和《比喻现实主义》，以及《回应马威克》、《历史研究的公众相关性：回复德里克·莫森》等重要论文，都在为建构、修正、完善他的历史诗学理论大厦不断地提供理论基石和支撑。怀特的历史诗学理论倡导历史的诗性建构特质，打通了历史与文学的学科界限，追求历史解释的多元化与增殖性，备受历史学界、哲学界、文学批评界的关注，怀特也因此成为跨学科研究的典范。

第一节　海登·怀特的学术之路

　　海登·怀特 1928 年出生于美国南部的工人家庭，他是在一个相对自由宽松的人文语境中成长起来的，这为他在学术道路上不断前行和探索奠定了良好的基础。求学期间，怀特广泛涉猎历史、哲学、文学、社会学、心理学等各类书籍，大量阅读尼采、叔本华、黑格尔、萨特、皮亚杰、福柯、弗莱、布克哈特、兰克、马克思等人的著作，这种跨学科式的学术阅读使他的知识视野十分宽阔，且思维活跃、探究意识浓郁。1951 年，怀特在密歇根州的韦恩州立大学取得学士学位，硕士、博士均就读于密歇根大学，研究中世纪历史。他曾先后执教于韦恩州立大学、纽约的罗切斯特大学、洛杉矶的加州大学、圣克鲁兹的加州大学、斯坦福大学等。

　　怀特研究中世纪史出身，看起来似乎与他后来从事的历史哲学研究没有什么关联。然而，怀特求学期间跨学科的知识积累已经为他做好了铺垫。当他还在研究中古史的时候，就已经对柯林武德、汤因比和历史哲学很感兴趣了。在怀特看来，历史哲学处理的是过去与现在的关系，相比于单纯地研究过去的历史本身，他更感兴趣的是当今的人们为什么要研究过去。人们一直以为历史学家天经地义就是研究过去的，但怀特却追问道：为什么会有历史学家这个职业？为什么会有历史这个学科？为什么要研究过去？研究过去有什么作用？历史的社会功能、意识形态功能是什么？正是基于这些问题意识，基于对历史学科的性质、功能的反思，怀特写了一篇名为《历史的负担》的论文。[①] 在这篇文章中，怀特阐述了一个多世纪以来历史在科学与艺术之间徘徊的尴尬地位，重新思考了历史的学科性质，呼吁人们不要只强调历史的科学性，不要只运用科学的技术、方法和理论来再现历史，也要关注历史的艺术性，要借鉴现代艺术的再现技巧。这篇论文被许多学者当作怀特的第一篇有影响力的论文。

　　怀特《历史的负担》发表后深受欢迎，有编辑约他再以 19 世纪的历史思想为主题写本书，于是他写了《元史学：十九世纪欧洲的历史想像》

---

　　① Hayden White, "The Burden of History." *History and Theory*, Vol. 5, No. 2, 1966.

一书。① 这本书出版后，引起了学界的激烈争议。批评者有之，认同者有之，然而更多的是批评的声音。原因在于，怀特在这本书中通过分析米什莱、兰克、布克哈特、黑格尔、马克思、尼采等 19 世纪的历史学家、历史哲学家，提出了"历史诗学"的主张。怀特认为，历史意识具有深层结构，这个结构是诗性的，历史在比喻性语言的使用、情节编织、写作意图、意识形态的介入等方面，都具有强烈的诗性，与文学创作相类似。这无疑对实证主义历史学构成了威胁，挑战了历史的客观性，以至于传统的历史学家根本无法接受怀特的理论，更有些学者批评怀特"最终将历史贬低成为诗学或语言学的一个种类"②，是"一个历史学家对自己专业所做过的最具破坏性的事"③。然而，也有学者接受并赞同怀特的理论主张，认为怀特勇于质疑传统的稳固的历史观念，其理论主张有合理之处。比如，斯坦利·皮尔森（Stanley Pierson）认为，怀特的《元史学》是一本富有想象力的书，怀特的研究将给史学家带来一种新观念和想象力。④ 埃娃·多曼斯卡（Ewa Domanska）则称《元史学》为"历史哲学中最著名、最有争议性的著作之一"⑤。

尽管当时的学界对《元史学》的评价不一，且批评意见居多，但怀特并不介意人们对他的批评，因为他的本意就是要动摇传统的客观实证主义历史观念，改变与革新人们的历史观。也正如怀特自己所说的，通过对他选取的 19 世纪的历史学家与历史哲学家的文本进行形式主义和结构主义的分析，考察他们在历史写作的过程中如何谋篇布局，如何确定风格，通过对传统史观的分析、反思与批判，提出他自己的理论观点，"解构所

---

① Hayden White, *Metahistory：The Historical Imagination in Nineteenth-Century Europe*, Baltimore and London：The Johns Hopkins University Press, 1973。中译本参见海登·怀特《元史学：十九世纪欧洲的历史想像》，陈新译，译林出版社 2004 年版。

② Gordon Leff, "Review of Metahistory." *The Pacific Historical Review*, Vol. 43, No. 4, November 1974.

③ 理查德·汪：《对海登·怀特的接受》，朱潇潇译，载陈恒、耿相新主编《新史学·后现代：历史、政治和伦理》第 5 辑，大象出版社 2006 年版，第 72 页。

④ Stanley Pierson, "Review of Metahistory." *Comparative Literature*, Vol. 30, No. 2, Spring 1978.

⑤ Ewa Domanska, Hans Kellner and Hayden White, "Interview：Hayden White：The Image of Self-Presentation." *Diacritics*, Vol. 24, No. 1, Spring 1994.

谓历史学科的神话"①。

为了祛魅历史,解构传统史观,怀特接着发表了一系列论文,以补充、融会《元史学》中提出的理论主张。在《作为文学制品的历史文本》一文中,怀特参考《元史学》的前言,重新思考历史与科学、文学的关系,阐述了事件与故事的区别、历史学家所用的语言的特点、历史叙事的隐喻性等问题,以深化他在《元史学》中提出的历史诗学理论。需要注意的是,怀特同时也强调,历史的诗性,历史叙事与文学创作的相通性并不等于取消了历史能提供客观知识的学科属性。在《历史主义、历史与比喻想象》一文中,怀特首先归纳了人们通常认为的历史学家与历史主义者的几种区别,这种区别大概可对应于传统的历史编纂学与历史哲学的区别。② 怀特认为,这种区别是毫无意义的,因为不论传统的历史编纂学所研究的对象多么客观,历史学家都要对史料进行筛选、加工、建构,都要使用比喻性的语言去进行解释,赋予其意义,而历史主义者只不过以更加诗性的方式去面对史料。所以,不论是对传统的历史编纂者来说,还是对历史哲学家而言,历史再现都不可避免地会受到再现者的写作意图、个人偏见、兴趣、意识形态、语言等主观因素的影响和制约,也就不存在稳固不变的历史解释,不同时代、不同立场的人对同一历史事件的解释可能完全不同。怀特主张将历史话语看作是一个同时指向两个层面的符号系统,既包含关于客观的历史事件的知识、信息,又包含对事件的解释。因而,历史话语的意义也就指向两个层面,既指向事件及对它的解释所构成的字面意义(显在意义),又指向用来描述和解释事件的比喻性语言所构成的比喻意义层面(深层意义)。历史话语中的比喻成分对我们重新定位传统的历史编纂学与历史哲学的异同具有重要意义。

怀特在《元史学》中采用现代语言学、形式主义、结构主义方法分析19世纪的历史著作,显示出他作为一个历史学家对文学理论的独特兴趣与理解,显示了跨学科研究在具体实践中的尝试与探索。而怀特在1976年发表的《当代文学理论中的荒诞主义时期》则进一步显示了他广

---

① Ewa Domanska, Hans Kellner and Hayden White, "Interview: Hayden White: The Image of Self-Presentation." *Diacritics*, Vol. 24, No. 1, Spring 1994.

② Hayden White, "Historicism, History, and the Figurative Imagination." *History and Theory*, Vol. 14, No. 4, December 1975.

阔的知识视野，以及对文学批评的跨学科式的探究意识。① 在这篇文章
中，怀特提出了与通常的文学批评相对立的荒诞主义的批评方式。通常的
文学批评家相信，不仅文学有意义，文学批评也有意义，文学批评既是必
要的，也是可能的；而荒诞主义的批评家则质疑通常的批评实践，他们不
停地进行批评的目的，只是为了解构"批评"这一观念，只是为了捍卫
"批评是不可能的"这一观念。在以往的批评惯例中，语言只是表达文学
信息的简单而透明的中介，文学批评的目的就是通过语言这一中介，通过
语言学分析、语法与句法的分析，来把握语言背后的信息和意义。而荒诞
主义批评家则认为语言不是确定的、透明的中介，语言本身就是一个难
题。怀特分析了布朗肖、德里达、福柯、巴特等人的文学批评观念，指出
在荒诞主义的批评家那里，文学已经降低为书写，书写降低为语言，而语
言则最终成为符号的无尽游戏。当福柯、德里达等荒诞主义批评家批评文
学作品时，他们是为了对批评的正当性进行质疑与批评，攻击整个的批评
活动。由此，荒诞主义批评家使文本、文本性都成为值得质疑的问题，将
文本看成是与作者无关的自足领域，改变了通常的阅读与写作观念。此
外，怀特还分析了萨特、加缪的批评观，以及形式主义、新批评、结构主
义对文学批评、文本、写作的看法。他指出，这种荒诞主义的批评方式的
本质在于质疑西方思想中的二元对立观念、西方社会中的精英主义及文化
惯例。

　　怀特的这几篇论文发展、补充了他在《元史学》中提出的理论观点
与批评观念。同时，对众多传统历史编纂者对他的无视历史客观性的批评
也做出了回应。在《元史学》中，怀特主要论述历史的诗性色彩。而在
这几篇文章中，怀特一方面坚持历史的诗性，历史与文学的融贯性、相似
性以及历史话语的比喻修辞性，并从各个方面去论证自己的主张；另一方
面，他又补充说，他的历史诗学理论并非完全否定历史实在，历史的深层
诗意结构只是历史话语的一个层面，而历史也不能完全和文学等同，历史
事件不能虚构、必须真实客观，文学作品中的事件则可以发明创造。怀特

---

　　① Hayden White, "The Absurdist Moment in Contemporary Literary Theory." *Contemporary Liter-ature*, Vol. 17, No. 3, Summer 1976.

的这几篇论文，加上《历史中的解释》①、《历史的负担》等几篇论文，编成《话语的转义：文化批评文集》② 一书。

如果说，怀特写于20世纪70年代的《元史学》（1973）与《话语的转义》（1978）所关注的是历史的诗性建构因素、历史与文学的相关性、历史话语的比喻性等问题，那么，他在20世纪80年代所撰写的一系列论文则更多地关注历史叙事的价值问题，关注历史编纂的内容与形式的关系、叙事话语与历史再现的关系问题，强调意识形态在历史学家对历史事件的再现过程中所起的作用。在《实在再现中的叙事的价值》（1980）一文中，怀特认为，叙事的问题对于反思文化性质、人性等十分重要，叙事能赋予文化中的故事以可理解的意义。③ 怀特指出，历史学家可以通过年代记、编年史、严格意义的历史来再现过去，年代记完全是非叙事性的，只是事件的编年列表，编年史尽管具有叙事的故事性，但往往由于缺乏叙事结尾而告终，只有严格意义的历史才具有开头、发展、结尾这样的完整故事形式，因而，怀特认同克罗齐的观点，没有叙事就没有真正意义的历史。而历史学家对叙事的渴望源于道德说教的冲动，通过叙事来赋予历史事件以道德判断和意义。怀特认为，只要存在叙事，就会有道德判断和说教。他的这种观点在另一篇论文《历史解释的政治学：规训与非崇高化》（1982）中得到了进一步的阐述。④ 在这篇文章中，怀特指出了历史编纂

① Hayden White, "Interpretation in History." *New Literary History*, Vol. 4, No. 2, Winter 1973。这篇论文主要阐述历史学家在对历史事件、历史记录和数据进行解释的过程中所存在的种种主观建构因素。怀特指出，历史学家所使用的解释策略主要有四种：研究特殊规律的，有机论的，机械论的和语境论的解释，而这四种解释观念又和浪漫剧、喜剧、悲剧、讽刺这四种情节编排模式密切相关，解释策略与情节编排之间存在一种亲和性，历史学家通过调和这种亲和性而实现一种独特的解释效果。而历史学家对解释策略与情节模式的选取又由其道德或意识形态立场决定。意识形态主要有四种可能的模式：无政府主义的、保守的、激进的、自由的。此外，怀特还阐述了隐喻、换喻、提喻、反讽这四种转义策略。可以说，怀特在《历史的解释》中提出的这些观点，是《元史学》中的历史诗学理论的简要概括。在《元史学》中，怀特分别对上述的解释策略、情节编排、意识形态策略、转义策略进行了详细的具体论述。

② Hayden White, *Tropics of Discourse：Essays in Cultural Criticism*, Baltimore and London：The Johns Hopkins University Press, 1978。中译本参见海登·怀特《话语的转义——文化批评文集》，董立河译，大象出版社、北京出版社2011年版。

③ Hayden White, "The Value of Narrativity in the Representation of Reality." *Critical Inquiry*, Vol. 7, No. 1, Autumn 1980.

④ Hayden White, "The Politics of Historical Interpretation：Discipline and De-Sublimation." *Critical Inquiry*, Vol. 9, No. 1, September 1982.

所容易受到的意识形态、政治立场的影响和干扰。历史学家的政治立场是其进行解释的前提，根本就不存在纯粹的学术研究活动。不同政治立场的历史学家可能对同一个历史事件的解释正好完全相反，因而，历史事件的意义是历史学家赋予的，不是它本身就固有的。怀特的这篇文章由于强调历史学家在解释的过程中的伦理道德、意识形态、政治立场的渗入，而引起一些学者的批评。如果不同立场的历史学家可以对同一历史事件进行不同解释，赋予它不同的道德意义，那么，以纳粹屠杀事件为例，是否历史学家所有的解释都是合理的？如何对待那些不符合时代道德规范的解释？怀特为此被批评为道德相对主义者、法西斯主义者。

怀特在探讨了历史学家对实在的再现过程中的叙事的价值以及叙事的道德训诫意味之后，发表了《当代历史理论中的叙事问题》一文，进一步归纳总结了西方历史学界、文艺批评界、哲学界对叙事的五种态度。[①]第一种以沃尔什、丹图等英美分析哲学家为代表，他们倾向于将叙事看作一种具有认识论作用的解释；第二种以布罗代尔、弗雷等社会学历史学家为代表，他们倾向于将叙事看作是非科学的、意识形态的再现手法，不利于实现历史的科学化；第三种以福柯、德里达、巴特等文学理论家、哲学家为代表，他们具有符号学取向，将叙事作为话语代码中的一种；第四种以伽达默尔、利科等阐释学哲学家为代表；第五种不属于上述的任何哲学或方法论派别，是为了捍卫历史的技艺而反对叙事的职业历史学家，如年鉴学派。怀特通过对这些不同的态度进行分析，探讨了叙事观念的复杂性，一方面，叙事作为一种话语方式可以用来再现真实的历史事件；另一方面，叙事的再现方式又会产生不利于历史事件的真实性与科学性的语言修辞特质。叙事的修辞性与虚构性让许多学者反对将它作为再现历史的手段。怀特的观点是，叙事的修辞性与虚构性并不等于它不可能真实地再现历史，历史叙事是对真实的事件的精确模仿，与虚构的小说故事有本质区别。

叙事问题是当代西方史学理论中的有争议的问题。怀特对叙事的性质、作用的阐述显示了他对传统的历史编纂学中的基本观念的反思与质疑，呼吁历史学家不要因为叙事的修辞性而将之逐出历史学。归根结底，

---

① Hayden White, "The Question of Narrative in Contemporary Historical Theory." *History and Theory*, Vol. 23, No. 1, February 1984.

叙事的问题是一个在真理的生产过程中的想象力的作用问题,想象力的存在不仅不会威胁反而会有利于真理的生产。怀特探讨叙事问题的上述论文连同《走出历史:詹姆森的叙事实践》、《文本中的语境:思想史的方法和意识》等论文,于1987年被汇编成论文集《形式的内容:叙事话语与历史再现》一书①。

《元史学》之后的一系列学术论文的发表,特别是《话语的转义》、《形式的内容》的出版,使怀特的影响力有所提高,除了历史学家,哲学家和文学批评家也纷纷关注他的作品。然而,与《元史学》在学界引起的强烈反响和论争相比,这两本书并没有引起学界的过多关注和讨论。理查德·汪(Richard T. Vann)曾统计过,《元史学》的书评大概有17篇,且一多半是发表在《美国历史评论》、《历史与理论》等举足轻重的专业权威刊物上,而《话语的转义》的书评不仅远远少于《元史学》,且都是发表在一些非专业的刊物上,《形式的内容》的书评要比《话语的转义》多些,但也大多见于非历史类刊物。从影响力和引用率来看,这两本书也都不及《元史学》,"专业刊物上几乎没有什么关于这两本书的评论"②。历史学家引用怀特的作品时只是引用《元史学》的前言中的代表性观点,后两本书的引用率很少。

尽管怀特在论述历史叙事理论、话语转义理论时,也同时表明,他无意于否定历史的客观性,也不是主张语言决定论。但是,由于很多学者往往只关注怀特《元史学》中的历史诗学理论,对他后来写作的对《元史学》的观点进行补充、发展的一系列论文及论文的汇编缺乏足够的关注,因而容易以他的某些代表性论点来评价他,认为他彻底否定历史的客观性,取消了评判历史的合理标准等。比如,阿瑟·马威克(Arthur Mar-wick)曾批评怀特拒绝承认历史中的发现成分,只看到历史的文本性、主观性。③ 与怀特在历史学界受到的这种冷遇相反,文学理论家和批评家对

---

① Hayden White, *The Content of the Form*: *Narrative Discourse and Historical Representation*, Baltimore and London: The Johns Hopkins University Press, 1987。中译本参见海登·怀特《形式的内容:叙事话语与历史再现》,董立河译,文津出版社2005年版。

② 理查德·汪:《对海登·怀特的接受》,朱潇潇译,载陈恒、耿相新主编《新史学·后现代:历史、政治和伦理》第5辑,大象出版社2006年版,第74页。

③ Arthur Marwick, "Two Approaches to Historical Study: The Metaphysical (Including 'Post-modernism') and the Historical." *Journal of Contemporary History*, Vol. 30, No. 1, January 1995.

怀特倾注了许多热情，提出许多评论意见。一些文学批评家赞同怀特对比喻语言在历史书写中的重要地位的揭示，也有一些批评家认为怀特将文本变成语言和修辞的自足的封闭场所，忽视了文本之外的实在，怀特的著作和理论也缺乏对女性主义和后殖民理论的关注。

1988 年，怀特发表了《将逝去的时代本质比喻化：文学理论与历史书写》（Figuring the Nature of the Times Deceased：Literature Theory and Historical writing）一文，讨论历史书写与文学理论的关系。他认为，文学理论对历史书写有很大影响，主要表现在：文学理论中的现代语言学理论、话语理论、文本性等，有助于分析历史书写中的诗性因素，有助于为历史哲学家思考历史话语、历史解释等问题提供借鉴和启发。同时，怀特也澄清，这并不意味着历史的客观性不复存在。在如何对待纳粹屠杀的问题上，怀特备受批评。按照批评者的逻辑，既然怀特否认历史的客观性，那么他也理所当然地否定纳粹屠杀这一历史事件的客观存在，这是其一；既然怀特主张历史解释的多样性，不同的历史学家可对同一历史事件进行不同解释，而且这些解释具有相同的价值，那么，是否可以对纳粹屠杀事件也可以进行不同解释，是否可以用任意的情节模式去编织，甚至将这一事件编织成喜剧？这是其二。这些道德上的指责、质疑与批评无疑让怀特深感困扰。在论文《历史的情节建构和历史再现中的真实性问题》中，他专门讨论了如何再现纳粹屠杀的问题。① 一方面，怀特仍然坚持历史解释的多元性，认为历史学家可以采用不同的情节模式去再现纳粹屠杀事件；另一方面，怀特认为，对纳粹屠杀的再现可以有字面意义的再现与比喻意义的再现两种方式，如果历史学家以字面意义的方式对纳粹屠杀进行一种单纯的史实性再现，那么，纳粹屠杀这一事实的悲剧性就决定了历史学家不能采用喜剧的情节模式；如果历史学家以比喻意义的方式来再现，那么，他的历史解释的多元化原则就没有上述的限制。

从 20 世纪 80 年代末到现在，怀特对其历史诗学理论不断地补充、发展、修正，对历史的文本性、历史解释的相对性问题及其所引起的争议也在不断地回应、不断地再思考。收录了《将逝去的时代本质比喻化：文

---

① Hayden White, "Historical Emplotment and Problem of Truth." in *Probing the limits of Representation：Nazism and the "Final Solution"* ed., Saul Friedlander, Cambridge, Massachusetts and London：Harvard University Press, 1992, pp. 37－53.

学理论与历史书写》、《历史的情节建构和历史再现中的真实性问题》、《历史解释中的形式主义和语境主义策略》等论文的《比喻现实主义：关于模仿效果的研究》①，以及《回应马威克》、《历史研究的公众相关性：回复德里克·莫森》②等论文就是这种回应和思考的学术成果。

纵观怀特的学术发展道路，我们可以看到，怀特的历史诗学理论具有极大的复杂性。他的理论本身蕴含着众多不同的理解和解读，因而引起了学者的不同批评视角和态度。有批评者，有赞同者，亦有持中间立场者。有人认为怀特是后现代史学的代表人物，认为他将文学、叙事学、语言学引入历史学中，使历史等同于文学，从而威胁、解构了以科学与客观性为基准的实证主义史学，甚至造成了"历史的终结"；也有人认为怀特的历史诗学理论破除了传统历史研究的客观性神话，实现了一种真正的历史多元主义，但是，怀特的理论有语言决定论的倾向以及取消一切合理的评判标准的相对主义倾向。可以说，怀特理论的复杂性使得对怀特的历史诗学理论的探究呈现多元化、争议性，也显示出怀特的理论所蕴含的学术研究价值。正如基思·詹金斯（Keith Jenkins）所指出的，怀特是一个具有刺激性和争议性的理论家，一方面这种刺激性和争议性使我们对怀特的研究面临诸多困难，但另一方面也非常值得我们花时间去研究。③

第二节　国内外学术批评视野中的海登·怀特研究

作为当代著名的历史学家、文学批评家，海登·怀特的历史诗学理论由于模糊了历史与文学的学科边界，倡导历史的文本化以及历史阐释的多元化、相对性，追求历史的增殖，挑战甚至动摇了传统的历史编纂学与历史研究，因而备受国内外学界的关注，也一直都是众多的文艺研究者、历史研究者尤其是历史学理论研究者的探究对象。然而，海登·怀特对历史

---

① Hayden White, *Figural Realism: Studies in the Mimesis Effect*, Baltimore and London: The Johns Hopkins University Press, 1999.

② Hayden White, "Response to Arthur Marwick." *Journal of Contemporary History*, Vol. 30, No. 2, April 1995, Hayden White, "The Public Relevance of Historical Studies: A Reply to Dirk Moses." *History and Theory*, Vol. 44, No. 3, October 2005.

③ ［英］基思·詹金斯：《导论：历史、理论、意识形态》、《论"历史是什么？"——从卡尔和艾尔顿到罗蒂和怀特》，江政宽译，商务印书馆2007年版，第19页。

的诗性因素的挖掘，对历史文本性的强调以及其相对主义立场，都使得国内外学界对他的理论批判多于认同，甚至不乏许多误解、曲解的声音。不论是批判、误解，还是赞赏、认同，这些截然不同的观点和评论，都有其特定的学术出发点，都对我们更加全面、辩证地认识和探究怀特的历史诗学理论提供了某种佐证和参照。面对国内外文学批评界、历史批评界等不同的学术批评视野中的浩如烟海的怀特的研究资料，笔者不可能全部顾及、一一提及，而只能从文献资料的海洋中择取几朵浪花，有选择地选取一些代表性的观点来阐述，即根据笔者所要论述和解决的问题，紧紧围绕问题意识，重点梳理对怀特的历史诗学理论中所蕴含的历史文本主义、历史相对主义思想的批评观点，在一种论辩的视野中去辨析、梳理，为自己的问题意识的探究和解决做好铺垫。

一　国外学术批评视野中的海登·怀特研究

国外学术界对海登·怀特的研究主要有以下两种情况：一是对他的《元史学》、《话语的转义》、《形式的内容》、《比喻现实主义》这几部代表性著作的书评，其中又以对《元史学》的评论最为丰富，论争也最为激烈。第二种情况是围绕怀特的代表性观点进行的论争。一些学者对怀特的批评又引起另一些和怀特持同样立场、观点的学者的反驳，同时，怀特也针对批评者的观点对自己的理论进行解释、捍卫或者修正。对于怀特的批评，主要有三种代表性的立场。这样的批评与回应具有明显的论辩性质，对我们在一种论辩的视野下更全面地分析、评价怀特的理论具有重要意义。

首先，国外学界对海登·怀特著作的书评。海登·怀特运用当代文学理论去阅读19世纪的史学、哲学著作的《元史学》，自出版后就引起国外学界的很大争议。高登·莱夫（Gordon Leff）简述了《元史学》一书的主要内容和观点，认为此书的一些部分有很大的价值，但它最终将历史降低成为诗学或语言学的一个种类。① 卡尔·鲁宾诺（Carl A. Rubino）则指出，怀特的著作包含了引人注目的不仅从历史学科还有从哲学、文学批评和语言学中选取的大量作品，但是怀特在引用弗莱、维柯、结构主义者

---

① Gordon Leff, "Review of Metahistory." *The Pacific Historical Review*, Vol. 43, No. 4, November 1974.

的概念来说明自己的主要理论时，并没有将它们转变为他自己的前后一致的理论体系，这些借用来的理论似乎脱离其本来的语境和土壤而抽象化。①

与高登·莱夫和卡尔·鲁宾诺的观点不同，斯坦利·皮尔森显然对怀特的《元史学》持肯定态度。斯坦利·皮尔森认为，怀特《元史学》中所提出的历史诗学理论将会在两个方面引起史学家的强烈不满。首先，许多史学家反对把"事实"看作"比喻"或者意识的诸形式的产物，反对怀特对于语言的特殊强调。其次，他们反对怀特的现代历史编纂的情节模式，即史学家所选用的浪漫剧、悲剧、喜剧、讽刺剧这四种基本情节模式都不能宣称自己在认识论模式上的优越性，因而怀特主张史学家应该在道德的和审美的（或意识形态的）基础上进行选择。但是，皮尔森指出，怀特的《元史学》是一本勇敢和富有想象力的书，当大多数历史书写都被狭隘和琐碎的问题所占据时，怀特对这些问题提出了挑战，重新考虑历史学家工作的本质和目的，怀特的研究将给历史学家带来一种关于思想的形式的新观念和想象力。② 约翰·克里夫（John Clive）则指出了怀特的历史诗学理论的系统性，他认为，自古典时代以来，历史学家在某种程度上是诗人的观点已经成为陈词滥调，但怀特在现代语言学理论的语境下第一个将其系统化，认为文学艺术不仅仅是装饰性的或者辅助性的，而是历史工作必不可少的一部分。③

怀特在《元史学》之后发表的一系列论文，以及根据一些重要的代表性论文汇编成的《话语的转义》、《形式的内容》、《比喻现实主义》，进一步拉近了历史与文学的距离。尽管后三本书在学术影响力上不及《元史学》，但也引起了一些学者的关注。多明尼克·拉卡普拉（Dominick Lacapra）曾将怀特的这三本书作为一个不断变更的三部曲。④ 他认为，《元史学》以系统的专著形式表达了怀特历史诗学的一些规则，《话

---

① Carl A. Rubino, "Review of Metahistory." *MLN*, Vol. 91, No. 5, October 1976.

② Stanley Pierson, "Review of Metahistory." *Comparative Literature*, Vol. 30, No. 2, Spring 1978.

③ John Clive, "Review of Metahistory." *The Journal of Modern History*, Vol. 47, No. 3, September 1975.

④ Dominick Lacapra, "Review of The Content of the Form." *The American Historical Review*, Vol. 93, No. 4, October 1988.

语的转义》则是关于这些规则的具有重要意义的变奏曲的随笔集，而《形式的内容》较《话语的转义》来说，是一部更具深远意义的随笔集。

《元史学》之后出版的《话语的转义》，是怀特的一部随笔集。这部随笔集涉及的范围十分广阔，既有历史编纂学的问题，也有文学批评、哲学等相邻学科的问题，还包含了怀特对结构主义、后结构主义等相关问题的论述。在对《话语的转义》的书评中，拉卡普拉指出，怀特广泛的解释学兴趣超越了学科界限，他的批评诉求也超越了职业的历史编纂学家。为了将历史学家从他们教条主义的睡梦中叫醒，当代的写作者中没有人比怀特付出得更多。拉卡普拉具体分析了怀特的这些随笔，他认为，《话语的转义》是一部有吸引力的书，"它将成为文学批评者、历史学家和哲学家的巨大兴趣"①。

威廉·约翰斯顿（William M. Johnston）、吉尔斯·岗恩（Giles Gunn）、约翰·普雷斯顿（John Preston）等人曾将《话语的转义》与其他的著作放在一起讨论、比较。在一篇书评中，威廉·约翰斯顿分析了怀特的随笔，并提出对怀特的反对意见，他认为怀特和福柯一样，具有令人惊异的革新性，但最终又过于抽象。约翰斯顿指出，他对怀特的反对来源怀特过于信赖修辞学，并将所有的学科范畴降为修辞的模式，怀特提醒我们要注意到历史话语中的修辞，但是他接下来并没有提供什么实质性的建议去重建一个新的领域，只有解构，而没有建构，"已经解构了如此多如此好，怀特亏欠他同行的是一种重建的力量"②。吉尔斯·岗恩将怀特的《话语的转义》与杰拉德·格莱夫（Gerald Graff）的《文学反对自身：现代社会中的文学理念》（*Literature Against Itself: Literary Ideas in Modern Society*，1979）比较，认为这两本书在当代美国批评语境中都引起了有力的争论，同时，它们所讨论的理论问题及最后达成的共识都具有共同之处。岗恩指出，这两本书除了相似之处，它们的作者格莱夫和怀特似乎分别代表了当代理论范畴中的不同两极，前者很容易被作为一个相信实在事物的客观本性、文学的模仿特征等的"传统主义者"，而后者则符合一个"激

---

① Dominick Lacapra，"Review of Tropics of Discourse." *MLN*，Vol. 93，No. 5，December 1978.

② William M. Johnston，"Review." *The Journal of Modern History*，Vol. 52，No. 1，March 1980.

进的"理论家的特征,将所有的话语都作为比喻的,将所有知识的形式都视为文化决定论的,将事物的实在或世界本身作为一个思想结构。但是,这种简单化的区分往往歪曲了他们各自的立场,这两人的不同在于他们论述策略和风格的不一致。岗恩具体地分析了他们的不同之处,他认为,关键的问题在于,"怀特立场的激进之处是什么,又是什么使《话语的转义》比《文学反对自身》提供了一种理解文学的批评和解释力量的更坚实基础"①。

相比于《话语的转义》,怀特出版于 20 世纪 80 年代的第二部随笔集《形式的内容》,显然获得了学界的更多好评与关注,许多学者称赞这本书中的一些文章具有很大的学术含量与影响力。南希·帕特(Nancy Partner)指出,怀特《形式的内容》一书坚称语言的形式是历史书写内容的主要承载者,这对不喜欢形式的美国人来说,是难以接受的。帕特认为这是一本最丰富、最具争议性的书,触动了诸多美国职业历史学家的神经。②而拉卡普卡认为,随笔是一种表现复杂的、有争议性的历史编纂学方法论和理论基础的最好形式,怀特显然能很好地驾驭这种形式。在《形式的内容》这部随笔集中,最明显的主题是叙事,怀特同时也对历史探究的意识形态和政治的维度给予高度关注。拉卡普卡指出,也许怀特有时过于夸大历史中叙事想象的作用,过于强调某些叙事方法可能会成为传达意识形态的工具,但是,怀特使我们更好地理解了叙事的独特意义,以及它所暗含的意识形态力量的广阔网络结构。怀特通过对历史编纂学和文学批评中的叙事问题的关注,"提供了当代思想中最具影响力和煽动性的叙事理论之一"③。同样基本肯定怀特《形式的内容》的还有理查德·金(Richard H. King),他认为,最近 20 多年来历史哲学产生了激进的转向,争论的焦点不再是历史是不是科学的问题,而是历史与小说是否以及在多大程度上具有相似性,最应该对这一转向负责的人就是海登·怀特。可以

---

① Giles Gunn, "Review." *American Literature*, Vol. 52, No. 4, January 1981。约翰·普雷斯顿也在一篇包括其他著作的书评中简单介绍了怀特的《话语的转义》,参见 John Preston, "Review." *The Modern Language Review*, Vol. 78, No. 2, April 1983。

② Nancy Partner, "Hayden White: The Form of the Content." *History and Theory*, Vol. 37, No. 2, May 1998.

③ Dominick Lacapra, "Review of The Content of the Form." *The American Historical Review*, Vol. 93, No. 4, October 1988.

说，理查德·金对怀特的评论较为客观，在概括怀特《形式的内容》的主要观点的基础上，他肯定了怀特《形式的内容》中的一些论文的影响力，比如《叙事在再现实在中的价值》、《历史解释的政治学》等论文，值得一再被重读。但这并不是因为大家都同意怀特提出的观点，而是因为，怀特具有一种能问出极度恰当的问题并提出强有力的论题的本领。最后，理查德·金指出，尽管怀特的著作中的许多观点都被质疑、挑战，但可以肯定的是，这本书"不应该被忽视，尤其不应该被历史学家忽视"①。

尽管《形式的内容》一书深刻而丰富，具有毋庸置疑的学术影响力，但是，正如南希·帕特、理查德·金等人所指出的，这也是一本极度具有争议性的著作，许多学者对怀特书中的某些观点持质疑态度，比如威廉·德雷（William H. Dray）批评怀特过于强调历史中假设的诗性而非叙事情节编织的事实本性。对怀特来说，任何一组给定的历史事件系列都可以用许多不同的方式进行情节编织，不论这些事件在本质上是悲剧的、喜剧的还是闹剧的等等，这样，怀特很容易被理解为主张历史学家可以按照喜好随意地对历史事件进行情节编织。德雷指出，怀特提供的是历史实用主义理论，这种理论的可怕后果就是对纳粹屠杀的犹太复国主义解释，而"这样一种将历史降低为政治宣传的观点应该被反对，不论表面上这个原因是多么值得"②。

怀特的第四本书是《比喻现实主义：关于模仿效果的研究》，这本书是怀特的第三部随笔集。怀特在这本书里探讨的主要是文学以及文学与历史的关联方面的问题，比如，怀特在《弗洛伊德的梦的比喻论》（*Freud's Tropology of Dreaming*）中讨论了弗洛伊德的梦的工作理论，在《普鲁斯特的叙事、描述与比喻论》（*Narrative, Description and Tropology in Proust*）中以隐喻、转喻、提喻、讽刺这四种主导比喻模式去讨论普鲁斯特的作品。正因为怀特这本书的很多篇幅都侧重于讨论文学问题，所以阿兰·梅吉尔（Allan Megill）指出，这本书里的大多数随笔都不会引起一般历史

① Richard H. King, "Review of The Content of the Form." *Journal of American Studies*, Vol. 23, No. 1, April 1989.

② William H. Dray, "Review of The Content of the Form." *History and Theory*, Vol. 27, No. 3, October 1988. 拉尔夫·弗洛瑞认为，《形式的内容》中的随笔没有显示出何种的叙事或理论进步，怀特的文章似乎正好证明了叙事的缺失。Ralph Flores, "Review of The Content of the Form." *MLN*, Vol. 102, No. 5, December 1987。

学家的兴趣,最让历史学家感兴趣的是《将逝去的时代本质比喻化:文学理论与历史书写》、《历史的情节建构和历史再现中的真实性问题》、《历史解释中的形式主义和语境主义策略》等讨论历史解释、历史再现等问题的文章。梅吉尔指出,一方面,怀特对历史叙事与解释的关注,对增殖性叙事的倡导,有助于我们看到增殖的可能性;但是,另一方面,不论在认识论层面还是道德层面,怀特所倡导的这种增殖性也必须被筛选,"历史学家的任务之一就是进行这种筛选"。① 诺埃尔·卡洛尔(Noel Car-roll)认为,《比喻现实主义》显示了怀特对文学与历史经典的渊博学问,以及对跨学科领域内最新学术论争的熟悉。卡洛尔的书评对怀特的《比喻现实主义》进行了较为详细的分析,对怀特书中的随笔都做了简要的概述、评论及质疑。②

值得一提的是,伍尔夫·康斯坦纳(Wulf Kansteiner)的《海登·怀特对历史书写的批评》一文,详细而深入地梳理、分析了怀特自《元史学》发表以来的包括《话语的转义》、《形式的内容》、《比喻现实主义》在内的所有著作,并将怀特与罗兰·巴特对叙事、历史话语的研究作比较,试图证明怀特的结构主义方法与后结构主义的文本分析之间的形式差异。康斯坦纳侧重于论述怀特的作品发展脉络与这几十年来别人对他的批评之间的内在联系。他将怀特的批评者大致分为三种群体:历史哲学家、历史编纂者和文学批评家。他指出,对于普通的历史学家来说,怀特的名字象征着对理论术语的不必要使用、相对主义,对证据和对真实再现历史的可能性的否认。但历史学家很少关注到怀特思想的发展脉络,很少关注怀特对控诉他相对主义的批评的回应,也很少关注怀特最近对引入一种更灵活的术语学和对指涉问题再思考的大多数尝试。这些批评者担忧的是:怀特的理论将"历史的"和"虚构的"叙事混合起来,过于强调"诗性的"历史,他们尤其责备怀特对叙事话语的分析缺乏任何历史维度,构成了"诗性对历史实践的挑战"。文学批评家已发现怀特著作中同样的形式主义缺点,过于强调文本的自我指涉性,他们也批评怀特思想中的相对

---

① Allan Megill, "Review of Figural Realism." *The Journal of Modern History*, Vol. 72, No. 3, September 2000.

② Noel Carroll, "Review: Tropology and Narration." *History and Theory*, Vol. 39, No. 3, October 2000.

主义意蕴，但总体而言，怀特的著作已经成为他们质疑历史和叙事的一个重要的理论参考点。最后，康斯坦纳总结道，历史学家对怀特的批评在于他的相对主义，而文艺理论家和历史哲学家则批评他的形式主义方法，而怀特也对这些批评进行了反驳、修正与回应。"这表现在他尝试将比喻的体系嫁接到本体论基础上，以及把对历史事实的否决权并入特定的情节设置。"① 但是，在具体的史学实践中，很少有历史学家应用怀特的历史诗学理论，怀特对其历史诗学理论的修正和矛盾一直都未被注意，在大多数情况下，怀特的著作被当作铁板一块进行批评。康斯坦纳指出，怀特与其批评者之间的对话对他的思想发展具有重要意义，应该引起学界的充分重视。

其次，以海登·怀特为中心的论争。海登·怀特的历史诗学理论由于其凌厉激烈的反叛意识、解构意识与探究意识，在国外学界引起了广泛的争议。总体来说，国外学界对海登·怀特的批评主要有下述三种代表性的学术立场。

其一，以马威克为代表的传统历史学家，认为海登·怀特代表了后现代主义对传统史学客观性、准确性的破坏和摧毁，认为怀特宣称历史的文学性从而否认了证据、原始资料和真实地再现历史的可能性。这一派对怀特的典型评价可见于马威克的论文《历史研究的两种取向——形而上学的（包括后现代主义）和历史学的》。马威克将怀特归于后现代主义阵营中，并通过详细地重述传统史学家的工作来反驳后现代主义。他认为，尽管大多数词汇都有多种意义，但史学家可以通过严格的学科训练来避免陈述中的不确定性、歧义性，控制隐喻，历史写作完全可以同时达到准确和清晰。"面对不可避免的文本性，我要再次声明的是史学家的自治。"② 而以怀特为代表的后现代主义者却无视史学家对历史的发现，用话语理论和解构主义的方法对诗歌、绘画等所有的广义文本进行分析，轻视原始材料，混淆了事件与事实，只注意到史学家对历史发现的书写和想象。也就是说，马威克认为，历史事件是由历史学家发现的，而不是发明的，是一

---

① Wulf Kansteiner, "Hayden White's Critique of the Writing of History." *History and Theory*, Vol. 32, No. 3, October 1993.

② Arthur Marwick, "Two Approaches to Historical Study: The Metaphysical (Including 'Postmodernism') and the Historical." *Journal of Contemporary History*, Vol. 30, No. 1, January 1995.

种客观存在,然而,"怀特几乎没有承认有任何的发现过程,像所有后现代主义批评者那样,他仅仅加入书写阶段"①。

马威克对传统史学编纂的捍卫、对海登·怀特和后现代主义者的反驳,又引起了一些学者的争论和加入。针对马威克所认为的史学家勤勉地收集材料,客观公正地如实再现过去,历史远离各种偏见和政治倾向,贝弗利·索斯盖特(Beverley Southgate)提出了反击。他认为,史学家关注的不仅仅是事实,为了让过去有意义,史学家要通过有意地筛选资料从而将秩序强加于混乱无序的事实之上,同时,不论史学家是否意识到,其政治意识不可避免地会影响其历史编纂。索斯盖特认为:"怀特与马威克之争是当代历史编纂学危机的典型例证,也显示了一个分裂的学科的种种问题。"② 克里斯托弗·罗伊德(Christopher Lloyd)则指出,马威克可能代表了一种在专业和非专业史学家中重要的流行想法,即认为他们的规范正被另一些思想体系破坏,出于职业危机感而激烈批评对方的观点。然而,马威克对形而上学和后现代主义者的驳斥和论述存在严重的缺陷和混乱,他并没有谨慎使用关于形而上学、后现代主义、后结构主义等已经出版的文献书籍,未经仔细检验相关的文本来源,未做基本的研究工作,未通读、清晰把握对方所有作品和观点,就妄自批评。正如怀特所指出的,马威克对后现代主义的批评正显示了他自身对后现代主义的误解。③ 总之,罗伊德认为,马威克的观点"在经验和哲学层面都存在缺陷"④。

显然,马威克对怀特的诸多批评是对怀特的误解,甚至歪曲,并非建立在对其作品进行深入阅读、分析、论证的基础之上。安克斯密特曾在一篇评论怀特的论文中就马威克对怀特的批评发表意见,他指出,怀特对促进历史理论的语言学转向起着重要影响,也因而成为史学家的众矢之的,然而,马威克对怀特的批评无疑却是缺乏足够的证据的。安克斯密特感叹

---

① Arthur Marwick, "Two Approaches to Historical Study: The Metaphysical (Including 'Post-modernism') and the Historical." *Journal of Contemporary History*, Vol. 30, No. 1, January 1995.

② Beverley Southgate, "History and Metahistory: Marwick Versus White." *Journal of Contemporary History*, Vol. 31, No. 1, January 1996.

③ Hayden White, "Response to Arthur Marwick." *Journal of Contemporary History*, Vol. 30, No. 2, April 1995.

④ Christopher Lloyd, "For Realism and Against the Inadequacies of Common Sense: A Response to Arthur Marwick." *Journal of Contemporary History*, Vol. 31, No. 1, January 1996.

道，马威克是一个比较理智的人，却写出了这样的攻击性论文，他批评怀特对过去的真实性缺乏兴趣，"没有比这更愚蠢、更狭隘、更固执的批评了"①。

其二，以伊格尔斯（Georg G. Iggers）为代表的中间立场的批评者。伊格尔斯的观点比较具有代表性，能够较为客观地分析怀特的理论本身的优点和缺点，对怀特的认识比较深入，也较客观。伊格尔斯不同于马威克等传统史学家的地方在于，他对怀特的质疑和批评建立在对怀特的一些代表性观点的肯定的基础之上，并且肯定了怀特理论的价值。一方面，伊格尔斯认同怀特《元史学》中的代表性论点，认同史学编纂中存在着文学虚构、情节编织、意识形态的介入、想象和推理等因素，认同历史与文学、事实与虚构之间并非截然对立的关系，也认同怀特所说的历史解释并非只有一种正确答案，而是存在许多同样正确的解释。然而，另一方面，伊格尔斯又对怀特提出以下批评：首先，伊格尔斯认为，怀特的文本主义具有许多局限性，文本主义只强调文本的自足性，忽视了文本之外的现实和语境，而缺乏对文本的现实和语境的把握，就无法真正地理解文本所传达的意义。其次，他指出，尽管对同一个历史事件的正确解释不止一种，但是，这并不等于取消了评判历史的合理标准。而怀特的错误在于，他认为"所有的历史记述包含虚构因素，所以它们基本是虚构的，可以不受真理的控制"②；对怀特来说，每个历史解释在不违背事实的前提下都可能是正确的，具有相同的真理价值，没有是非优劣之分，历史学家选择一种解释而放弃另一种解释的标准不是认识论的，而是美学的或道德的。最后，伊格尔斯批评怀特的《元史学》一书所依据的材料很多是二手资料、简单的摘要和内容介绍，批评怀特没有对他所论述的历史学家或历史哲学家的著作进行文本细读。

如果说马威克等传统史学家对怀特的反驳和批评是出于传统史学根基被动摇而产生的学术恐慌和危机意识，视怀特为后现代主义对传统史学的威胁，并对其进行强烈批评，那么以伊格尔斯为代表的历史学家对怀特的

---

① F. R. Ankersmit, "Hayden White's Appeal to the Historians." *History and Theory*, Vol. 37, No. 2, May 1998.

② 格奥尔格·G. 伊格尔斯：《学术与诗歌之间的历史编撰：对海登·怀特历史编撰方法的反思》，陈恒译，载陈启能、倪为国主编《书写历史》第1辑，生活·读书·新知三联书店2004年版，第12页。

批评则相对理性、客观，他们对怀特并非完全的否定和反对，而是通过对怀特的著作进行分析，既肯定和认同了其合理的一面，又提出了自己的质疑。无疑，伊格尔斯对怀特的认识和批评有所深化，看到了怀特思想的复杂性甚至矛盾性，而非仅以怀特代表性的观点对他进行简单化的评判。伊格尔斯在肯定怀特提出的历史的种种诗性建构因素基础上，担心怀特将这种诗性放大从而导致历史学科独特的客观属性的消失，使历史混同于文学，导致失去任何评判标准的相对主义。在此，劳伦斯·斯通（Lawrence Stone）的担忧与反对无疑具有典型性。在《历史与后现代主义》一文中，斯通表示，他并不反对真实是不可知的这样的说法，他反对的是一切仅是史学家的主观建构、一切仅是文本的游戏，反对的是彻底摧毁了历史真实与文学虚构之间的区别的语言决定论。他说道："如果文本之外别无他物，我们所知道的历史就全部瓦解了，事实与虚构开始无法互相区分。"①因而，他认为应该避免语言之外没有现实的语言决定论的极端立场，避免一切皆是历史学家的主观建构、没有所谓的历史真实的学术取向。

由此，怀特历史诗学理论中备受争议和批评的地方是由于他倡导历史的文学性、诗性、语言性而走向语言决定论、相对主义以至虚无主义。问题在于，上述批评者对怀特的质疑是否有理有据？如何看待怀特历史诗学理论中看似互相矛盾的地方？怀特如何看待、是否认同语言决定论和相对主义？对这些问题的探讨有助于我们深入认识怀特思想的复杂性、矛盾性、修正性。

其三，对于伊格尔斯、斯通等人对怀特的上述批评，以基思·詹金斯为代表的怀特的拥护者进行了相应的反击。针对许多学者批评怀特像巴特、德里达等后现代主义者所宣称的那样一切都是语言的嬉戏，不存在一个实在的过去和客观真实的外在世界，詹金斯指出，在怀特、德里达，甚至鲍德里亚的论述中，都没有否认过去或者现在的物质性实在，他们只是坚持只有通过文本才能接近那种物质性实在，通过文本去表达和再现真实的过去，过去的这种文本性决定了不同的立场可能具有不同的解读方式。詹金斯认为，文本主义的作用在于"在整个历史作品完成且整个历史知

① Lawrence Stone, "History and Post-Modernism." *Past and Present*, No. 135, May 1992.

识也产生的情况下，将注意力放在'文本的情境'"①。文本主义是一种容许不同的解读方式、不同的方法论研究取向的多元化立场，这样的文本主义及多元化立场将有益于历史研究的反思深度。

与詹金斯持同样立场的还有米歇尔·罗斯（Michael S. Roth）。在《文化批评与政治学理论：海登·怀特的历史修辞学》一文中，罗斯阐述了怀特思想产生的历史背景，认为怀特提供了一种历史书写的修辞学，显示了历史故事和历史叙事如何作为一种语言、修辞结构而存在，这种历史的修辞学分析将改变我们思考关于历史事件的一切理论的可能性。罗斯分析了怀特的《元史学》、《话语转义学》、《形式的内容》这三部代表作，以及《历史的负担》、《作为文学制品的历史文本》等重要论文，指出了怀特书写观念中的文本性、修辞性。在怀特看来，过去的历史已经过去，我们只能通过文本这个中介去认识和了解过去，过去本身没有意义，它的意义是我们强加给它的，而怀特的著作就在于说明文本这一中介如何发挥影响。罗斯指出，尽管怀特的理论强调历史文本的语言修辞特性，拉近了历史与文学的关系，但这并不意味着历史虚无主义，也不是文本之外别无他物的无意义观念，怀特的目的并不在于瓦解一切，而是通过对我们与过去的关系的质疑与批判，旨在将历史从19世纪的负担中解放出来。因而，怀特的历史修辞学有助于"促进文学、政治和历史理论的交叉发展"，有助于"我们重新思考与过去的关系"②。

怀特所倡导的包括历史编纂在内的学术研究方法论的多样性，具有独特的价值和贡献，这也是为伊格尔斯等学者所认可、赞许的，关键在于，伊格尔斯担忧的是，对同一事件可进行多种解释且这些解释具有相同价值的相对主义的立场否认了历史解释的合理标准。詹金斯和罗斯等人对怀特的捍卫，有力地反驳了马威克等人所认为的怀特彻底取消了事实与虚构的界限、否定真理与物质实在的观点，但他们对于伊格尔斯所提出的问题与担忧却没有给予论证和解答。

总体而言，国外许多学者在探讨怀特的历史诗学理论时，往往停留于

---

① ［英］基思·詹金斯：《论"历史是什么？"——从卡尔和艾尔顿到罗蒂和怀特》，江政宽译，商务印书馆2007年版。

② Michael S. Roth, "Review: Cultural Criticism and Political Theory: Hayden White's Rhetorics of History." *Political Theory*, Vol. 16, No. 4, November 1988.

简单的概括和定论,要么将其归入后现代主义阵营,戴一个"语言决定论"的帽子,认为怀特完全否定历史真实并将历史等同于文学;也有一些学者认识到怀特并不是彻底否定历史的客观真实性,但缺乏对怀特历史诗学理论所蕴含的相对主义思想的深入探究,特别在纳粹屠杀问题上,要么认为怀特助长了对纳粹屠杀的法西斯式解读,认为怀特是个否认纳粹屠杀的法西斯主义者;要么肯定怀特对纳粹屠杀的承认,但将他在纳粹屠杀问题上的立场转变归因于思想矛盾,没有注意到他的转变和让步是有前提的,亦缺乏对于他在什么地方做了让步,什么地方没有让步,为什么做出这种让步等问题的分析,没有深入讨论这种思想矛盾的深层原因,并对怀特的理论本身蕴含的逻辑盲点做进一步的追问。同时存在的问题是,如果说历史的诗性特质必然导致历史阐释及历史编纂的多元性,那么这种多元性是否意味着历史学家可以不顾事实地随意阐释历史?具体而言,历史阐释的多元性是否受制于历史事件本身的客观性以及人类公认的道德判断标准?因而,我们应在借鉴国外学术成果的同时,进一步深入对海登·怀特的研究。

二 国内学术批评视野中的海登·怀特研究

关于海登·怀特的论著的翻译,王逢振、盛宁、李自修编选的《最新西方文论选》(漓江出版社 1991 年版)一书首先翻译并选取了海登·怀特的一篇论文《新历史主义:一则评论》(*New Historicism:A Comment*)。接着,张京媛主编的《新历史主义与文学批评》①一书收录了海登·怀特的四篇论文,将怀特作为新历史主义的代表人物引介给国内学界。此后,怀特的代表性著作也相继被翻译过来。目前国内翻译的中文著作有:《后现代历史叙事学》(陈永国、张万娟译,中国社会科学出版社 2003 年版)、《元史学:十九世纪欧洲的历史想像》(陈新译,译林出版社 2004 年版)、《形式的内容:叙事话语与历史再现》(董立河译,文津出版社 2005 年版)、《话语的转义——文化批评文集》(董立河译,大象

---

① 张京媛主编:《新历史主义与文学批评》,北京大学出版社 1993 年版。该书翻译的怀特的四篇论文是:《评新历史主义》(*New Historicism:A Comment*)、《解码福柯:地下笔记》(*Foucault Decoded:Notes from Underground*)、《作为文学虚构的历史本文》(*The Historical Text as Literary Artifact*)、《历史主义、历史与修辞想象》(*Historicism,History,and the Figurative Imagination*)。

出版社、北京出版社 2011 年版)。① 这些论著的翻译和引介对于促进国内的海登·怀特研究具有重要的意义。

在研究性的著作方面,盛宁《人文困惑与反思——西方后现代主义思潮批判》、张进《新历史主义与历史诗学》、王岳川《后殖民主义与新历史主义文论》与《当代西方最新文论教程》、黄进兴《后现代主义与史学研究》、王晴佳、古伟瀛《后现代与历史学——中西比较》、韩震、孟鸣歧《历史·理解·意义——历史诠释学》、韩震、董立河《历史学研究的语言学转向——西方后现代主义历史哲学研究》、彭刚《叙事的转向——当代西方史学理论的考察》等著作,在对新历史主义或后现代史学思想作总体观照时,将海登·怀特作为某一章节进行概论、介绍和评论。从研究角度来看,国内学界对于海登·怀特的研究主要有以下几个方面:

第一,海登·怀特历史诗学理论的述评与研究。在研究性的期刊论文方面,徐贲《海登·怀特的历史喻说理论》一文对怀特的历史比喻理论进行了全面的评述。作者介绍了海登·怀特的历史喻说理论,概述了怀特喻说理论的渊源、历史叙述的情节效果、解释范型和道德形态。② 这是国内第一篇基于外文资料对于怀特历史比喻理论的系统述评。陈新分析了怀特在《元史学》中呈现的研究目的、思路、结论与逻辑,以及怀特提出的情节化模式、论证模式、意识形态模式和比喻理论。③ 陈永国、朴玉明阐述了怀特关于历史编纂的几个概念:编年史、故事、情节编排模式、论证模式、意识形态含义模式及隐喻、换喻、提喻和反讽这四种转义模式。④ 林庆新通过分析怀特的话语转义学,探讨他关于叙事和客观真实之间的复杂关系的看法,以及福柯与怀特的关联、历史事件与历史事实、年

① 陈新、陈恒、张文涛等人也翻译了怀特的一些论文,如《西方历史编纂的形而上学》(陈新译,《世界哲学》2004 年第 4 期)、《旧事重提:历史编撰是艺术还是科学》(陈恒译,陈启能、倪为国主编《书写历史》第 1 辑,生活·读书·新知三联书店 2004 年版)、《论实用的过去》(张文涛译,《山东社会科学》2009 年第 3 期)。

② 徐贲:《海登·怀特的历史喻说理论》,《苏州大学学报》1993 年第 3 期。

③ 陈新:《诗性预构与理性阐释——海登·怀特和他的〈元史学〉》,《河北学刊》2005 年第 3 期。

④ 陈永国、朴玉明:《海登·怀特的历史诗学:转义、话语、叙事》,《外国文学》2001 年第 6 期。

代纪和编年史与历史的关系。① 郭剑敏阐述了怀特的历史叙事理论，认为怀特的历史叙事首先是一种对历史进行文本化的理解与阐释活动，而这种理解与阐释又受到叙述者的主观立场及时代话语、意识形态的制约，怀特的历史存在就完全被转化成为一种文本化的叙事活动。这样，怀特就淡化了文学与历史的界限，采用文学的技巧更好地发挥历史解释的作用。② 赵志义通过对文学性的分析，以及对怀特的《元史学》中对文学性的强调、对"历史诗学"概念的引入，指出历史话语也具有文学性，文学性问题是一个跨学科问题。③ 此外，杨杰《海登·怀特的历史书写理论与文学观念》、翟恒兴《走向历史诗学——海登·怀特的故事解释与话语转义理论研究》等博士学位论文，对怀特的学术渊源、理论观点，其理论对于文学研究的意义等问题进行了阐述、分析与评价。

上述研究者为国内认识和推进海登·怀特的历史诗学理论研究，起到了不容忽视的作用。同时，一些学者对于怀特研究中的一些核心问题进行了深入的反思和追问，比如怀特的理论创新性何在、怀特是否由于主张历史的诗性建构特质而彻底否定历史的客观性，将历史真实等同于文学虚构、怀特与 20 世纪历史诗学的关系是怎样的，等等。

第二，海登·怀特历史诗学理论的创新性问题。王岳川将海登·怀特的理论放在新历史主义的大语境中加以评介，论述了海登·怀特"元历史"的理论特征，即历史文本的语言结构性质，而这与海德格尔、伽达默尔的阐释学理论相似，由此提出怀特理论的新意何在的问题。作者认为，亚里士多德已经说过，诗比历史更真实。因而怀特的新意不在于他所强调的历史深层结构的诗意，蕴含虚构想象与比喻修辞，历史与文学都可获得真实的叙述。怀特的新意与影响力在于他整个体系的完整性，他提出了历史话语的三种解释策略，情节编织、形式论证、意识形态论证，因而同一历史事件可以用不同的方式去解释。④ 莫立民、周宜生《海登·怀特

---

① 林庆新：《历史叙事与修辞——论海登·怀特的话语转义学》，《国外文学》2003 年第 4 期。

② 郭剑敏：《文学与叙事之维的历史存在——论海登·怀特的后现代历史叙事学》，《内蒙古师范大学学报》2008 年第 1 期。

③ 赵志义：《历史话语的文学性：兼谈海登·怀特的历史诗学》，《青海师范大学学报》2006 年第 4 期。

④ 王岳川：《海登·怀特的新历史主义理论》，《天津社会科学》1997 年第 3 期。

历史诗学再思辨》一文分析了怀特历史诗学所包含的几个核心问题，认为怀特有自己独到的话语解释体系，怀特的创新性体现在：其一，研究对象上，怀特的历史诗学是一种历史文本的研究；其二，研究方法上，怀特将历史与语言研究两个领域联系起来，进行了一种历史、语言、文学、哲学等多学科的交叉研究；其三，怀特在史学理论方面有创新，重点指出了历史的文学性。作者认为，怀特的理论除了上述创新，还有其盲点，比如怀特过于强调历史与文学的相似性，却回避它们的相异性。"海登·怀特的历史诗学就其学术品格而言，是一个有着诸多创意的解构性与建构性并存的学说，在它解构正统史学而又力图建构自己独特的学术范式的时候，一些新创与妙解令其理论构筑意趣盎然，但也难免出现逻辑的疏漏与学理的缺失。"① 黄芸的《真实·虚构·意义——海登·怀特的历史叙事理论评析》认为，怀特的创新和贡献在于，他的理论既是历史领域的语言自觉，也对历史"真实性"、"再现"、"意义"等观念都提出了挑战，从而打开了历史研究和文学研究的新视野。另外，怀特提出了一套具有可操作性的分析方法，即以语言的转义模式为基础划分出三大类对应的阐释模式，这给我们分析历史和文学叙事文本提供了新的视角和方法，也使我们在实际运用叙事方法书写时能够更加自觉。② 由上可见，研究者认为怀特的理论创新性主要体现在四个方面：其一，怀特建构了完整的历史诗学理论体系；其二，研究对象的创新性；其三，研究方法的创新性；其四，研究内容的创新性。

　　第三，海登·怀特历史诗学理论中历史真实与文学虚构的关系问题。海登·怀特认为，史学家在将历史事件编纂成历史故事的过程中存在情节编织、形式论证、意识形态论证等主观建构因素，由此认为同一件事件可以有不同的阐释方式、得出不同的意义，其阐释与意义并非是固定的。因

① 莫立民、周宜生：《海登·怀特历史诗学再思辨》，《甘肃联合大学学报》2011 年第 5 期。

② 黄芸：《真实·虚构·意义——海登·怀特的历史叙事理论评析》，《学术论坛》2007 年第 12 期。此外，在新疆大学文艺学专业郭虹的硕士论文《海登·怀特历史诗学简论》（2007）中，作者认为，海登·怀特的理论创新性主要表现在四个方面，其一，跨学科的研究方法，将文学理论的概念和方法引入历史作品的分析；其二，通过分析历史作品的诗性特质，打通了历史与文学的壁垒；其三，肯定了虚构、形式、想象等因素在历史编纂中的作用；其四，历史学家与读者产生共鸣是源于"审美"或"道德"的目的，使"读者对历史作品的取向也变成了一种文学性的审美的取向"。

此,很多学者认为怀特由于主张历史的诗性彻底否认了历史真实性、客观性,将历史等同于文学虚构,是语言决定论者。

韩震、董立河的著作《历史学研究的语言学转向——西方后现代主义历史哲学研究》,在《海登·怀特:历史是一种文学想象性的解释》一节中,主要介绍了怀特的《元史学》及论文《历史的重负》、《作为文学虚构的历史文本》中的主要观点,并由此得出结论:海登·怀特瓦解了历史客观性基础,将一切作为主观虚构。"海登·怀特鼓励历史学家们摆脱所谓的历史重负,不过是说历史可以随意、主观地进行构造,从而彻底消解历史的客观性问题。"① 韩震主编《历史观念大学读本》在《叙述主义历史哲学》一章的第二节介绍了怀特的代表性观点,诸如《元史学》的历史解释模式、《话语的转义》中的历史转义理论、《形式的内容》的叙事理论。作者认为怀特的极端叙述主义理论完全不在乎故事的真实性。"在过去三十多年里,海登·怀特成为了极端叙述主义最有力的倡导者。对怀特来说,历史的作用就是生产出对当前具有启示意义的故事,至于这些故事的真实性则无关紧要。"② 此外,张燕辉认为,海登·怀特将历史看作一个文本,过分强调历史的文本性与虚构性,使他坠入历史虚无主义的泥潭中。③ 盛宁的著作《人文困惑与反思——西方后现代主义思潮批判》在其中的"历史纪实还是文学虚构:对于海登·怀特的反思"这一部分中,分析了怀特的历史观,认为怀特"断然将历史与文学等量齐观"④,"具有最终所指的'历史'无论如何也应有纪实的成分,不论如何也不能等同于文学虚构,这就是我们对怀特的一个最简单的回答"⑤。

上述研究者对怀特理论的分析简洁而明晰,有些评论也较深入,但是过于强调怀特思想中强调历史虚构性的一面,认为怀特将历史等同于文学。怀特认为从事件到故事存在情节编织、形式论证、意识形态论证等主

---

① 韩震、董立河:《历史学研究的语言学转向——西方后现代主义历史哲学研究》,北京师范大学出版社 2008 年版,第 260 页。

② 韩震主编:《历史观念大学读本》,中国人民大学出版社 2008 年版,第 581 页。

③ 张燕辉:《"新"的历史与文学性的衍生——评海登·怀特的新历史主义理论》,《青海师范大学学报》2008 年第 5 期。

④ 盛宁:《人文困惑与反思——西方后现代主义思潮批判》,生活·读书·新知三联书店 1997 年版,第 167 页。

⑤ 同上书,第 170 页。

观建构因素，由此认为同一件事件可以有不同的阐释方式，得出不同的意义，其阐释与意义并非固定。这也是很多学者所达成的共识。但是一些学者得出的结论是，怀特由此否认了历史真实性、客观性。问题在于，对于某一历史事件的多种阐释是否就意味着否认这一历史事件的真实性、客观性？历史著作中存在的修辞、想象因素是否就意味着可以将历史著作等同于文学作品？历史与文学的区别何在？

　　事实上，已经有学者对怀特的历史诗学理论所关涉的历史的真实性与客观性问题持不同的观点，认为怀特并没有彻底否认历史真实性与客观性。譬如，林同奇在《人文寻求录：当代中美著名学者思想辨析》一书中，阐述了怀特的转喻理论和文本主义思想，认为怀特的历史文本主义不是语言决定论。作者指出，怀特的文本主义强调了三点：首先，文本主义不否认有某种独立、外在于我们的真实世界，但它认为这个世界不可能自己向我们呈现，只有经过我们的再现才能呈现。其次，所有的再现都要通过某种媒介，对史学家来说，这种媒介主要是以文本形式出现的语言。再次，语言不像人们想象得那样中立而透明，也不是只消极地记录历史真实，语言是一种自足的符号系统，会影响我们对真实世界的看法。因而，文本主义假定一切的历史真实都是经由语言、文本的再现建构而成的。[1]持相似观点的有陈新，他认为，怀特在论述其历史诗学理论时，没有太多地关注于历史事实的真实性，并不是说怀特否认了具体历史细节和历史叙事内容的真实性，将历史等同于随意虚构。而是说，怀特将传统的认识论真理观，将历史事件的客观性作为一种无需证明也不需要着重论述的前提预设，因为他要重点阐述和质疑的是整体的历史文本的真实性。[2]此时，对历史真实的思考无疑应当包含两个层次，一是单一事件的真实；二是诸事件之间的关系系列所构成的真实。

　　彭刚也指出，怀特并不否认历史事件的客观性、历史事实的实在性，他质疑的是将诸多事件系列连贯成的历史故事中所存在的主观创造性因素。尽管怀特没有彻底瓦解传统的历史认识论，但是他对历史的诗性功

---

　　[1] 林同奇：《人文寻求录：当代中美著名学者思想辨析》，新星出版社 2006 年版，第263 页。

　　[2] 陈新：《历史·比喻·想象——海登·怀特历史哲学述评》，《史学理论研究》2005 年第2 期。

能、对历史的文学性的过于强调,使他忽视了历史认识论、理性和逻辑因素,也没有从本质上明确地区分出历史与文学在认知功能上的差异。① 持相似立场的还有韩震、刘翔,在《历史文本作为一种言辞结构——海登·怀特历史叙述理论之管窥》一文中,他们分析了怀特历史叙述理论的学术背景、意义和可能的走向,认为怀特的理论解构了事实与虚构、形式与内容的二元对立,淡化了历史的科学性,强化了历史文本的虚构、形式因素,实现了跨学科研究。这是怀特的贡献和意义。然而,这种理论容易走向相对主义和语言决定论,这是应该警惕的。② 这种思路,与西方学者伊格尔斯的思路可谓殊途同归。伊格尔斯对怀特的批评很有代表性,既指出其贡献,又对其不足存有深刻的认识。伊格尔斯赞同怀特所认为的历史叙述的文学性和意识形态性,不存在完全客观真实的历史,同一历史事件可以用不同的方式去阐释。不过他同时又指出,怀特的这种多元解释立场导致了取消一切合理标准的相对主义。上述学者对怀特的认识和探究无疑更加深入,较为客观全面地评价了怀特理论的优缺点。然而,问题的复杂性在于,怀特是否真如上述学者所指出的那样明确主张历史学家可以用无边界的相对主义立场随意解释历史事件?是否主张历史记载的虚构成分不受任何真理的限制,否认历史与文学的本质差异?

笔者认为,怀特承认历史事件的真实性,没有彻底取消历史与文学的学科界限,历史与文学的根本区别在于两者内容的差异。同时,“历史编纂学及历史学家的历史研究所呈现的诗性色彩与文学家的文学创作相比,存在量的差异和程度的区别”。③ 怀特的理论观点和立场针对的是一种以真理性与真实性主导的一元论式的历史阐释,他解构的不是历史真实性,而是关于历史学者所从事的历史阐释的所谓“真实性”与“客观性”,由此解构其权威性,目的在于提倡一种多元化、多样性、异质性、弥散性的历史阐释和学术研究态度。在此视域审视之下,怀特的理论最终目的仍专注于探寻历史的真实与客观,只不过这个探寻的活动永远处于一种过程当

---

① 彭刚:《叙事的转向:当代西方史学理论的考察》,北京大学出版社 2009 年版,第 21—30 页。

② 韩震、刘翔:《历史文本作为一种言辞结构——海登·怀特历史叙述理论之管窥》,《社会科学战线》2009 年第 5 期。

③ 王霞:《在诗与历史之间——海登·怀特的历史诗学理论辨析》,《郑州大学学报》2012 年第 6 期。

中，绝对的历史真实与客观，是一个理想，历史学家永远处在通往理想的道路之上。

第四，海登·怀特与20世纪历史诗学的关系。海登·怀特历史诗学理论提出的学术背景、后现代主义思潮的兴起及现代西方学术语境中的"语言学转向"，成为国内学界研究和定性怀特思想时的重要参考坐标。在史学研究领域，王晴佳、古伟瀛的著作《后现代与历史学——中西比较》（山东大学出版社2003年版）将怀特置于后现代的视域下考察，认为怀特是后现代主义进入史学的始作俑者。在谈到后现代对历史写作的影响时，作者认为怀特的《元史学》是运用后现代的文本理论写作的作品，是企图取消历史与文学之间的界限、过去与现在的界限以及真实与虚构界限的典型。黄进兴《后现代主义与史学研究》（生活·读书·新知三联书店2008年版）一书对怀特的论述较为全面和深入，将怀特置于西方历史发展的语境背景中，概述了自兰克以来西方对历史与科学、文学关系的观点的发展、演变，认为怀特的《元史学》是叙事转向的里程碑，阐述了怀特语艺论，包括《元史学》的主要观点及"历史若文学"思想，分析了怀特的思想在史学史上的继承、发展和创见，最后归纳了怀特思想的学术意义及其学术定位和存在的缺点。韩震主编的《历史观念大学读本》一书（中国人民大学出版社2008年版）在《叙述主义历史哲学》一章中阐述了怀特的代表性思想。

韩炯的博士学位论文《历史思考的新途径：海登·怀特历史哲学研究》论述、分析了怀特叙事主义历史哲学的形成背景、思想渊源、理论内涵、价值立场等问题，认为后结构主义思潮的兴起是影响怀特理论形成的一个重要学术背景。此外，田兴斌《海登·怀特的后现代历史编纂学》、周建漳《历史及其理解与解释》、董立河《历史与想象——对西方后现代历史哲学的研究与回应》等博士学位论文，在西方历史哲学、后现代历史哲学的学术语境中探讨了怀特的理论。

在文学研究领域，王岳川《当代西方最新文论教程》（复旦大学出版社2008年版）一书，在第十章中梳理了新历史主义文论，认为怀特是新历史主义的代表人物，主要介绍了他《元史学》一书的理论特征。盛宁的著作《人文困惑与反思——西方后现代主义思潮批判》（生活·读书·新知三联书店1997年版），在对整个后现代主义思潮作总体观照时对怀特的理论进行了论述和评论。张进《新历史主义与历史诗学》（中国社会科学出版社 2004 年版）一书，以新历史主义为宏观的学术背景，论述了怀特对传统文史边界的超越，还提出了历史诗学的根本问题就是文学与历史之间的互相关涉和表述的问题。黄芸《论海登·怀特的后现代主义叙事学对新历史主义小说批评的意义》一文，分析了怀特理论中历史与虚构的关系、历史真实性与文学真实性等问题，认为"怀特的理论对评析新历史主义小说的真实性问题有多方面的启示"①。王霞《最后一位现代主义者？——海登·怀特与后现代史学的纠葛》一文指出，怀特作为后现代史学的领军人物却没有完全摒弃现代主义史学的基本观念，怀特的历史诗学理论并没有彻底否认历史的客观性，他的思想中同时存在后现代主义与现代主义的双重特质。作者分析了怀特的问题意识，认为怀特的理论"通过解构传统的历史与文学、客观与虚构的二元对立思维模式，并进而重建历史学的尊严"②。

上述研究者将怀特置于整个学术语境中考察，为了解怀特思想的背景及其观点的继承发展厘清了方向，同时，王晴佳、黄进兴等学者的著作，梳理、引入了西方学界对怀特的一些批评，有利于深入研究怀特的理论思想。

第五，对海登·怀特的比较研究。一些学者将海登·怀特与詹姆逊、福柯、章学诚等进行了比较研究。梅启波《历史诗学的叙事与意识形态分析——从海登·怀特到詹姆逊》（载胡亚敏编《文学批评与文化批判》，华中师范大学出版社 2007 年版）一文，分析了怀特与詹姆逊对叙事认识的相同与不同之处，作者认为，从怀特到詹姆逊，历史诗学进一步丰富，首先，怀特以文学、诗学理论为基础的历史诗学理论代表了历史研究领域的"语言转向"。按照詹姆逊的说法，这种形式主义是怀特理论最受诟病的地方，但在怀特那里，形式是作为内容而存在的，而且他将叙事性作为内容来研究时，目的不是将历史作为一种虚构，而是对作为文本的历史的一种"祛魅"，暴露历史文本在形成过程中如何受到语言深层模式、历史环境、认识条件以及学术体制等各种因素的制约。此外，历史诗学的概念

---

① 黄芸：《论海登·怀特的后现代主义叙事学对新历史主义小说批评的意义》，《人文杂志》2009 年第 2 期。

② 王霞：《最后一位现代主义者？——海登·怀特与后现代史学的纠葛》，《南京大学学报》2012 年第 6 期。

为跨学科研究、文化研究和各学科的自我反思扫清了道路，这为詹姆逊奠定了批评的基础。詹姆逊将马克思主义历史主义作为文化阐释的方式，以其对马克思主义和新历史主义的兼容性使"历史诗学"突破了形式主义的纯文本分析，将文学批评泛化成文化研究和历史语境研究。

林庆新《历史叙事与修辞——论海登·怀特的话语转义学》一文分析了怀特的历史叙事学与福柯话语理论的关联，认为两者都区分了话语世界与经验世界，都在反抗单一的霸权话语，但怀特对历史的诗性的强调不等于否认历史的现实认知功能。① 董馨《历史修辞的形式主义方法——米歇尔·福柯对海登·怀特历史诗学的影响》一文，认为怀特受到了福柯的深刻影响，"福柯后结构主义的'考古'式的历史研究启发怀特采用形式主义的方法将历史归结为一种历史修辞"②。作者从三个方面分析了福柯对怀特的影响：福柯关注历史的断裂性启发了怀特将历史视为一种诗意预构；福柯的四种认识型启发了怀特关于历史编纂的四种喻体模式；怀特借鉴福柯的话语分析对历史进行阐释。

除了对怀特与西方的文艺批评家进行比较研究，还有研究者将怀特与中国的学者进行比较研究。秦兰珺《章学诚与海登·怀特历史叙事观之比较》一文，对章学诚和怀特的历史叙事观进行了分析，章学诚将文史结合起来进行研究，将文学的方法运用到历史编纂中，怀特将历史看作是史学家的一种想象性的诗性建构，打破了历史与文学之间森严的学科壁垒。③

总体而言，目前国内对海登·怀特著作、论文的翻译和历史诗学理论的研究，确实取得了一些研究成果。在研究资料方面，怀特具有代表性的著作如《元史学》、《形式的内容》、《话语转义学》已被翻译过来，他的重要著作中的大部分论文也被翻译并编入《后现代历史叙事学》一书中。研究内容方面，有一些深入的评论性文章和一些介绍西方文论、历史哲学的教材或著作也将怀特作为某一章节单独讨论。但是和怀特思想的复杂性及他在国内外学界，特别是国外学界所产生的巨大影响相比，国内的研究

① 林庆新：《历史叙事与修辞——论海登·怀特的话语转义学》，《国外文学》2003 年第 4 期。

② 董馨：《历史修辞的形式主义方法——米歇尔·福柯对海登·怀特历史诗学的影响》，《学术研究》2008 年第 9 期。

③ 秦兰珺：《章学诚与海登·怀特历史叙事观之比较》，《史学月刊》2006 年第 10 期。

还存在着诸多不足。在研究资料上,怀特的一些重要英文论文没有被关注与翻译,同时,怀特的有些论文集没有按照最初发表的时间选编,研究者如果没有注意到其作品的时间顺序,将之作为一个整体来看待,就容易忽视怀特思想的发展脉络,无法解释怀特在不同时期的思想之间的矛盾。此外,目前国内学界对国外相关研究资料和成果的重视度有所欠缺。事实上,怀特的理论在国外史学界包括文学批评界都曾引起广泛的反响和争论。怀特的许多思想也正是为了回应别人对他的批评而做的反驳或修正,这造成了他思想的一些矛盾或者发展,也显示了怀特思想的复杂性。对研究者来说,如何认识这种复杂性,如何辩证地理解怀特在诸如如何再现纳粹屠杀问题上的矛盾性,是一个重要问题,而国内学界对这一问题缺乏足够的关注和重视。因而,目前国内的怀特研究还有待进一步深入。

第三节　海登·怀特历史诗学理论研究的必要性

一　海登·怀特研究中存在的问题与空间

海登·怀特试图以文学批评与历史编纂学的联合为策略,进一步加深对历史话语和历史解释视角的理解。他的历史诗学理论为历史编纂学、历史哲学以及文学理论作出了重要的理论贡献,但是目前国内外学界对他的系统研究还很有限。从研究内容来看,国内外学界对怀特的批评主要集中于怀特的历史诗学理论所蕴含的历史文本主义和历史相对主义思想,尤以对怀特的历史文本主义思想的批评占绝大多数。国内目前已有的研究缺乏对怀特理论复杂性的足够关注,尤其缺乏对其理论的思辨性、对话性探究。

其一,关于怀特的历史文本主义思想,有些学者尽管在介绍怀特主要观点的基础上进行评价,但这些评价大多将他界定为后现代史学的代表或者将历史与文学完全等同的文本主义者,没有注意到怀特提出此种观点的具体语境与问题意识;有些持不同意见的学者尽管认识到怀特的理论并非取消历史与文学的界限,但没有对其进行系统论述。上述两种看似相对立的观点其实都可以在怀特的历史诗学理论中找到相应的论据,但是目前的研究中很少有学者将这两种看似矛盾的观点置于整体的论辩视域中考察,未充分关注到怀特理论本身的内在张力结构。

其二,国内学界对怀特理论的研究,大多是探讨其历史文本主义思想，对历史相对主义思想缺乏足够关注，尤其缺乏对怀特关于如何再现纳粹屠杀的思想的研究。如何再现纳粹屠杀的问题，怀特在这一问题上看似矛盾的立场转变，以及他为什么转变立场，这一立场转变所蕴含的历史事实与道德判断的关系、学术与政治的关系等等，都彰显了怀特历史相对主义思想的重要特质。也就是说，他的相对主义是有边界的，而非取消一切合理的判断标准进而走向虚无主义的相对主义。以纳粹屠杀为个案探究怀特的历史相对主义思想，对于充分认识怀特历史诗学理论的复杂性和矛盾性有重要意义。然而，国内学界对这方面的系统研究仍很缺乏。此外，已有的研究亦缺乏对怀特的理论本身中蕴含的逻辑盲点做进一步的追问，比如他无疑承认历史事实的存在，那么这个历史事实如何界定，如何看待事实与价值的关系？因此，本书将吸收借鉴国内外已有的研究成果，关注到怀特历史诗学理论的矛盾性、复杂性并对这些看似矛盾的思想进行辨析，争取用一种思辨性的对话批评方法来更全面深入地把握怀特的理论。

二 研究重点、方法与意义

怀特通过运用文学理论中的现代语言观念、形式主义与结构主义的策略，解构了历史学的客观神话，使得传统学科视野中以虚构为主的文学与以追求真实客观为主的历史之间的界限模糊化。这一方面拓展了史学研究及文学评论的思路；另一方面又在历史学界产生了极大的震撼乃至困惑，以至于有学者认为作为虚构的诗性与作为真实的历史可以互相取代。综合国内外学术批评视野中的海登·怀特研究，我们可以发现，国内外研究者论及怀特的历史诗学理论，大多将怀特作为后现代史学的代表人物，大多着重于强调怀特对历史的客观性与真实性的解构、对历史的文本性以及由此而来的对虚构性和修辞性等诗性功能的倡导，认为怀特甚至将历史编纂过程中的诗性色彩简单地等同于文学创作，最终走向语言决定论与虚无主义。同时，学界对怀特的批评还在于怀特所倡导的包括历史编纂在内的学术研究方法论的多样性所导致的取消评判标准的相对主义。但是，问题在于，怀特是否真的像其批评者所说的那样，由于模糊了历史与文学的界限而将二者完全等同？是否由于主张历史解释的多元化而走向彻底的历史相对主义和虚无主义？如何看待怀特作为后现代史学家的身份？

由此，本书的重点在于探讨、辨析以下问题：其一，怀特历史诗学理论提出的学术语境，他与后现代史学的纠葛以及他的问题意识。其二，怀

33

特的历史诗学理论是否真的由于主张历史的文本性、诗性建构色彩而彻底否定了历史具有客观真实的可能性,取消事实与虚构的界限,并将历史研究完全等同于文学创作呢?其三,历史编纂学所呈现的诗性色彩与文学家的文学创作之间是否存在量的差异和程度的区别?其四,他是否因为主张历史解释的多元化而取消了客观真实性的存在,取消了合理的评判标准并进而走向虚无主义的相对主义?其五,以纳粹屠杀的个案辨析怀特理论中的相对主义,探讨并反思历史诗学理论所蕴含的事实与价值、学术与政治之内在关联。其六,以美国著名汉学家史景迁的作品为个案探讨历史的诗性建构与个人体验的问题。其七,怀特的理论贡献何在。

在研究方法上,第一,采用文本细读的方法。通过对海登·怀特的理论文本进行细读来厘清其历史诗学理论,并在此基础上进行梳理、辨析,进而做到言之有理、论之有据,避免断章取义和简单化、片面化倾向。第二,在评论和对话中展开对海登·怀特思想的探究。相对于以往既有研究而言,本书不仅梳理怀特历史诗学理论的主要观点,更注重一种评论性和对话性的研究,在论辩视域中对怀特的思想进行辨析,并结合具体的个案分析,得出自己的见解和结论。第三,跨学科的研究方法。怀特的历史诗学理论打通了历史与文学的学科界限,成为跨学科研究的典范,因而对其思想的研究势必要在历史与文学的交叉地带进行不断的探索与追问。

在研究意义上,对于海登·怀特的历史诗学理论进行研究具有重要的理论与现实意义。首先,它对我们重新思考文学与历史的关系具有重要的借鉴意义,有利于文学介入历史,使历史著作不再枯燥无味,变得生动形象,这方面的实践个案有史景迁。怀特的历史诗学理论打通了历史与文学之间森严的学科壁垒,有利于促进历史的文学研究与文学的历史研究。而他对文学批评的独特见解,对德里达、福柯、巴特等人的分析,也从侧面深化了我们对文学批评的理解。同时,对怀特历史诗学的辨析也关联到我们对后现代主义的一些根本性问题的看法,对怀特历史文本主义及"语言决定论"的探讨有助于我们思考巴特、德里达等人所谓的"语言仅有语言学的存在"、"语言之外别无他物"等貌似语言决定论和虚无主义的立场。

其次,探讨怀特历史诗学理论的困境,即历史阐释的善恶边界以及历史真实性是否存在等问题,具有一定的现实意义,有助于深化我们对纳粹屠杀事件、南京大屠杀事件的认识，也可以深化我们对包括历史、文学在内的人文学科与人类的道德、价值、政治的内在关系等问题的思考。通过对怀特历史诗学理论的梳理、反思、批判和对话，也有助于推进目前的怀特思想研究，促进其思想的增殖。

第二章
"最后一位现代主义者":海登·怀特与后现代史学

第一节　后现代主义与历史学

后现代主义（postmodernism）是一个没有明确定义的概念，集中突起于 20 世纪五六十年代，已经影响到建筑、绘画、哲学、文学、心理学、政治学、社会学等诸多领域。① 后现代主义于 20 世纪 70 年代影响到历史

---

① 此处不展开讨论，相关论述可参见乔伊斯·阿普尔比、林恩·亨特、玛格丽特·雅各布《历史的真相》一书的第六章《后现代主义与现代性危机》，作者认为，给后现代主义定义要涉及三个术语：现代性（modernity）、现代主义（modernism）和后结构主义（poststructuralism）。详见［美］乔伊斯·阿普尔比、林恩·亨特、玛格丽特·雅各布《历史的真相》，刘北成、薛绚译，中央编译出版社 1999 年版，第 184 页。特里·伊格尔顿认为，后现代主义是一个复杂而范围广泛的术语，它既是一个历史时期，又是一种文化、一种理论、一种普遍敏感性。从文化上说，后现代主义可定义为对现代主义的精英文化的反应，从哲学上说，后现代主义的思想特征是反对绝对主义、坚实的认识论基础、政治总体性、历史的宏大叙事，反对整体性、普遍性、单一性，主张怀疑主义、相对主义、多元主义、异质性和断裂性。伊格尔顿还分析了后现代主义与后现代性的区别、后现代主义的困境等。详见［英］特里·伊格尔顿《后现代主义的幻象》，华明译，商务印书馆 2000 年版，第 1—3 页。格特鲁德·希梅尔法布在《新旧历史学》第一章《新新史学：后现代主义》中认为，后现代主义是一个适用于解构主义、后结构主义、新历史主义、符号学等的一个总括性术语。详见［美］格特鲁德·希梅尔法布《新旧历史学》，余伟译，新星出版社 2007 年版，第 17—33 页。盛宁《人文困惑与反思——西方后现代主义思潮批判》中第一章的《关于"后现代主义"的定义》中详细讨论了与后现代主义的定义有关的如何理解"后"、后现代主义与现代主义的关系等问题。作者认为，不应该把注意力集中于探讨"后现代"这个术语的概念，从"现代"到"后现代"，是认知范式的转换，是作为文化代码的"语言"层面的话语解构与建构活动，是话语的解码和再编码。详见盛宁《人文困惑与反思——西方后现代主义思潮批判》，生活·读书·新知三联书店 1997 年版，第 25—39 页。

学领域，形成了历史学的"后现代"转向。总体而言，后现代主义对历史学的影响主要有以下三个方面：

第一，解构了启蒙运动以来的线性进步史观、宏大叙事、大写历史等观念。后现代主义建立在反启蒙的精神传统上，认为启蒙精神所标榜的科学、理性、普遍人性已经成为一种新的统治和奴役人的神话，反对任何形式的中心论、本质论、普遍论。后现代史学推崇历史的非连续性、分散性、异质性，提倡小写历史，关注下层社会的农民、贫困阶层、少数族裔和妇女等历史学中的"他者"，形成了"妇女史"、"微观史"、"日常史"、"新文化史"。① 不同于传统的历史学实践，后现代史学研究视角下的历史学家，将目光从权力的中心转向边缘，不再只关注历史中的英雄、伟大人物、影响深远的历史事件，不再以一种宏伟的叙述视角来赋予历史以进步感和意义，而是关注大众生活、民间文化，关注被传统史学所忽视的地方和人物，如小镇的店铺、村庄、妇女、工人和普通人的生死、事业、婚姻等，通过对一般人物在日常生活中的行为、心理的描述揭示当时的社会文化状况。

第二，解构了传统史学的客观性、真实性概念。乔伊斯·阿普尔比、林恩·亨特等人指出，"后现代主义的主要目的是，向知识的客观性与语言的稳定性等观念挑战"②。莱蒙（M. C. Lemon）也指出，后现代主义的基本观点是，语言不能如实地再现实在，且反对将实在的概念看作是给定的、客观的。我们对于实在的知识都是相对于某些特殊的语境的建构，事物不存在一个本质的意义，也不存在唯一的真理，意义、真理都是相对的。"语言表面的简单性，作为实在固定的能指和所指，被表明为一种幻象。"③ 后现代主义的文本理论认为，历史也是一个文本。既然历史与文学都是由语言构成的文本，它们之间的界限也就变得模糊，客观真实与虚

---

① 相关论述可参见王晴佳、古伟瀛《后现代与历史学——中西比较》，山东大学出版社2003年版，第134—135页；［美］伊格尔斯：《二十世纪的历史学——从科学的客观性到后现代的挑战》，何兆武译，辽宁教育出版社2003年版，第109—169页；［德］约恩·吕森：《消解历史的秩序——现代和后现代交叉处历史研究的几个问题，兼谈记忆的问题》，张永华译，载陈启能、王学典、姜梵主编《消解历史的秩序》，山东大学出版社2006年版，第13—14页。

② ［美］乔伊斯·阿普尔比、林恩·亨特、玛格丽特·雅各布：《历史的真相》，刘北成、薛绚译，中央编译出版社1999年版，第184页。

③ ［英］M. C. Lemon：《历史哲学：思辨、分析及当代走向》，毕芙蓉译，北京师范大学出版社2009年版，第519页。

构的界限也模糊起来。这引发了历史书写中的表现的危机,既然实际发生的过去的历史不再等于历史学家对实际过去的再现,既然真实与真理里潜藏着权力意志的话语,既然历史学家赖以表达意义的语言不过是无休止的符号嬉戏,那么我们如何才能知晓、判断何种再现才是历史的本来面目?历史的客观性是否不再可能?在语言的不确定性、历史学家的主观性面前,真正的历史实在或者真理只能被放进括号里,因为对后现代主义者来说,不存在能够超越语言、意识形态之外的实在与真理。希梅尔法布指出,后现代主义者否定的不是某个主题的这种或者那种真理,而是真理的概念本身。① 正是在这个意义上,乔伊斯·阿普尔比、林恩·亨特等人将后现代主义者作为一群否定一切的心灰意冷的知识分子,他们的世界观是一种嘲讽和绝望的世界观,"在其最极端的形式里几乎没有一般所知的历史学的容身之处"②。

第三,诱发了历史本体论和历史认识论层面上的激进的怀疑主义和相对主义。后现代主义强调语言的不确定性,文本只是一种文字的游戏,而所谓的历史事实则渗透着意识形态、权力、主观性,从而否定了获得唯一确定的真理、事实的可能性。在后现代主义者看来,过去的历史已经过去,谁也无法把握,谁也无法知道自己的历史叙述是否与真实的过去一致,不存在一个稳固不变的过去,也不存在一个稳固不变的对过去的意义的解释。客观的历史、关于历史的真理也就成为一个无法到达的理想,我们所有的只是对历史的各种各样的解释,这些解释在不同时代的不同历史学家的具体语境中都有其合理性,没有高低优劣之分。因而,所谓客观、统一的历史不过是一种主观解释和文化建构。后现代主义者反对以客观性为基础的总体性、统一性,反对单一、绝对的叙事,倡导多元性、异质性、断裂性以及意义的悬而未决。这样的观点造成了历史本体论和历史认识论的双重危机。怀疑主义能够让我们认识到所谓绝对的客观历史是不存在的,认识到历史编纂与研究过程中存在的种种主观建构成分,而相对主义则可以让我们放弃片面、单一的视角,以一种更加包容和多元的视角去

---

① [美]格特鲁德·希梅尔法布:《新旧历史学》,余伟译,新星出版社 2007 年版,第18 页。

② [美]乔伊斯·阿普尔比、林恩·亨特、玛格丽特·雅各布:《历史的真相》,刘北成、薛绚译,中央编译出版社 1999 年版,第 188—189 页。

叙述历史。但是，极端的怀疑主义和相对主义容易导致否认一切历史实在、取消所有历史评判标准的虚无主义，认为一切皆是语言的游戏，怎么说都可以。这是需要注意的。正如伊格尔顿（Terry Eagleton）所言，后现代主义"已经产出了一种在给人鼓舞的同时也使人麻痹的怀疑主义，借助于一种纯粹的文化相对主义……至少在理论上是这样"。①

由此可见，后现代史学质疑传统史学的客观、科学形象，批判启蒙运动以来的线性进步史观以及历史知识中的权力话语，解构了宏大叙事，认为历史不是一种独立于人的意识之外的客观存在，而是一种人为的建构，将语言学、修辞学、解释学、叙事学等引入历史编纂与历史研究，倡导历史的文学性、诗性特质，从而解构了传统史学的客观性、确定性概念。从根本上说，后现代史学质疑传统史学研究范式中的一系列二元对立观念，如进步与落后、事实与虚构、客观与主观、历史与文学、男性与女性、自我与他人等。因此，后现代主义挑战、解构了传统的基本史学观念，引发了历史学界的危机。许多史学家纷纷批判后现代主义对历史学的入侵和威胁。

国外学界对后现代史学的批判主要表现在以下五个方面：其一，批判后现代史学将历史作为文本，取消了历史的客观性与真实性，使历史成为失去连续性的毫无意义的碎片。比如，马威克指出，后现代历史学否认现实原则，混淆了事件与事实，将历史文本化，过于强调语言的自足嬉戏。② 其二，后现代主义将历史书写解释为权力斗争的工具，将历史政治化。理查德·艾文斯（Richard J. Evans）指出，后现代主义所宣称的没有客观历史、一切都是意识形态的反映的观点是错误的。如果政治或道德目标成为书写历史的最高准绳，那么历史学就会被用来作为政治、道德宣传的工具，为了政治目的而歪曲事实和证据。③ 其三，后现代主义本质上是反人文主义、反历史的。"后现代主义用自由和创造这迷人的字眼来诱惑

---

① ［英］特里·伊格尔顿：《后现代主义的幻象》，华明译，商务印书馆 2000 年版，第28页。

② Arthur Marwick, "Two Approaches to Historical Study：The Metaphysical（Including 'Post-modernism'）and the Historical." *Journal of Contemporary History*, Vol. 30, No. 1, January 1995.

③ ［英］理查德·艾文斯：《捍卫历史》，张仲民、潘玮琳、章可译，广西师范大学出版社 2009 年版，第218—219页。

我们,但它或许会导致我们在理智和道德上的自杀。"① 扎格林认为,后现代主义的核心要素之一就是对人文主义的敌意。② 其四,后现代主义者所提出的自认为新颖的那些理论,不过是老调重弹。希梅尔法布指出,后现代主义者认为历史编纂具有主观性、选择性、易错性、相对性,没有绝对客观完整的历史。但是,这些所谓的新观念其实并不是后现代主义的发现,古代和现代的史学家都知道这些,并试图通过史学家的反思、学科方法、专业技巧等来避免。③ 其五,后现代主义者的立场常常自相矛盾。艾文斯认为,德里达等后现代主义者在保罗·德曼事件上的态度充分显示出后现代主义的前后不一和矛盾。④

在对后现代史学的众多批评声音中,最为主要的就是指责后现代史学对历史的文本性、语言性的强调。因为历史的文本性和语言性容易导致历史与文学的完全等同,导致彻底否认历史客观性的语言决定论,进而导致历史虚无主义、反历史等。1979 年,劳伦斯·斯通就曾在《叙事的复兴》一文中指出,20 世纪 70 年代的历史观已经与以往不同,发生了根本的变化,由科学史观向叙事史观改变。⑤ 斯通指出了科学、客观的历史研究已经不再可能,特别强调了历史的叙事性与文学性。那么,他的观点与后现

---

① [美]格特鲁德·希梅尔法布:《如其所好地述说历史:不顾事实的后现代主义历史学》,张志平译,载陈恒、耿相新主编《新史学·后现代:历史、政治和伦理》第 5 辑,大象出版社 2006 年版,第 23 页。

② Perez Zagorin, "Historiography and Postmodernism: Reconsiderations." *History and Theory*, Vol. 29, No. 3, October 1990.

③ [美]格特鲁德·希梅尔法布:《如其所好地述说历史:不顾事实的后现代主义历史学》,张志平译,载陈恒、耿相新主编《新史学·后现代:历史、政治和伦理》第 5 辑,大象出版社 2006 年版,第 9—24 页。

④ 艾文斯对保罗·德曼事件的分析,详见理查德·艾文斯《捍卫历史》,张仲民、潘玮琳、章可译,广西师范大学出版社 2009 年版,第 232—238 页。艾文斯曾追问道:后现代主义主张多元化,但是如果所有的多元立场、理论、知识都是同样有效的,那么我们为什么就应该相信后现代主义的理论立场而非别的?他引用保罗·珀胡山的论述来对后现代主义进行反驳:"假设一个声明与其对立方同样是对的,假设一个立场和另外一个相反的立场也都是对的,那么,因为有一个立场——实在主义(realism)——认为两个互相对立的声明不可能都是对的,后现代主义将不得不承认其自身同其论敌——实在主义,一样都是对的。但后现代主义是不愿意承认此的,大概因为后现代主义的整个核心所在,就是认为实在主义是错误的。"(理查德·艾文斯:《捍卫历史》,第 220 页)

⑤ Lawernce Stone, "The Revival of Narrative: Reflection on a New Old History." *Past and Present*, No. 85, November 1979.

代史学所主张的历史的文本性是否一致呢？伊格尔斯认为，斯通与后现代史学的根本不同在于，前者在主张历史的文学性的同时并未否认历史对实在性的追求，后者则主张历史与文学完全等同，彻底否认历史的实在性。① 伊格尔斯的这种观点很典型，代表了众多学者对后现代史学的批评态度，即认为后现代史学意味着历史编纂与历史研究不可能客观，意味着历史与文学的等同，意味着一切皆是历史学家的语言建构，而这一切都源自后现代史学所倡导的历史的文本性。凯斯·文沙特尔在《西方历史编纂学的后现代转向批判》一文中更是指出，后现代主义的历史多元论倡导对同一个历史事件进行不同解释，因而也可以对历史进行为所欲为的随意解释，排除了历史的客观实在性。而后现代史学的这种观点，无疑"把历史写作引入了死胡同，并导向终结"②。

当然，也有一些学者在批判后现代史学的同时承认其某些合理性。比如《历史的真相》一书的作者乔伊斯·阿普尔比、林恩·亨特、玛格丽特·雅各布。她们认为，后现代主义的最主要问题是语言决定论问题，但是，不应该由此把后现代主义的观点全部舍弃，后现代的文本类比等观点有政治和认识论上的洞见。后现代主义对历史的客观性与真实性提出了挑战，有其合理之处，证明了以往实证主义史学的客观性是狭隘的，但是历史事实与史学家的意见、文献证据与史学家的阐释之间仍有区别。由此，她们提出了一种务实的实在论观点，主张重新定义历史的客观性，既承认历史证据、文献的客观性，又承认历史编纂中存在的主观建构因素、意识形态影响、语言的歧义等，也就是"发问主体与外在客体之间的互动关系"③。她们强调的并不是绝对的客观，而是竭尽可能的客观，史学家只要"本着勤奋忠实的原则来做，有可能写出相当真实（虽然不一定完全真实）的古代、近代历史"④。她们指出："我们的目标是要在传统主义批评与后现代主义者之间走出一条路来，既要为历史的客观性和包容性辩

---

① ［美］伊格尔斯：《二十世纪的历史学——从科学的客观性到后现代的挑战》，何兆武译，辽宁教育出版社 2003 年版，第 114、136 页。

② ［澳］凯斯·文沙特尔：《西方历史编纂学的后现代转向批判》，李凌翔译，《东岳论丛》2004 年第 4 期。

③ ［美］乔伊斯·阿普尔比、林恩·亨特、玛格丽特·雅各布：《历史的真相》，刘北成、薛绚译，中央编译出版社 1999 年版，第 242 页。

④ 同上书，第 208 页。

护，同时也承认有必要探讨历史在概念上的错误。"①

国内学界对后现代史学的态度主要有以下两种：其一，以盛宁、葛兆光等学者为代表的质疑和批评。盛宁认为，后现代主义阐释理论的最根本特征就在于不承认语言具有最终的所指，把语言文本的意义看作是一个无止境的能指符号的置换链，其语言观是一种建立在纯语言层面的构想，但语言在实际运用的时候，总是有最终的所指。以海登·怀特为代表的后现代史学家将历史文本化，从而放逐了实在发生过的"事件"，但历史的文本并不是可以随意阐释的虚无主义的文本，历史事件是一种客观实在，历史的"真实性首先是表现为一种先于文本的存在"②，因而不能将历史等同于虚构和文本。葛兆光认为，后现代主义将历史降格为叙述，但是各种考古证据、文献都是客观存在的，这表明历史叙述不能无中生有、随意虚构。③ 其二，陈新、赵世瑜、张永华等学者对于第一种观点所认为的后现代史学将历史等同于文本的看法持不同态度。陈新认为，后现代主义取消了历史与虚构的界限，将其等同于虚无主义的观点是对后现代主义的误解。后现代主义者对传统的历史认识论的颠覆并不是为了反历史，他们所说的历史是一种虚构并不意味着无中生有，后现代主义认识论对差异性的强调也不是为了解构所有的同一性话语，而是指出这种同一性话语的暂时性、有限性。④ 陈新指出："当后现代主义认为历史是一种虚构时，它并不是说无中生有，而是指历史叙述的形式结构往往是史学家诗性想象的产物。形式上的创造往往能够更为准确地表达人们的理解，这种情形在艺术领域不难看到（如行为艺术增强了人们对即时性与瞬间意义的理解），而在史学领域，它同样如此，只是过去鲜为人知。如今，人们已经意识到语

---

① ［美］乔伊斯·阿普尔比、林恩·亨特、玛格丽特·雅各布：《历史的真相》，刘北成、薛绚译，中央编译出版社 1999 年版，第 184 页。

② 盛宁：《人文困惑与反思——西方后现代主义思潮批判》，生活·读书·新知三联书店 1997 年版，第 169 页。作者以 20 世纪的两次世界大战为例来说明自己的观点。世界大战给人类带来了巨大的灾难与痛苦，不可能将它简单地归纳为文本，局限于文本的问题范畴内。尤其是第二次世界大战期间，法西斯纳粹对犹太人的种族大屠杀，但纳粹战犯福利森却在审判时否认这一种族屠杀行为；侵华日军在南京进行了大屠杀，但这一惨案至今仍被日本的正史排斥。因此，作者指出，如果仅仅把历史等同于文本，将会造成严重的后果。

③ 葛兆光：《中国思想史导论》，复旦大学出版社 2001 年版，第 134—135 页。

④ 相关论文可参见陈新《实践与后现代史学》，《学术研究》2004 年第 4 期；陈新：《实验史学：后现代主义在史学领域的诉求》，《北京师范大学学报》2004 年第 5 期。

言或符号表现是史学和文学的共同特征。既然历史学并不存在特定适合它这个学科的语言，而又和文学一样同是语言表现的方式之一，拥有共同的形式要素，文学与史学的距离从此大大地接近了。如此说，并不只是因为历史表现中存在想象的成分而接近文学，也在于人们认识到文学表现因其存在历史性成分而靠近历史。"① 赵世瑜认为，后现代主义者对历史客观性问题的思考是复杂的，而不仅仅像有些批评者所认为的后现代主义将历史等同于语言虚构、否认曾经存在的真实历史。也就是说，这些批评后现代主义的学者"对历史客观性问题的认识显然没有后现代主义者思考得那么复杂，中国的学者在有限地讨论后现代史学的时候，甚至放弃了对此核心问题的讨论，以至在具体的史学实践过程中缺乏自觉的反思意识"②。张永华持类似的观点，认为虽然后现代主义继承了语言学、符号学的理论观点，强烈地冲击了传统历史学的基本认识论观点，将现实消解，将历史文本化，然而却并未否定"存在"（entity）。③ 因此，对于追寻历史客观性、真实性的史学家来说，要辩证地看待客观性问题，即历史的客观性存在与对这种客观存在的认识是两回事，不能因为历史认识的种种主观性和局限性而否定历史的客观性，也不能因为历史具有客观性就断定对历史的认识就一定是客观的。

总体来说，国内外学者对后现代史学的态度出现分歧，主要是因为他们对后现代史学所倡导的历史文本性的认识不同。持反对意见的学者认为，后现代史学由于倡导历史的文本性而否认了历史的客观实在性，将历史等同于文学，走向文本之外空无一物的语言决定论、历史相对主义与虚无主义；持认同意见的学者认为，后现代史学确实发掘了历史的文本性、文本的语言性、意识形态性等主观建构因素，但是，这些都不意味着后现代史学完全放逐了历史实在，也不意味着后现代史学真的认为历史与文学毫无差异或者事实与虚构不存在界限。

笔者认为，对于后现代史学，应该采取一种辩证的态度。一方面，就历史包括发生过的事件与关于这些事件的记录而言，首先，我们所知道的发生的历史事件，只是史学家有选择地从不计其数的历史事件中筛取、选

---

① 陈新：《实践与后现代史学》，《学术研究》2004 年第 4 期。
② 赵世瑜：《历史学即史料学：关于后现代史学的反思》，《学术研究》2004 年第 4 期。
③ 张永华：《后现代观念与历史学》，《史学理论研究》1998 年第 2 期。

择的一部分事件。其中体现着史学家的个人好恶、先行判断，具有主观性；同时，福柯所提出的权力话语理论也提示我们追问历史由谁编写、代表谁的声音等问题。很明显，历史总是一部分人的历史，这就决定了必然会有一部分属于他者的历史被排斥在外。这样，我们所知道的历史就并非全面、客观，也并不代表真相。其次，史学家在记录这些事件的时候要进行所谓的情节编织，将之变成一个有开头、发展、结尾的具有前后逻辑的故事，然后对之进行形式论证、意识形态论证。这也是一个主观建构的过程，甚至与文学创作的诗性建构有相似之处。因此，历史不可避免地掺杂着个人兴趣、意识形态、权力话语等因素，这就解构了以往客观真实的、有规律可循的历史。可以说，后现代主义的怀疑与批判精神让我们看到了历史的复杂性，让我们认识到历史并非其所宣称的那样毋庸置疑，也让我们对任何的历史言说都保持一份警醒、怀疑和距离。

但是，另一方面，后现代主义史学对历史的文本性、对历史写作的语言、隐喻和想象成分的强调，解构了历史的稳固性、语言的恒定性、语言与现实的一致性，从而以一种貌似极端的形式摧毁了历史学相对坚实的实证主义大厦。正如伊格尔斯指出的，后现代主义彻底否定了历史的真实性，导向了一种历史虚无主义，将洗澡水和婴儿一起泼掉了。① 而希梅尔法布则认为后现代主义是一种否定一切真理和意义的虚无主义，"对于所有的学科来说，后现代主义诱发了一种激进的怀疑主义、相对主义和主观主义，它们否定的不是关于任一主题的此种或彼种真理，而恰恰是真理的观念——甚至否认真之理念，作为所渴求之物的真理，即使它绝不能被完全获得"。② 这也是后现代主义史学备受批判的一个非常重要的原因。因而，如何避免后现代主义在历史本体论和历史认识论层面上的激进的怀疑主义和相对主义是一个需要注意的问题。在此，格奥尔格·伊格尔斯的观点具有代表性，他认为，在兰克的客观性信念和怀特的相对主义立场之间存在着一条中间道路的可能性，即虽然承认历史学存在着意识形态的渗入、知识与权力的交织等种种主观建构因素，不可能如其所是地去再现历

---

① ［美］伊格尔斯：《二十世纪的历史学——从科学的客观性到后现代的挑战》，何兆武译，辽宁教育出版社2003年版，第15页。

② ［美］格特鲁德·希梅尔法布：《新旧历史学》，余伟译，新星出版社2007年版，第18页。

史，但一些基本的历史事实、历史事件的客观性是不可能被否认的，因而历史学家可以依靠自己的专业技能不断地接近历史真实。

第二节　海登·怀特与后现代史学的纠葛

海登·怀特由于提出历史诗学理论，倡导历史的文本性，指出史学家在历史编纂过程中蕴含的语言性、情节编织、意识形态渗透等诗性建构因素，质疑了传统的科学史学，成为备受争议的理论家。怀特的理论主张与后现代史学的思想无疑有着共通之处。一般情况下，怀特也被国内外学界视为后现代史学的代表人物。然而，吊诡的是，他本人却并不认同这种定位，坚称自己是"最后一位现代主义者"①。在此，我们需要追问：怀特为什么不承认别人赋予的"后现代"标签，却说自己是"最后一位现代主义者"？对于这个问题的追索和探究，不仅关涉怀特历史诗学的基本学术立场，而且也只有在对其学术立场有一个整体的关照之下才能够更好地贯通、理解他思想中的一些看似矛盾的复杂之处。

怀特的态度是因被人冠以名声不佳的"后现代史学"这样的标签而产生的一种反感情绪吗？在西方学界，自身思想具有后现代特质而本人又对此矢口否认的情形，是存在的。譬如，耶鲁大学的著名汉学家史景迁是一位具有后现代倾向的学者。尽管从客观角度而言，他的历史著作具有强烈的后现代史学色彩，然而他本人却根本不承认自己是后现代主义者，究其根源，就在于后现代史学的一些观念常常被主流史学家视为"赶时髦的、泡沫性质的东西"，"甚至违反常识或经验"②，并且有可能导致"一

---

① 王晴佳、古伟瀛：《后现代与历史学——中西比较》，山东大学出版社2003年版，第152页。怀特曾说："我只是现代主义者……我对历史的态度，和某些后现代主义者十分类似，但要说我是个后现代史家并不正确。"（陈建守主编：《史家的诞生：探访西方史学殿堂的十扇窗》，戴丽娟、谢柏辉等译，时英出版社2008年版，第80页。）在埃娃·多曼斯卡对怀特的访谈中，怀特也说过，一些人倾向于将他与后现代主义联系起来，但他认同林达·哈琴（Linda Hutcheon）将他作为现代主义者的观点。"我整个的思想信息，我自身的发展都在现代主义之内……我是一个形式主义者和结构主义者。"（Ewa Domanska, Hans Kellner and Hayden White, "Interview: Hayden White: The Image of Self-Presentation." *Diacritics*, Vol. 24, No. 1, Spring 1994.）

② 王晴佳、古伟瀛：《后现代与历史学——中西比较》，山东大学出版社2003年版，第249页。

个标准的模棱两可的状况，一个道德真空，一个无义务无责任的状况"①。在此逻辑下，如果谁承认自己是一名后现代主义者，就势必将使自己陷入一种道德危机的状态。那么，怀特是否属于此种情况呢？如果回答是肯定的，问题就会变得异常简单，也就是说，怀特自己的"最后一位现代主义者"的表白仅仅是一种不满情绪的发泄以及下意识的自我维护，这与其思想是否具有"后现代"特质似乎并不相关，也并不能就此断定怀特思想不具备后现代特质。但是，仅仅如此简单处理，显然具有思想偷懒之嫌。怀特此种自我表白，究竟是一种情绪性的发泄还是一种经过深思熟虑之后的理论表达，尚需认真对待。

欲对此问题做出回答，必须弄清楚：第一，怀特历史诗学理论是否内在地具有"现代主义"的特质？第二，其理论是否同时具有"后现代主义"的特质？归根结底，宣称自己是"最后一位现代主义者"的怀特，是否可能具备"后现代主义"的思想特质，现代主义与后现代主义之间究竟是一种水火不容的对立关系还是一种可以互相交融、彼此依存的关系？

约恩·吕森认为，后现代主义的历史研究者反对以理性与实证的原则来研究历史，强调历史叙述的修辞、诗性因素，对他们来说，历史不再是一种事实存在，而仅仅是虚构，这就造成了后现代史学与现代史学的思维概念的根本差异。② 对怀特来说，他无疑反对实证主义的历史研究方式，重视历史叙述的诗性因素，指出历史的文学性、虚构性。这些都具有明显的后现代史学特征。问题在于，他是否完全否认历史事实的客观性，是否认为历史是纯粹的虚构，与文学没有本质区别？他的理论是否完全摒弃了现代主义的史学概念？

首先，历史可以理解为过去所发生的客观事件，也可以理解为对这些

---

① 〔美〕波林·罗斯诺：《后现代主义与社会科学》，张国清译，上海译文出版社1998年版，第47页。海登·怀特曾指出："在美国后现代主义被认为是对历史的否定、是事实与虚构的混杂、是相对主义，是可以对任何东西你说你想要说的任何话。"后现代主义者被认为是不负责任的，因此许多批评家极力挞伐后现代主义者。（埃娃·多曼斯卡：《邂逅：后现代主义之后的历史哲学》，彭刚译，北京大学出版社2007年版，第42页）

② 〔德〕约恩·吕森：《消解历史的秩序——现代和后现代交叉处历史研究的几个问题，兼谈记忆的问题》，张永华译，载陈启能、王学典、姜梵主编《消解历史的秩序》，山东大学出版社2006年版，第11页。

事件的陈述。对此,从怀特对事实与事件的区分可以看出他并没有彻底否认历史的客观性,而是认为历史中既有客观成分,又有主观建构成分。[①]怀特曾指出,历史与文学在内容上有着根本的不同,历史研究的内容是实际发生过的事件,而文学的内容则可以是没有发生过的虚构和想象出来的事件。怀特表示,他一直承认自亚里士多德以来的约定俗成的历史与虚构的区分,历史学家研究的对象是特定时空中的可被观察的事件,而文学家除了可以研究上述的对象以外,还可以创造、发明一些现实中不存在的对象。[②] 此外,他认为,历史著作中不可避免存在的种种诗性建构色彩和文学创作相比,存在着量和程度上的差别。历史著作中的文学色彩不仅不会阻碍我们探求历史的真实性,反而会有助于我们接近它。可以看出,怀特尽管认为历史中存在多种主观建构因素,但是,他并没有彻底否认历史的客观性基础。他认为,历史事实同时包括了过去发生的客观历史事件和对历史事件的陈述。这就说明,历史事实中的主观性陈述部分并不是一种随意构造的主观性,而是建基于客观的历史事件之上。正是在承认历史客观性的基础上,历史的文本性才不会成为历史真实性的阻碍。

因而,怀特没有完全摒弃现代主义史学的基本观念。他并不是彻底否认历史的客观性和真实性的极端后现代主义者,他对历史研究的客观性基础的承认,以及通过发掘、利用历史中的文学性因素从而更好地接近历史真实性的目的,都与现代主义的特质存在契合之处。怀特也曾说过,他是一个形式主义者和结构主义者,"相比于更时尚的后现代主义,我的历史观念与源于浪漫主义的崇高的美学有着更多的共同之处"[③]。尽管怀特自己坚持一种现代主义的立场,他的理论也与现代主义有着诸多契合之处,然而,这种契合只是局部的,而非全部契合,因为现代主义的历史认识论仍然严格遵守主客二分的客观实证主义史学,追求历史的客观稳定性。而这正是怀特所极力反思和批判的焦点。

其次,尽管怀特没有完全否定历史的客观性,但他对那种单一论的客

---

① Hayden White, "Response to Arthur Marwick." *Journal of Contemporary History*, Vol. 30, No. 2, April 1995.

② Hayden White, *Tropics of Discourse: Essays in Cultural Criticism*, Baltimore and London: The Johns Hopkins University Press, 1978, p. 121.

③ Ewa Domanska, Hans Kellner and Hayden White, "Interview: Hayden White: The Image of Self-Presentation." *Diacritics*, Vol. 24, No. 1, Spring 1994.

观性又持批判态度,在这方面,他的理论主张又具有某些后现代特征。后现代的基本特点在于解构,这在怀特的思想里亦有非常明显的反应,他解构了传统史学所谓绝对的客观与真实的梦想。怀特曾在访谈中表示,他很推崇德里达和巴特,认为后结构主义的方法对于解构历史叙事有借鉴意义,后结构主义是一种注重文本的引人深思的激进的理论。① 怀特认为,历史学家在认识历史的过程中存在种种的主观建构因素。比如,他认为历史编纂与文学创作在某种程度上是相似的,都需要选取材料、情节编织,融入意识形态因素、主观偏见,都具有非技术语言的比喻色彩。这就模糊了历史与文学的边界。同时,历史所蕴含的种种文本性因素和文学色彩,决定了史学家对历史的解释具有种种不确定性。因而,怀特的理论不追求历史解释的唯一答案,而追求历史解释的增殖,追求一种多元化、异质性的历史。这些理论取向,以及怀特对传统史学的质疑、批判、解构本身都与后现代史学的基本特征、内在精神相契合。这也是国内外的众多学者将怀特作为后现代史学的代表人物的主要原因。②

但是,需要注意的是,怀特具有典型的后现代特征的对多元化、异质性历史阐释的追求,不同于漫无边际的相对主义。在此问题上,怀特对纳粹屠杀事件的承认以及如何再现这一事件的看法表明,他的历史相对主义思想是一种以善恶标准、时代的道德价值判断为底线的有边界的相对主义,而不是取消一切标准的怎么说都可以的历史虚无主义。怀特认为,尽管历史学家可以采用不同的情节模式来再现纳粹屠杀事件,但是,如果以纯粹的史实罗列的方式来再现,那么就要排除掉喜剧的情节模式,也就是说,纳粹屠杀这一事件的悲剧性不允许历史学家采用喜剧的情节编排模式。只有当史学家不拘泥于史实性的字面意义的再现,采用比喻意义的再现方式时,才可以根据文学的真实性原则来再现,不受限制地使用情节模式。怀特的立场显示了他对于当代公认的道德判断标准的认同,也显示了任何学术研究都不可能仅仅是封闭书斋里的纯粹学术推理,而是要受制于

---

① 王逢振:《交锋:21位著名批评家访谈录》,上海人民出版社2007年版,第362页。

② 代表性的观点参见王晴佳、古伟瀛《后现代与历史学——中西比较》,山东大学出版社2003年版,第136—140页,作者认为,后现代主义者最强调的是历史与文学的沟通,批判近代史学无法反映真实,而怀特的《元史学》就是以会通史学与文学为目的,他确是后现代主义进入史学的始作俑者。

主流话语、政治立场等，这些限制就是相对主义的边界和底线。①

由上可见，怀特的思想同时具有现代主义与后现代主义的特征。希梅尔法布曾指出过实证主义、现代主义、后现代主义对于历史学的三种态度的差别。她认为，实证主义追求的是关于过去的完整不变的绝对真理，现代主义历史学尽管怀疑绝对真理的存在，却相信暂时的局部真理，尽管也是相对主义的立场，但相信过去本身的实在性；而后现代主义历史学却否认关于过去的任何客观真理，否认过去的稳定性、不变性，认为所谓的客观历史只是一种将意识形态隐藏于注解和"事实"之后的神话与迷信。②对于怀特而言，他一方面解构了实证主义史学的绝对客观性，指出了所谓的客观性中包含的种种主观偏见、意识形态、文学修辞等因素，反对历史解释的稳定不变性，坚持历史解释的多元化和相对性，追求历史的增殖；另一方面，他又承认历史事件的客观性，承认历史与文学之间存在本质区别，他的学术出发点也不是为了将历史虚无化，取消历史学科的独立性，而是为了捍卫历史的尊严。这与希梅尔法布所说的某些极端的否定所有意义与实在的后现代主义者不同。就此来说，怀特的史学思想无疑有着充分的复杂性，既具有后现代主义特征，又具有现代主义的特征，不能简单地给他下片面的定论。

怀特的历史诗学理论由于倡导历史的诗性而具有典型的后现代特征，人们也一般据此将他作为后现代主义史学代表。但是，只关注怀特思想中的后现代特征的学者却忽略了他思想中同样存在的现代主义特征，更忽略了一个重要的理论问题，即后现代主义是否能够独立于现代主义？王晴佳指出，不能将现代与后现代视为一种时间上的先后关系，后现代建立在对现代的反思基础上，两者不可截然割裂。③程光泉持相似看法，他认为，后现代主义与现代主义是一种互相补充互相交融的关系，后现代主义史学不是对现代主义史学的完全否定，而是现代主义史学的发展与延续。后现代

---

① 详细论述参见本书第五章中的"如何言说纳粹屠杀？——海登·怀特的历史相对主义思想辨析"。

② ［美］格特鲁德·希梅尔法布：《如其所好地述说历史：不顾事实的后现代主义历史学》，张志平译，载陈恒、耿相新主编《新史学·后现代：历史、政治和伦理》第5辑，大象出版社2006年版，第9—24页。

③ 王晴佳、古伟瀛：《后现代与历史学——中西比较·序》，山东大学出版社2003年版，第3页。

主义并非要完全否认历史学的客观性,而是要重新建构历史的客观性。"它是对历史学传统叙事方式的反叛,却也未尝不是对传统历史学叙事方式的反拨与修正。"① 伊格尔顿也指出,后现代主义产生于现代主义,后现代主义是"它所斥责的现代主义的亲生孩"②。笔者认同上述三位学者的看法,

---

① 程光泉:《后现代性与历史学的焦虑》,《东岳论丛》2004 年第 2 期。作者针对如何理解现代性与后现代性进行了论述,第一,后现代性不是一个时间概念,但它有时间上的规定性,是相对于现代来说的。第二,后现代性指涉的是西方社会生活的现实境况。"把后现代性看作当代西方社会境况或状态的指称,是从社会生活中的知识和研究的组织形式、意识与情感、价值观、文化、工作与闲暇的组织形式、安居的类型等方面的基本境况做出界说的。"后现代性的社会意义在于对传统文化的毁灭、理性价值观的崩溃、社会道德沦丧等资本主义现代化的消极面进行批判,后现代性反映了当代资本主义文化日益尖锐的矛盾。第三,后现代性是当代西方社会思想文化氛围的表征,显示了"中心"被"边缘"取代,总体化、同一性、本质论、基础论被多元化、多样性、异质性、不确定性取代。第四,后现代性指称的是怀疑主义、多元主义、相对主义、不确定性、非连续性、反理性主义等多种认识方式与方法。后现代性的认识方式从内部解构了现代性的认识方式,解构中又包含着重构。关于如何理解后现代主义与现代主义的关系,作者指出,后现代主义与现代主义之间不存在非常明显的界限,两者之间存在互相渗透的关系。后现代主义是对现代主义的反叛和超越,"当代西方社会,传统思想、现代思想和后现代思想杂糅并存,只有'强弱'之分,并无灭绝之迹。就后现代主义而言,它既居于传统与现代之中,又是发现传统与现代矛盾的产物。应该说,后现代性与现代性呈现出犬牙交错之势,后现代主义在超越与反叛过程中延续着现代性理念"。后现代主义具有历时性与共时性结构,自身是一个矛盾体,因此"如果把后现代主义某一方面的某一特征看作是后现代主义的全部特征,其结果是只看到了不确定性而看不到内在性,只关照了解构性而忽视了重构性,只看到了颓废性而看不到建设性。"后现代主义具有破坏性力量,给历史学带来了很大的挑战,必须通过现代性与后现代性的平衡,来消除历史学的焦虑。

② [英]特里·伊格尔顿:《后现代主义的幻象》,华明译,商务印书馆 2000 年版,第 55 页。莱蒙的《历史哲学:思辨、分析及当代走向》一书的第三编第十四章"历史的终结?后现代主义者的挑战",阐述了后现代主义理论的主要观点,德里达、福柯、利奥塔等重要的后现代理论家的代表性思想,以及后现代主义对历史学科的挑战。莱蒙将后现代主义与文艺复兴的人文主义对比,将这二者都作为一种发端于文学艺术,之后影响到其他领域的运动。莱蒙认为,后现代主义建立在对现代主义的抵制的基础上,他们将现代主义界定为西方文化中以理性主义、自由主义和人文主义为特征的理性主义。后现代主义对历史学科最重要的影响是再现的终结或危机。参见 M. C. Lemon《历史哲学:思辨、分析及当代走向》,毕芙蓉译,北京师范大学出版社 2009 年版,第 513—557 页。让·弗朗索瓦·梅托在论述后现代主义对传统或常规历史的批判时,指出这种批判表现在四个方面:否定人类事物和知识中的进步、发展观念;挑战历史学家的客观性;否定历史编纂学的理性;质疑常规历史在理解和传播人类政治、道德、文化等方面所起的媒介作用。他认为,传统史学与后现代史学远非水火不容的关系,这两者之间存在的共同之处是都具有相同的叙事特征,因而没有必要将它们完全对立起来。参见让·弗朗索瓦·梅托《"传统"历史对后现代历史:叙事的贡献》,载(加)斯威特(William Sweet)编《历史哲学:一种再审视》,魏小巍、朱舫译,北京师范大学出版社 2008 年版,第 285—293 页。

即现代主义与后现代主义并非一种水火不容的对立关系，也不可将这两者的关系完全割裂，后现代主义蕴含于现代主义，是对现代主义的继承、反思和批判，其目的并不是为了彻底瓦解现代主义精神，而是通过这种反思和批判来建构一种更好、更完善的现代主义精神。后现代史学对现代主义史学所遵循的客观性与确定性持批判态度，不断地挖掘历史编纂与研究中的意识形态、话语权力、语言学等因素来破除稳固的客观性与权威性，以达到历史祛魅的目的，而对历史的祛魅正是为了实现一种真正的客观公正。

由此可见，怀特"现代主义者"的自我界定，并非一种简单的情绪发泄，而是在克服现代主义与后现代主义二元对立的评价尺度问题上所标示的理论取向，即通过这种理论宣示而表明，他的理论最终归结点不在彻底解构历史的客观性与真实性，也不在彻底瓦解历史学作为一门独立学科的正当性，而在于通过解构传统的历史与文学、客观与虚构的二元对立思维模式，并进而重建历史学的尊严。

那么，怀特为什么会声称是"最后一位"现代主义者呢？首先，这是一种坚定立场的表达，即便以解构一切为己任的后现代主义潮流席卷整个世界，当所有的人都不再坚持现代主义的时候，他依然固守现代主义立场，成为"最后一位"现代主义者。其次，他对现代客观实证的科学历史学的批判反思也好，解构摧毁也罢，其实都在以一种比较激进的方式重建另一种更接近客观真实、更多元全面、更有说服力的历史，以后现代的方法和视野去反思和批判现代史学，从而修正和弥补现代史学的缺陷和不足。就此意义而言，怀特基于批判而形成的现代主义认识是一种接近完美理想状态的现代主义，兼容现代主义与后现代主义的优长而形成的独特的现代主义，这也是现代主义所能"最后"达到的状态和境界。这样一种看似对立的双重立场其实并不矛盾，彰显了怀特的理论在后现代主义的表层之下蕴含的丰富的现代主义纹理。因而，怀特的这一自我表述不应被理解为"后现代主义"（postmodernism），而是"后期现代主义"（late-modernism）。后现代史学是对现代史学的补充，而非替代。正如让－弗朗索瓦·利奥塔（Jean Francois Lyotard）所言，"后现代主义并不意味着现代主义的终结，而是它的新生，它的不断新生"①。在此前提下，后现代史

① 让－弗朗索瓦·利奥塔：《对"什么是后现代的"这一问题的回答》，李明明译，载汪民安、陈永国、张云鹏主编《现代性基本读本》，河南大学出版社2005年版，第378页。

学只是我们在追寻历史真相途径中的一种有益的借鉴、参考和善意的提醒,但绝对不可将历史编纂与文学创作完全等同,走向取消一切历史感的泛文本主义,陷入历史虚无主义的窠臼。

怀特表示过,他不介意人们怎么界定他、称呼他,他认为标签或者派别并不重要。他主张的是对著作本身的阅读活动,"如果它对你的研究有帮助,那很好;如果相反,那么请忘记它"①。笔者认为,对于海登·怀特到底是一个什么样的理论家,到底属于哪一个流派,应该避免简单地贴标签的定论式研究,较为客观、辩证的方法是通过对他的理论观点的梳理和辨析,通过对他的理论出发点和问题意识的分析,来审视他基本的学术立场。

第三节　海登·怀特的问题意识

被称为"科学史学之父"的兰克代表了客观实证史学的治史思路,强调搜集原始史料,按照实际的样子去书写历史。科学史学的主要特征是注重历史的精确性,反对将历史作为艺术,反对历史与文学结合。过于强调考据、量化技巧的科学史学往往十分枯燥乏味,因而劳伦斯·斯通《叙事的复兴》的发表引起了史学家对历史的叙事性、文学性的重视,海登·怀特更是提出了历史诗学理论。

怀特历史诗学理论的提出与他的问题意识密切相关。柯林武德在他的自传中曾谈到,研究者的问题意识十分重要,只有知道了某个命题的问题意识,才能清楚地知道这个命题的真正意蕴。相反,如果不了解研究者所提出的命题的问题意识,就会对他的命题产生误解。② 因而,我们对怀特及其理论的认识要在认真考察他的问题意识的前提下进行。可以说,怀特的问题意识对于我们正确地评价他具有重要的意义。那么,怀特的问题意识何在?

考察怀特的问题意识,需要了解他在历史研究中所碰到的并试图去解决的是什么问题。在《元史学》一书的前言中,怀特明确地指出,他不

---

① Ewa Domanska, Hans Kellner and Hayden White, "Interview: Hayden White: The Image of Self-Presentation." *Diacritics*, Vol. 24, No. 1, Spring 1994.

② [英] 柯林武德:《柯林武德自传》,陈静译,北京大学出版社 2005 年版,第32—33 页。

满于当前学界对历史性质的认识，而他写作《元史学》的一个重要目的
就是挖掘历史的诗性要素。可以说，怀特的问题意识与他对"什么是历
史"的认识密切相关。事实上，尽管传统的客观实证史学和后现代的文
本主义史学之间存在种种不同，但争论的根源却在于对"什么是历史"
的理解不同。正如盛宁所指出的，怀特的历史观首先包括对"什么是历
史"的重新定义，反对将历史等同于过去的事件，历史的特性不仅在于
"过去性"，也在于文本性。① 怀特对历史文本性的强调是出于对传统的科
学史学的反思和批判，也是对"什么是历史"以及历史与科学、艺术的
关系的一种再思考。

在《历史的负担》② 一文中，怀特批评了"费边策略"（Fabian tac-
tic），重新定位了历史的性质，它与科学、艺术的关系。所谓"费边策
略"，是指当社会科学家批评历史缺乏科学性、方法性时，历史学家便声
称不能以科学的标准来评价历史，因为历史不仅注重分析方法，也具有艺
术性；当文学艺术家批评历史枯燥乏味，缺乏对人类深层意识的挖掘和文
学再现模式的运用时，历史学家便声称历史毕竟具有科学性，强调数据、
史料、叙事的准确，不能等同于文学艺术。这样一种策略使得历史成为科
学和艺术的中介，将两种截然相反的认识论结合起来，因而在很长时间内
都适用。但是随着社会的发展、观念的更新，人们对科学与艺术的看法发
生了巨大的变化，不再片面强调二者的差异和断裂，而是更多地注意到它
们的共通性。既然科学与艺术具有某些共性，也就不再需要在它们中间建
立一个沟通的中介者。此时，许多历史学家依然固守于陈旧的历史再现观
念，拘泥于枯燥的数据和文献考订、整理，因而引起人们的不满。第一次
世界大战更加强化了人们对历史的敌意，并生成了一种反历史的态度，因
为原本应该为当代提供教育、训诫作用和指引未来的历史，不论是第一次
世界大战前还是战后，都没有提供任何的启示和帮助。相反，过去的思
想、制度和价值观念却成为强加于现在的负担，所以不应该研究历史。

在这种人们对历史表示失望、敌意和排斥的史学困境下，怀特提出，

---

① 盛宁：《人文困惑与反思——西方后现代主义思潮批判》，生活·读书·新知三联书店
1997 年版，第 165 页。

② Hayden White, *Tropics of Discourse*：*Essays in Cultural Criticism*, Baltimore and London：The
Johns Hopkins University Press, 1978, p. 27.

我们应该重新思考历史的性质与地位，重塑历史的尊严，将现在从过去的重负中摆脱出来。那么，如何去做呢？怀特认为有三点方法，首先，就历史的研究目的而言，不应该为研究而研究，而应将对过去的研究作为理解现在的角度，为解决当代的现实问题提供借鉴。其次，就研究的方法而言，史学家应该放弃过时的将历史事实看作是给定的客观性概念。同时，史学家在运用社会科学的新技术和方法时，也要利用现代艺术和文学的再现技巧，将对过去的探索建立在科学与艺术的共性而非差异的基础之上，将历史作为与科学、艺术平等的一门学科来看待。在这个意义上说，历史既不是科学，也不是艺术。最后，就历史再现的观念而言，史学家要认识到对同一历史事件的再现不存在唯一正确的观点，而是存在许多不同的再现风格和正确观点。在严肃地看待过去的前提下，不同的史学家可以怀有不同的情感和思想倾向。①

由此可以看出，怀特既不单纯赞成历史的科学性，也不单纯赞成历史的艺术性，而是主张历史要独立于二者而存在，吸收和利用它们的最新成果，重塑历史学科的尊严。对于史学家来说，既要确立正确的研究目的，又要合理运用现代科学和艺术的方法去更好地服务于历史。怀特认为，这种关于历史研究和再现的观念将开拓在历史研究中运用当代科学和艺术洞见的可能性，而不会导致严重的相对主义和把历史作为宣传的倾向，也不会导致将历史与科学结合的一元论。

一些学者认为，怀特的历史诗学理论倡导历史的文本性，发掘历史叙事的深层诗意结构，从而将历史完全等同于文学，取消了历史与文学的学科界限。② 这些学者批评怀特无视历史学科所包含的纪实成分、客观性、真实性，鼓励史学家随意地进行主观臆造，走向不可知论和虚无主义。问题在于，怀特确实提出了历史编纂过程中所存在的种种诗性建构因素，指出了历史所含有的虚构性和文学性，但是他是否因而主张彻底取消历史与文学的边界，将二者完全等同？

从对《历史的负担》一文的分析，我们可以看出，怀特坚决捍卫历史作为一门学科的独立自主地位，反对将历史作为科学和艺术的中介。如

---

① Hayden White, *Tropics of Discourse：Essays in Cultural Criticism*, Baltimore and London：The Johns Hopkins University Press, 1978, pp. 41 – 47.

② 代表性观点可参见本书《国内外学术批评视野中的海登·怀特研究》的相关论述。

果怀特真的主张消除历史与文学的界限，将二者完全等同，那么，首先从逻辑上来讲，这就与怀特捍卫历史学科的地位、主张重塑历史尊严的立场相矛盾。需要注意的是，怀特为什么既捍卫历史，又主张历史的文学性，进而强调历史与文学的融合呢？同时存在的问题是，历史的诗性、历史与文学的融合是否就意味着历史作为一门独立的学科属性的必然消失？如果考虑到怀特提出其历史诗学理论的具体语境和学术出发点，就可以理解他看似自相矛盾的理论背后的真正意图。

在《历史中的阐释》一文中，怀特通过分析列维·斯特劳斯关于历史叙述与阐释的神话性质，指出历史所具有的虚构性，"尽管历史作为一种'方法'，通过其编目学的优势为科学作出了贡献，但它绝不是一门科学"①。在《作为文学制品的历史文本》中，怀特认为，历史与科学的不同在于前者缺乏严格的概念，也没有达到科学对普遍规律的认识；历史与文学的不同在于历史着眼于"事实性"，文学着眼于"可能性"。既然历史与科学、文学都不相同，那么，怀特为什么偏偏主张历史向文学而非向科学靠拢呢？原因在于怀特对当时历史现状的认识与思考。他指出，当今的许多历史学家都倾向于将历史作为科学，为了追求历史的客观真实性而排斥文学因素，他们关注社会科学中最新的技术和方法的发展情况，并尝试将计量经济学、博弈论、冲突与化解理论等运用于历史编纂，但极少运用现代文学的艺术技巧。在史学家偏于科学性、忽视文学性的情况下，怀特表达了他对历史学科处境的担忧："为了看上去科学和客观，它已经抑制和拒绝了自身的力量和革新的最伟大的来源。通过将历史学再次拉回到与其文学基础的紧密关系中，我们不仅能防止自己的意识形态的曲解，也能达成一种历史的'理论'，没有它，历史就不能被作为一门'学科'。"② 正是出于对历史学科的担忧和捍卫，怀特主张历史不应该为了追求所谓的客观和科学而失去其文学基础和想象力，历史不应该仅仅是一堆毫无生命力的数据，而是应该为现实服务，为当代的现实问题提供借鉴。在此语境下，怀特提出其历史诗学理论，发掘历史所具有的种种诗性因素，指出历史与文学在某种程度上的同一性和融通性。因而，他的历史诗

① Hayden White, *Tropics of Discourse：Essays in Cultural Criticism*, Baltimore and London：The Johns Hopkins University Press, 1978, p. 57.

② Ibid. , p. 99.

学并不是为了摧毁历史学科的独特属性，将历史合并到文学阵营中，而是通过利用文学再现技巧，通过对历史自身文学性的自觉意识和张扬而更好地认识历史、编纂历史，树立历史学科的尊严。

接下来的问题是，历史的诗性、历史与文学的融合是否就必然意味着历史作为一门独立的学科属性的消失？怀特认为，这并不会导致历史客观性的彻底消失。尽管历史学家可以运用种种文学再现技巧和修辞因素，不同的史学家对于同一个历史事件也可以怀有不同的情感和思想倾向，但是这并不意味着可以随意地虚构历史。首先，史学家应该严肃地对待过去；其次，史学家所面对的是史料，需要尊重"客观性"，文学则可以虚构，书写的是"可能性"，这是历史与文学的根本不同；最后，历史独特的学科属性决定了历史既含有相对客观真实的事件和史料，也含有对这些材料的加工陈述，既有客观性，又有主观性，而且主观性建立在客观性的基础上，并非随意地捏造、建构。针对一些学者的指责，怀特曾声明，他并不否认历史、文化和社会知识的可能性，人类所获得的知识不仅有自然科学方面的，还有人文方面的，"我所表明的目的是，我们不必要在艺术与科学之间进行选择，实际上，我们在实践中也无法这么做"①。诚然，历史编纂过程中存在种种诗性因素、转义的成分，但是，"这不是指传统的历史学是内在固有的不真实，而仅仅是说，它的真实包括两种：事实的和比喻的"。②

由此可见，怀特对于"什么是历史"的观念是辩证的，既非传统的客观实证史学，也不是极端的虚无主义立场，而是主张在尊重过去客观性的基础上，采用文学艺术的技巧、情感表达，以实现历史再现的增殖，丰富历史的意义和维度。如果我们忽视了怀特历史诗学理论的问题意识，只看到他对历史诗性因素的张扬，只看到他在模糊历史与文学的界限，在倡导语言的歧义、历史文本的歧义，那么，就很可能推论出他是一个解构历史客观性、解构历史学科的独立性从而使历史走向终结的虚无主义者。正是怀特的问题意识，有助于我们认识和理解他思想的复杂性，也进一步让

---

① Hayden White, *Tropics of Discourse：Essays in Cultural Criticism*, Baltimore and London：The Johns Hopkins University Press, 1978, p. 23.

② Hayden White, *Figural Realism：Studies in the Mimesis Effect*, Baltimore and London：The Johns Hopkins University Press, 1999, p. 10.

我们明白，他为什么既捍卫历史的学科尊严和独立性，又倡导历史的文学性，既承认历史事件的客观性，又提出历史叙事过程中的虚构性和主观性。这些看似矛盾、不相容的二元对立观点，正是怀特所质疑并试图颠覆的。怀特的历史诗学理论，始终在客观与主观、历史与诗性、事实与价值等一系列看似对立的概念之间游走，目的在于建构一种辩证统一的、真正的多元共存的历史。

小结

在后现代主义思潮的强劲影响下，历史学经历了后现代转向，也就是所谓的后现代史学。总体而言，国内外学界对后现代史学的态度呈现出很大的差异，有学者指责后现代史学等于一切皆是文本、一切皆是虚构的历史虚无主义；也有学者认同后现代史学对宏大叙事、普遍理性、客观性的解构，对他者的关注，对多元性与差异性的倡导；还有学者澄清、辩解后现代史学并非语言决定论和虚无主义，并非彻底瓦解客观性，而是为了重建客观性。笔者认为，我们应该以一种辩证的态度去面对后现代主义对历史学的挑战。一方面，在承认一些基本历史事实不可否认的前提下，看到历史编纂与历史研究的复杂性以及承认并非绝对客观，承认历史的文本性、语言性和意识形态等因素存在。这是后现代史学理论值得我们借鉴和思考的地方；另一方面，不论后现代史学是否真的主张语言决定论，是否真的将历史与文学完全等同，其对历史文本性的过于强调，对历史客观性的漠视，都无疑有其批评者所担忧的语言决定论的嫌疑，也容易导致激进的怀疑主义和相对主义，从而导致彻底否认历史实在的虚无主义。这是我们需要注意避免的。

海登·怀特一向被作为后现代史学的代表人物，然而，对他的后现代身份的强调往往会忽视其思想中的现代主义因素。事实上，怀特的历史诗学理论中既有后现代史学的特征，又具有现代史学的特征。现代主义与后现代主义并非水火不容的断裂、对立关系，后者正是在对前者的继承、反思和批判基础上形成的。因而，后现代史学不可避免地蕴含着现代史学的某些观念。而怀特对现代史学所恪守的客观性的质疑与批判，他由此提出的历史诗学理论所具有的后现代特征，都不足以给他的学术立场下一个简单化的定论，而只能说明，他通过对现代史学基本的客观性概念的批判来重建一种更加真实、更加客观的历史,也就是真正地包容了不同声音和视角的增殖性历史,这样的历史比起只有唯一标准的历史来说,更客观、更公正。同时,怀特对客观性的批判和解构,不是为了批判而批判、解构而解构,而是通过这种批判和解构,修正现代史学的缺陷和不足。

因此,对于怀特的理论,不应该以他的某些代表性的观点来给他下一个结论,贴一个标签,从而忽视他理论中虽然没有重点强调但也明确指出的观点。比如,怀特的批评者一般倾向于认为,怀特的历史诗学理论一直在强调历史的诗性因素,如历史学家所用的语言的歧义性、历史叙事的故事性、文学表现手法的运用、情节的编织、意识形态的渗入等。这些诗性建构因素似乎表明,历史编纂与文学创作存在很大的相似性,甚至在某些方面可以等同。而怀特对历史的文本性和语言的强调又忽视了历史事件和历史文献的客观性,似乎一切皆是虚构,一切皆是语言的游戏。问题在于,怀特明确指出过,历史与文学在内容上存在本质的不同,历史不可以虚构,而文学可以。同时,历史编纂中的诗性色彩与文学创作有着程度和量的区别。这些都决定了历史不可能与文学完全等同。怀特对语言的强调与语言决定论也有本质不同,"强调"并不等于"彻底认同"。而这些恰好为怀特思想的研究者所忽视。

此外,对怀特历史诗学理论的认识和评价需要联系他的理论出发点,他源于何种问题意识。怀特的问题意识在于,重新确立历史研究的尊严,为此,历史研究要与时俱进,运用现代科学的技术方法,以及现代艺术技巧。但是,这些方法的运用并不等于否认历史与科学、艺术之间的界限,这三者根本的区别在于素材而非方法,方法并无学科的限制,只要有助于表现历史,可以利用其他学科的方法。同时,对过去的描述、再现的方法与视角可有多种,不同的方法、不同的视角再现的只是一种真实,而非全部真实。不论以何种方法和角度再现历史,都有一个基本的前提,即尊重过去的严肃的态度。怀特认为,历史的地位与尊严不在于充当科学与艺术的中介,那样恰恰抹杀了历史的独特价值,而是在尊重过去的基础上,与时俱进地运用现代科学与艺术的各种方法,以便为更好地再现历史服务。反观当代的史学研究现状,历史学家往往过于注重历史的科学性、客观性,而忽视了历史中所蕴含的种种诗性因素。因而,怀特认为,应该重视历史的诗性因素,应该采用文学的再现方式来为史学实践服务。正是这样的问题意识,使得怀特提出了历史诗学理论。

　　后现代主义史学也好，怀特的历史诗学理论也罢，如果说它们都质疑并挑战甚至解构了传统的单一性、统一性、绝对性的历史观，倡导历史阐释的多元性、异质性、相对性，那么，这是否就意味着它们彻底否认了传统史学观的所有基本概念，彻底否认历史事件的客观性、历史认识所可能达到的真实可靠性，将历史完全文本化、语言化，使历史学科完全沦陷为语言的不确定游戏？可以说，怀特的理论以及后现代史学所引发的最为关键的问题，就是如何认识、看待它们所倡导的历史的文本性以及由此形成的多元性、异质性、相对性的问题。历史的文本性、诗性是意味着历史不可能再具有客观性、真实性，还是表明原本的传统史观过于简单武断，要寻求历史的增殖与多元？正如罗伯特·伯克霍福（Robert F. Berkhofer, Jr.）所追问的："这是一个关于认识论和本体论的清白丧失的叙述，还是一个关于认识论和本体论的复杂性增加的叙述？"①

　　笔者认为，从怀特的学术定位与问题意识来看，他提出的历史诗学理论并不是为了彻底地瓦解传统史学的客观性与真实性，而是在对这种绝对、唯一的客观性与真实性的反思与批判中探寻历史的多元与增殖，不是为了彻底取消历史本体论与认识论的所有基础和可能性，而是让人们意识到历史并非稳固的单一体和统一体，它自身就是一个各种意义互相冲突的不确定的复杂领域，蕴含着多种可能性。

---

　　① ［美］Robert F. Berkhofer, Jr.：《超越伟大故事：作为文本和话语的历史》，刑立军译，北京师范大学出版社 2008 年版，第 355 页。

第 三 章
历史的诗性:海登·怀特历史诗学理论概述

　　海登·怀特认为,历史叙事离不开语言,而语言的特质决定历史叙事必然具有修辞色彩。史学家将零散琐碎的单组历史事件转化为一个具有内在逻辑的蕴含开头、中间、结尾的完整故事这一过程,势必伴随情节化解释、形式论证式解释、意识形态蕴含解释,这个过程无法绝对摆脱史学家个人的主观兴趣和情感偏见,从本质上来讲是一种诗性构筑。此外,话语转义理论为区分特定历史时期中历史意识的深层结构形式提供了基础。由此,向来标榜客观的历史叙事便在语言及主观偏好等此类无可回避的写作特性作用下轰然瓦解,取而代之以历史叙事的虚构性、修辞性,其强烈的诗性色彩、文学底蕴,更为海登·怀特所关注。具体而言,海登·怀特的历史诗学理论主要体现在下述四个方面。

第一节　历史叙事的语言

　　从语言层面来讲,每一部历史著作首先都是一种语言制品,一种特殊的语言结构。史学家既需要以语言来进行写作,用语言来描述数据和分析解释,同时他所依据的资料也大多为语言文本。可以说,语言对理解历史话语具有十分重要的作用,而不仅仅是一个透明的中介和形式,没有语言,也就不存在历史话语。

　　海登·怀特认为,历史叙事是一种语言虚构,与文学的语言虚构有许多相似之处,却区别于科学领域的叙述。诗歌含有历史因素,历史叙事也同样含有诗歌的因素,史学家在叙述历史时需要靠连类比物的修辞语言来界定表达对象。为了让人们了解不熟悉的陌生的历史事件,让那些远古的数据产生意义,把距今遥远的神秘过去变为易于让人理解的现在,史学家的语言必须生动形象,巧比善喻,单纯的技术语言无法达到有效阐释历史的目的。"没有谁能逃离比喻语言使用的决定性力量。"[1]

历史叙事语言的比喻修辞性决定了历史叙事不仅仅是对事实的如实直述,也含有比喻的建构和隐在的意义。即使在最直义表达的论说文中,不加入任何的修辞藻饰,也不可避免地会含有语言的建构成分,而不可能完全再现出其本来面目。"每一个模仿性的文本都能显示出,它们对客体的描写丢掉或者加入了一些东西。"[2] 因而,不论在写实的历史还是在虚构的文学中,语言既是形式,也是内容,它在言说历史的同时也在建构历史。"语言绝不是等待着被事实或观念的内容填满的一系列空洞形式,也不是附属于世界的先在的指涉物,而是它自身就作为事物之一存在于世,并且在它以任何一种给定的话语形式表达出来之前,就已经承载着比喻的、转义的和类属的内容。"[3] 也就是说,语言并不是空洞无物的形式或者附属物,它自身就是一种独立存在,拥有丰富的意义内涵。因而任何一种以语言写成的历史作品,就不仅仅只含有表面的字面意义,还因语言自身承载的比喻、转义等内容而使得历史作品具有建构成分,具有深层的诗意结构内涵。

怀特指出,可以将历史写作看成散文话语的类型来分析,通过一种修辞分析来揭示隐含的诗意结构。他分析了泰勒论德国的一段看似完全陈述事实的文字,指出了字面的事实信息和隐含的比喻层面的深层结构,进而认为,即使在泰勒那样简单明了的历史散文中,即使史学家再现的客体仅仅是事实信息,语言的运用也能够在它所描写的显在的字面意义层面之下投射出某种隐含的辅助意义,这种语言的建构过程本质上是诗性的。

---

① Hayden White, *Tropics of Discourse*:*Essays in Cultural Criticism*, Baltimore and London:The Johns Hopkins University Press, 1978, p. 105.

② Ibid., p. 3.

③ Ibid., p. 5.

第二节　事件、年代记、编年史与严格意义上的历史

　　海登·怀特区分了事件、年代记、编年史与严格意义上的历史。事件是后三者的基本组成要素，年代记和编年史是事件的时间序列，缺乏叙事性，没有故事的形式；严格意义上的历史则建立在事件、年代记或编年史的基础上，史学家选择一系列事件或事件列表，并将它们按照开始、发展、结尾的形式进行叙事，形成一个有着前因后果关系的故事。

　　要使过去的历史事件成为严格意义上的历史，史学家在对特定的事件进行因果分析时，除了要审慎地处理证据，尊重事件最初发生时的编年顺序，保证其真实性，还要具有叙事特征。也就是说，不仅仅将事件作为一个编年序列展开，还要赋予其一种结构模式和意义顺序。怀特认为，年代记的形式完全不具备这种叙事因素，只是一个按照编年顺序排列的事件列表，没有一个讲述的中心主题，也就不会有故事的结尾，"年代记没有结尾；它们仅仅中止"①。而编年史尽管追求叙事性，渴望陈述一个故事，但是往往不成功，无法获得叙事的完整性，不能对论及的事件系列的意义做一个评价性的概括和结尾。"严格来说，编年史是开放的。它们原则上没有开端，仅仅'开始'于编年史家开始记录事件时。它们也没有高潮或者结尾，能无休止地进行下去。"② 编年史的结尾与其说是结束，不如说是中断，因为事情没有得到解决。由此可见，尽管年代记和编年史都保留了年代表，都缺乏故事的叙事性，但两者仍有区别，即前者根本没有展示故事的形式，后者展示的则是未完成的故事形式。因而，无论一个历史学家在叙述事件时如何客观、公正、谨慎，"只要他不能给历史实在提供一个故事的形式，他的描述就不是严格意义上的历史"。③ 也就是说，没有叙事就没有历史。

　　既然叙事对于严格意义上的历史如此重要，那么，"叙事"如何可

---

① Hayden White, *The Content of the Form：Narrative Discourse and Historical Representation*, Baltimore and London：The Johns Hopkins University Press, 1987, p. 8.

② Hayden White, *Metahistory：The Historical Imagination in Nineteenth-Century Europe*, Baltimore and London：The Johns Hopkins University Press, 1973, p. 6.

③ Hayden White, *The Content of the Form：Narrative Discourse and Historical Representation*, Baltimore and London：The Johns Hopkins University Press, 1987, p. 5.

能？怀特认为，某种法律主体的观念是"叙事性"和"历史性"的必备条件，没有法律主体，一切都不可能。所谓法律主体是指"能够作为代理人、中介和历史叙事所有表现形式的主体，从年代记和编年史到我们在其现代实践和失败中所了解到的历史话语"。① 在此，怀特认同黑格尔的观点，即法律、历史性与叙事性之间存在着紧密的关联，不存在法律，也就不可能存在主体和适于叙事的事件。历史编纂者的历史自觉意识越强，社会制度与支撑它的法律问题、法律的合理性、权威性、威胁等问题就越占据他的注意力。主体在社会制度中形成其全面的人性，而法律制度是主体遭遇社会制度的最直接形式。怀特以《圣加尔年代记》为例说明，年代记作者正是由于缺乏一种社会中心观念，缺乏对法律制度或人类道德的关心，因而没有根据这种观念来叙述所发生的事件并赋予其道德或伦理意义，也没有突出某些事件的重要性，只是将它们记载下来。

因而，怀特断定道："每一种历史叙事，都把从道德上解释它所叙述的事件这一愿望作为其潜在的或显在的目的。"② 显然，叙事性与道德说教有密切关系，叙事性的话语往往服务于道德教化的目的，只要有叙事，就会有道德或道德教化的动机。年代记和编年史都缺乏叙事性，因而前者的道德敏感性处于缺失状态，后者则只是潜在出现。相比而言，严格意义上的历史则具有典型的叙事性故事特征，有明显的开头、中间和结尾，具备首尾一贯性、完整性和意义。在这个意义上说，历史故事对结尾的要求就是对道德意义的要求，一切历史叙事都会受到道德意识和道德权威的影响。而这恰恰是对历史编纂学作为一门"客观"学科的挑战，"我所要说明的是，对实在事件进行再现的叙事上所附加的价值，源于一种愿望，即让实在事件表现出一种仅能是虚构的生活图景之连贯性、完整性、丰富性和结局性的愿望"③。实在的事件能够被文学创造似的虚构形式建构为一个具有中心主题、开头、发展、结尾的故事形式，并因此附有种种价值和道德说教。因此，除了单纯存在的事件、年代记和编年史，所有的历史故事都含有道德意蕴，史学家不可能进行一种没有任何道德化的叙事。

---

① Hayden White, *The Content of the Form: Narrative Discourse and Historical Representation*, Baltimore and London: The Johns Hopkins University Press, 1987, p. 13.

② Ibid., p. 14.

③ Ibid., p. 24.

第三节　历史故事的形成与解释

一　历史故事的形成

从故事的形成过程看,历史叙事不是对过去发生的所有事件的照搬和机械的模仿,也不只是记录到底发生了什么事情,而是在对原有资料进行整理、加工、提炼的基础上,重新描写事件,将其变成一个完整的具有内在逻辑的故事,这是一个诗性构筑的过程。事实上,历史叙事是一个复杂结构,它包含了两个层面的内容,一是真实发生的事件,二是具有虚构性质的故事。事件与故事的区别在于,前者本身是一种中性存在,是"发现"的,后者则由史学家赋予情节性和叙事性因素,是"发明"的。事件本身不具有故事的成分,把事件变成故事就是一种虚构的过程。把一个事件系列描写成喜剧或者悲剧,并不因为这个事件本身就是喜剧或悲剧,而是由看待这个事件系列的视角决定的。"任何故事都是虚构的。这意味着它们仅仅在比喻的意义上真实,而一个话语的比喻就某种意义而言可能是真实的。"① 这样,史学家就可以对文献中的事件进行编排,同时不改变事件可能具有的真实价值。因而,"不应当把历史话语仅仅当成是被它描写的一组事件的镜子"。②

如果仅仅按照事件发生时的顺序原本记录下来,那只是编年史,要将纯粹的编年史变成情感性和逻辑性的故事,就必须运用人物描写、主题突出、视角转变等策略,赋予事件以不同的意义。怀特指出,历史讲述的不仅是事件,还包括这一系列事件所可能具有的关系系列,"这些关系系列并非事件本身内在固有的,而仅仅存在于思考它们的历史学家的意识中"③。比如国王之死在不同的历史故事中,可以作为开头,可以作为结尾,也可以仅仅作为一个过渡性的事件。因而,从单一的事件系列到完整的故事,必然伴随史学家凸显某类史料的重要性。而凸显的过程,其实也是遮蔽的过程。一取一舍之间,史学家的个人情感和好恶取向悄然渗入其

---

① Hayden White, *Figural Realism: Studies in the Mimesis Effect*, Baltimore and London: The Johns Hopkins University Press, 1999, p. 9.

② Hayden White, *Tropics of Discourse: Essays in Cultural Criticism*, Baltimore and London: The Johns Hopkins University Press, 1978, p. 106.

③ Ibid., p. 94.

中。对此,怀特阐述得非常清楚,他认为,历史学家对故事的叙事过程主要包括:①"精简"材料,保留一些事件而排除另一些事件;②将一些事件移至中心位置,将另一些事件放逐至边缘或背景的地位;③建构事件之间的因果关系,使故事有一个开头、中间、结尾;④收集对自己观点有利的事实,排斥相反的材料,使论述更加可信;⑤解构原有的语言编码、叙述模式,重新编码,描写事件,建立另一个话语系统。①

由此我们可以看出,历史学家从无数的历史事件和编年史中,根据自己的写作意图,选取一部分相关的事件和事件系列,进而把它们作为特殊的故事类型进行编码,形成一个有着内在逻辑性的故事。这个过程是一种诗性的建构,带有强烈的主观性,且受制于叙述者事先存在的写作目的和意识形态,隐含了叙述者的态度与立场。就此而言,史学家对史料的取舍过程,与文学家取舍创作材料一样,本质上都具有"创作"的色彩,在这个意义上说,历史学家成了"小说家"。

二 历史故事的解释

从对历史故事的解释来看,史学家在将事件编织成故事时,必然会面临如何解释的问题,比如对故事发生的前因后果的解释,对结尾的分析和判断,为什么以这种方式而不是另一种方式发生,它的意义是什么等。海登·怀特认为,对上述问题的回答和解释有三种方式,即通过情节化解释(emplotment)、形式论解释(formal argument)、意识形态内涵解释(ideological implication)。

所谓情节化解释,就是"通过识别所讲述故事的类型而赋予此故事以意义"。② 怀特认为,故事与情节存在密不可分的关系,没有情节就不存在故事,什么样的情节决定了什么样的故事,正是情节赋予了故事以一致性和连贯性。不同的情节结构决定了对同一历史事件所采取的不同的编织故事的方法,并从而导致了对事件的不同解释。在叙述故事的过程中,史学家如果赋予故事一种悲剧的情节结构,他就会按照悲剧方式"解释

---

① Hayden White, *Tropics of Discourse*: *Essays in Cultural Criticism*, Baltimore and London: The Johns Hopkins University Press, 1978, p. 112.

② Hayden White, *Metahistory*: *The Historical Imagination in Nineteenth-Century Europe*, Baltimore and London: The Johns Hopkins University Press, 1973, p. 7.

故事",相反,如果他赋予故事一种喜剧的情节结构,同一个事件就可以获得喜剧的意义。怀特根据弗莱《批评的剖析》的线索提出四种情节化模式:浪漫剧、悲剧、喜剧和讽刺剧。这四种故事原型的情节编排模式为历史事件提供了不同的解释方式和效果。

怀特认为,叙事历史学家有在文化内部的不同情节编排模式中进行选择的自由,他们可以在不违反事实层面的真实标准基础上,讲述同一组事件的不同故事类型。被某个史学家看作是喜剧故事的事件,在另一个史学家看来可能是悲剧的。就这两个史学家所表现的不同政治观点而言,这两种阐释都合理,没有对错之分。事实上,历史事件作为故事的潜在因素时,只是一种中性的存在,并非本质上就是悲剧的或者喜剧的,"同样的事件系列可以作为悲剧或喜剧的故事成分,这具体取决于历史学家对情节结构的选择。为了将事件系列转变成一个可理解的故事,史学家所考虑的情节结构要最适合于那类事件的组合排序"①。大多数的事件都可以根据史学家构想的故事类型进行不同的编码、不同的情节化解释,赋予它们以不同的意义。例如,米什莱以浪漫剧的模式书写历史,兰克用的是喜剧模式,托克维尔用的是悲剧模式,布克哈特用的是讽刺模式。每一部历史,都以某种方式进行情节编排。就此而言,每一部历史著作都包含两个解释层面:一个是由史学家所选取的历史事件所构成的故事层面;另一个是史学家运用一些基本的叙事技巧,去识别他所讲述的故事类型,可以是浪漫剧、喜剧、悲剧或讽刺剧。怀特认为:"正是在第二个解释层面上,神话意识才最明显地发挥作用。"②

所谓形式论解释,即史学家需要通过建构一种理论的推理论证,来对故事中所发生的事件提供一种解释,表达某种总体的意义或中心思想。这种论证可以看成一个包括大前提、小前提和结论的三段论。借鉴史蒂芬·C. 佩伯在《世界的构想》中分析的构想的世界类型,怀特提出了历史解释的推理性论证所采用的形式的四种范式:形式论的、有机论的、机械论的和语境论的。其中,形式论的真理论在于识别、标识历史领域内特定研究客体的特性,包括它的类别、种属和特定品质,以及它所描述的历史领

---

① Hayden White, *Tropics of Discourse*: *Essays in Cultural Criticism*, Baltimore and London: The Johns Hopkins University Press, 1978, p. 84.

② Ibid., p. 59.

域的多样性、特质和生动性等。形式论的解释可以见于把历史领域的多样性、生动性作为核心研究目标的历史编纂中。有机论的解释更具"整合性"，注重整体过程，将历史领域中的细节描述成整体过程中的某些因素，把单个实体作为所合成的整体的部分。整体大于部分之和，同时在性质上也与之不同。机械论的解释与其目的论相关，倾向于还原，而非综合，注重因果关系的研究，因为这种因果关系决定着历史领域内发现的过程所得出的结果。语境论模式则通过把事件置于其所发生的具体条件和语境中来解释事件，通过揭示事件与其他同一历史语境下所发生的事件之间的特殊关系，来解释事件为什么会发生。上述四种解释模式中的任何一种都可以用在历史著作中，为事件的真实意义提供某种形式论证。

　　所谓意识形态内涵解释，是指史学家在选择特定的叙述模式时就已有了意识形态取向，因而对历史的解释也势必带有意识形态色彩，反映了史学家所采取的特殊立场的伦理因素。怀特根据卡尔·曼海姆的《意识形态与乌托邦》，提出了四种基本的意识形态立场：无政府主义、保守主义、激进主义和自由主义。就变革社会的问题而言，保守主义者维持现状，不赞成有步骤有计划地改革社会；无政府主义、激进主义和自由主义则相对好些，或多或少对迅速变革社会秩序的前景持较乐观的态度。后三者的不同在于，无政府主义者主张废除社会，以"共同体"取代之；激进主义者主张改变和瓦解现状，在新的基础上重新组建社会；自由主义者则主张以机械论的方式来调节社会。怀特认为，即使是政治倾向不明显的历史学家，如布克哈特和尼采，他们的历史著作也含有某种意识形态内涵。

　　由此，历史学家在对故事进行解释的时候，有三种解释方式会影响其历史编纂，即审美的（情节化解释）、认识论的（形式论解释）和道德的（意识形态内涵解释）。怀特认为，史学家通过情节编排、形式论证和意识形态内涵三种模式来对故事进行解释时，这三种模式的综合代表了历史编纂的风格。值得注意的是，在某一部特定的历史著作中，这三种模式并非可以任意组合，有些模式之间互相矛盾和排斥，比如情节编排中的喜剧与形式论证中的机械论不相容，意识形态中的激进主义与讽刺的情节模式不相容；有些模式则基于结构上的同质性而存在亲和关系，可以在编纂的不同层面进行不同的解释，获得不同的意义效果。这些亲和关系可列表如下：

67

情节编排模式	论证模式	意识形态内涵模式
浪漫式的	形式论的	无政府主义的
悲剧式的	机械论的	激进主义的
喜剧式的	有机论的	保守主义的
讽刺式的	情境论的	自由主义的

在怀特看来,这些亲和关系并不意味着一种稳固不变的必然组合,某些历史著作可以打破这种亲和关系。比如米什莱就将情节编排中的浪漫主义模式和论证模式中的形式论与自由主义的意识形态相结合。而标志着史学家编纂风格的辩证张力恰恰来源于此,即将某一种情节编排模式与一种论证模式结合起来,或者与某一种不相容的意识形态蕴含模式结合起来。这种辩证张力是在关于整个历史场域的一致性图景和主导性意象的语境内释放出来的。由此,史学家获得了某种一致性与融贯性的总体图景,并形成其著作的独特风格,而确定这种一致性与融贯性的基础是诗性的、语言学的。历史学家为了叙述过去发生的事件,首先必须将文献中的整个事件预构成一个可能的知识客体,这种预构行为是诗性的,同时,史学家也事先预构了历史编纂的解释模式。因此,无论是情节编排模式、论证模式还是意识形态蕴含模式,都是史学家的一种主观的诗性建构行为。"历史学家在对历史领域进行正式分析之前的诗性活动中,既创造了他的分析对象,同时也预设了他将用来解释它的概念策略的模式。"①

第四节　历史意识的深层结构:转义理论②

海登·怀特指出,历史解释的策略并非无限,而只有四种,它们对应于诗歌语言的四种主要转义模式。转义理论为区分某个特定历史时期中历史意识的深层结构形式提供了基础。在《话语的转义:文化批评文集》一书的前言中,怀特考察了转义(tropic)一词的词源。他指出,转义(trope)偏离了字面意义上的、约定俗成的或传统的语言用法,背离了通

①　Hayden White, *Metahistory：The Historical Imagination in Nineteenth-Century Europe*, Baltimore and London：The Johns Hopkins University Press, 1973, p. 31.

②　也有学者翻译成比喻、喻说。

常的习惯和逻辑所规范的表达。转义通过对通常意义上的理解的变异,通过在平常感觉互不相关或者不是以转义的方式相关的概念之间的联系,生成言语或思想的图像。在此,怀特同意哈罗德·布鲁姆的看法,即转义可以被看作一种类似于心理防御机制的语言防御机制,不仅仅偏离一种可能的规范的意义,还朝向另一种正确、规范和真实的意义、概念或思想,使事物在用一种语言表达的同时又考虑到其他语言表达的可能性。[①]

在传统诗学和近代语言学理论的基础上,怀特提出了四种基本的转义类型:隐喻、转喻、提喻、反讽。其中,转喻、提喻、反讽是隐喻的不同类型。这些比喻的功能是间接性地或者比喻性地描写客体的特征,在语言用法本身之中,思想具有多种可选择的解释范式。它们的不同之处在于,隐喻根本上是再现的,以相似性原则为基础。比如,"我的爱人是一朵玫瑰",尽管爱人和玫瑰属于两种不同的事物,但它们的差异中又存在着共性和相似之处。转喻是还原的,以相邻性原则为基础,比如用"50个船帆"来表达"50艘船"的意思,用"船帆"取代"船",是将整体还原为它的某一个部分,将船还原为船上的帆。提喻是综合的,以部分来象征整体的某种内在属性,如"他是全心全意的。"(He is all heart)这句话看似转喻,因为以"心"这个身体中的一个部分来表述整个身体。但是,"心"一词的象征意义已经不再指身体的一部分,而是指西方文化习惯中所象征的某种品质,代表着一个人的性格特点,是肉体与精神属性的综合。如果仅仅从解剖学的角度来理解"心",那么这句话就失去了其意义。反讽是否定的,以相反性为基础。从本质上说,反讽是自我批判的和辩证的,出于一种语言的自我否定而自觉地运用隐喻,它主要的比喻策略是词语误用,用看似荒唐的隐喻去激发一种对所描述的事物的本质或者语言描述本身的不充分性的反思。

这四种转义模式的修辞性质决定了历史叙事不是对历史事件的字面意义的再现,而是包含着深层的结构内涵,反映了史学家在叙事之前对历史事件的预设。如果史学家要强调诸事件系列之间的相似性,就以隐喻的模式进行研究,如果强调差别,就用换喻的模式。同样对于法国大革命,伯克用的是反讽的模式,米什莱用的是提喻模式,托克维尔则运用转喻。正

---

① Hayden White, *Tropics of Discourse*: *Essays in Cultural Criticism*, Baltimore and London: The Johns Hopkins University Press, 1978, p. 2.

如怀特所言:"语言的转义理论能使我们追寻历史学家以看似原始的、不含任何价值判断的描述中含有的对发生场的编码,但实际上却是对该场域的预设,使我们准备接受他接下来要进行的对这个场的形式解释。"① 历史话语中的转义因素成为事实与解释、字面意义与隐喻意义构成互补关系的基础。

此外,转义理论的作用还在于,每一个历史事件都可以用不同的语言模式来表达,可以把历史学家以隐喻的话语模式再现的视角转变成提喻的视角。这样,每一次再现都可以为我们对这个历史事件的看法增添一种视角,最后汇总成对这个事件的整体理解。可以看出,怀特的转义理论与其历史观密不可分。他认为,历史再现并不是为了获得唯一的"标准答案",而是可能有许多个都合理的答案,以实现对事件解释的不断增殖,"历史编纂学的伟大经典之所以都从不确定地结束某个历史问题,而倾向于向过去打开某种视野以激励更多的研究,原因就在于其转义的本质属性"②。传统的历史编纂学在客观与主观、事实与虚构、正确与错误之间设立了截然二分的界限,将历史作为科学的分支,追求对历史描述的唯一正确的客观解释。而怀特则指出,叙事不可避免地具有转义的性质,因而历史话语就同时包括字面意义和比喻意义两个意义层面,不能只看到历史著作的客观性,忽视其隐含的诗性特质,也不能只允许以一种方式去叙述历史,而排除与之相反的叙述方式的可能性。怀特认为,正是在这个意义上,话语转义理论让我们理解了谬误与真理、无知与理解、想象与思想之间存在的连续性。"这些二元组合一直以来都被认为是互相对立的关系。话语转义的理论有助于我们理解言语是如何在这些假定的对立之间协调的。"③

可以看出,怀特的转义理论不仅仅在于发掘历史意识的深层结构,也在于破除传统的二元对立的思维模式,从而为我们理解互相对立的事物或一个事物的两个方面的关系结构提供一种可能性和方法论,放弃那种简单

① Hayden White, *Tropics of Discourse*: *Essays in Cultural Criticism*, Baltimore and London: The Johns Hopkins University Press, 1978, pp. 103 – 104.

② Hayden White, *Figural Realism*: *Studies in the Mimesis Effect*, Baltimore and London: The Johns Hopkins University Press, 1999, p. 7.

③ Hayden White, *Tropics of Discourse*: *Essays in Cultural Criticism*, Baltimore and London: The Johns Hopkins University Press, 1978, p. 21.

的非此即彼的片面取向，理解看似对立的因素之间的连续性与共存性。"我们将会认识到这并不是在客观与曲解之间选择的方法，而是在不同的策略之间进行选择的方法，用思想建构'现实'，以便用不同的方式去面对现实，其中的每一种方式都有其自身的道德内涵。"① 因而，转义理论为实现历史阐释的增殖，为不同的叙事策略的运用，提供了机会。就此而言，可以将转义看作是历史话语的灵魂，没有转义机制的运作，话语就不能达到以多种方式表达历史的目的。

小结

语言的修辞性，从事件到故事的建构过程，历史学家对单个材料的取舍及勾连，历史阐释的多样性与相对性，以及话语转义模式的作用，这些都决定了历史编纂的诗性色彩。进而，怀特打破了历史与文学的学科疆界，使得传统学科视野中以虚构为主的文学与以追求真实客观为主的历史具有了某种共通性，凸显了历史的诗性特质。

怀特的这一理论由于威胁了历史学的科学地位，以解构历史的客观神话为目的，受到了职业历史学家的激烈批评。比如高登·莱夫在对怀特《元史学》的书评中认为此书最终将历史降低成为诗学或语言学的一个种类。② 以高登·莱夫为代表的研究者在对怀特的批评中，着重于强调怀特的历史文本性导致了语言决定论，导致了将历史与文学彻底等同的学术取向。

另一些批评者认识到怀特历史诗学理论中所暗含的某些合理性，在肯定怀特某些主张的合理性基础上，进行反思与质疑。一方面，他们认同怀特提出的历史编纂过程中的诗性建构行为，肯定历史的文学性、虚构性、语言性；另一方面，他们又质疑怀特将这种文学性、虚构性、语言性夸张化、激进化，进而将历史书写等同于文学创作，这样就容易走向语言决定论和虚无主义的相对主义。这也是很多学者对怀特以及后现代主义进行批

---

① Hayden White, *Tropics of Discourse*: *Essays in Cultural Criticism*, Baltimore and London: The Johns Hopkins University Press, 1978, p. 22.

② Gordon Leff, "Review of Metahistory." *The Pacific Historical Review*, Vol. 43, No. 4, November 1974.

评的关键所在。正如劳伦斯·斯通所表达的："我唯一反对的不是他们宣称真实不可知,而是根本没有事实,一切仅是史学家的主观建构。换言之,语言创造了意义,因而接着创造了我们对真实的形象。这摧毁了事实与虚构之间的区别……"① 伊格尔斯在对怀特的批评中也指出,他赞同怀特历史诗学理论的代表性论点,认同怀特所言的史学编纂中的文学性、虚构性以及历史解释的多元性,但他对怀特的最主要批评在于,他认为怀特的多元立场会导致一种取消一切评判标准的相对主义,否认事实性存在。

如果说,前一种批评视角是由于怀特积极倡导历史的文本性以及历史与文学的融合,而质疑怀特的历史文本主义思想及随之而来的语言决定论倾向,并担忧这种倾向将解构历史认识的客观性与真实性。那么,后一种批评视角则是在认可怀特历史文本主义主张的合理性基础上,担心这种主张的极端化所导致的取消一切标准的相对主义倾向。无疑,怀特承认历史叙事过程中的诗性构筑行为,问题在于,他是否由此对历史的客观性持绝对怀疑态度?同时,怀特所主张的历史阐释的相对性是否意味着取消一切的合理标准?也就是说,上述批评者对怀特的质疑是否有理有据,是否符合怀特本人的思想?抑或仅是一种误读、误解?对这些问题的探讨有助于我们深入认识怀特思想的复杂性、矛盾性、修正性,而不是仅以他的代表性的观点对他进行一种简单化评判,轻易地给他下一个定论、贴一个标签或归入后现代阵营。

---

① Lawrence Stone, "History and Post-Modernism." *Past and Present*, No. 135, May 1992.

第 四 章
诗与历史的缠绕:海登·怀特的历史文本主义思想辨析

第一节　批评与回应:"历史真实"是否存在

一　问题的提出

以马威克为代表的历史学家,认为海登·怀特代表了后现代主义对传统史学客观性、准确性的破坏、摧毁及再现历史真实的可能性的否定。[①] 希梅尔法布则在评析后现代主义的时候,认为后现代主义完全不顾事实、否认关于过去的任何真理的存在,并将怀特列入最重要的后现代历史哲学家,认为怀特主张历史与文学没有区别,历史只是一个文本,可以随意地文本化。[②] 理查德·汪在国外学界对怀特的接受情况中指出,许多学者指责怀特的文本决定论或语言决定论,指责他允许对历史进行任何曲解,既不相信真实的过去,也不相信真实的事件。[③] 可以看出,上述批评都认为怀特由于指出历史的诗性建构色彩,倡导历史与文学的融合,发掘历史的文本性、想象力和虚构性,从而取消了历史与文学、客观与虚构的界限。由此,历史的文本性、文本的语言性使得我们可以

---

①　Arthur Marwick, "Two Approaches to Historical Study: The Metaphysical (Including 'Post-modernism') and the Historical. " *Journal of Contemporary History*, Vol. 30, No. 1, January 1995.

②　[美] 格特鲁德·希梅尔法布:《如其所好地述说历史:不顾事实的后现代主义历史学》,张志平译,载陈恒、耿相新主编《新史学·后现代:历史、政治和伦理》第5辑,大象出版社2006年版,第9—24页。

③　理查德·汪:《对海登·怀特的接受》,朱潇潇译,载陈恒、耿相新主编《新史学·后现代:历史、政治和伦理》第5辑,大象出版社2006年版,第83页。

像虚构文学作品一样随意地虚构历史著作,亦可以像误读文学作品一样随意地误读甚至曲解历史著作,这就从根本上否定了历史真实存在的可能性。

从怀特历史诗学理论的基本观点可以知道,他无疑承认历史叙事过程中的诗性构筑行为,也倡导历史的文本性、历史与文学的融合。怀特的历史观的确摧毁了传统史学研究中的绝对客观与真实标准,区分了作为过去发生的事件的历史与作为后来者叙述的历史,强调历史研究中不可避免的文本性与主观性。问题在于,其一,怀特是否真的由于主张历史的文本性、诗性建构色彩而彻底否定了历史具有客观真实的可能性,并将历史研究完全等同于文学创作呢?换句话说,历史叙事过程中的诗性色彩是否就意味着历史叙事是不客观的?历史的文本性是否就意味着事实与虚构之间的界限被彻底取消,进而走向语言决定论和历史虚无主义?其二,历史编纂学及历史学家的历史研究所呈现的诗性色彩与文学家的文学创作之间是否存在量的差异和程度的区别?上述问题的回答和解决,首先,需要厘清何为历史事实、何为历史事件、何为历史真实,这三者之间的关联何在;其次,历史真实与文学虚构是否属于一种非此即彼的截然对立关系?

二 历史事实、历史事件与历史真实

历史事实的概念和范畴是西方历史哲学中的一个具有高度争议性的问题,不同流派的人对这一问题的看法不同,主要有两种观点:其一,客观实证论者认为历史事实是一种客观真实的存在,德国史学家兰克的“如实直书”就是典型的代表。即只要史学家确立严格的职业训练标准,给出详细的注释和文献出处,克服主观偏见和不公正的评判,就能重建历史真相。他们认为,既然过去的事件是按照它们发生的样子记录下来的,因而史学家的任务就是对这一系列的事件进行重建工作,读者通过阅读史学家的权威记录就可以了解当时的历史。

客观、准确地再现历史,是所有职业历史学家的高贵梦想。尽管他们也承认历史研究中不可避免的主观色彩、语言的歧义性,不可能达到绝对客观、准确,但是这些不确定性和歧义性都可以通过史学家认真严谨的学科训练来避免。“我们不能因为真理不可捉摸或事实不容易确定,就认定这些东西不存在,好比说树林里有一棵树倒下去了,没有人注意到或刚好有一个人经过看到了，它倒下去所发出的声音都是一样的。"① 也就是说，对于已经发生的某一历史事件来说，不论人们是否注意到，不论注意到的人们的观察角度和意见是否一致，这一事件都固定不变，按其本来的样子发生了，且不以人们的意志为转移。这似乎表明历史事实就在那儿，作为一种独立存在，等待着史学家去发现，而史学家在研究过程中所不可避免的主观性并无损于历史事实的独立存在。正如理查德·艾文斯所言："一个历史事实，是一个在历史中发生的，并且可以通过历史留下来的痕迹去加以证实的事实。不论史家有没有做这种证实的行为，和历史事实的实在性是没有关系的——它完全是独立于历史学家之外而存在的。"② 因而，在客观实证论者看来，历史事实是客观的独立存在，可以等同于历史真实，这也就是通常所言的"发现"事实的意思。

其二，主观建构论者认为过去已然过去，历史事实只是史料和史学家根据史料编纂、重建的事实，是一种再现。史料的记录者和历史著作的编纂者不可能将过去发生的所有事情都记下来。史料的筛选、记录、表达方式等都因人而异，事实的重建过程要受史学家的个人好恶、偏见、主观意图、研究立场、知识框架、时代语境等因素的影响和制约。卡尔(E. H. Carr)指出，并不是所有的关于过去的事实都是历史事实，史学家具有双重任务，既要发现那些具有意义的重大事实并使它们成为历史事实，又要将那些影响甚微的事实当作非历史而摒弃。"只有当历史学家要事实说话的时候，事实才会说话：由哪些事实说话、按照什么秩序说话或者在什么样的背景下说话，这一切都是由历史学家决定的……我们对1066年发生的黑斯廷斯的这场战役之所以感兴趣的惟一原因是因为历史学家把它当作一个重要的历史事件。正是历史学家按照自己的目的来选择恺撒渡过卢比孔河作为历史事实，可是此前此后有成千上万的其他人渡过这条溪流，却丝毫没有引起任何人的兴趣。"③ 在卡尔看来，什么事件能成为历史事实，什么事件只能被抛弃于历史的长河中，都由历史学家的主观兴趣、研究目的决定。

---

① ［美］彼得·盖伊：《历史学家的三堂小说课》，刘森尧译，北京大学出版社2006年版，第142页。

② ［英］理查德·艾文斯：《捍卫历史》，张仲民、潘玮琳、章可译，广西师范大学出版社2009年版，第75页。

③ ［英］E. H. 卡尔：《历史是什么?》，陈恒译，商务印书馆2008年版，第93页。

在一篇《什么是历史事实》的论文中，卡尔·贝克尔（Carl Becker）指出，人们将历史事实作为一种硬邦邦、冷冰冰的类似于自然界的物质实在的看法是错误的。他认为，首先，每一个看似简单的历史事实都包括许多更为细小的事实，因而史学家不可能完全再现某个事件的全部细节和过程，比如恺撒渡过卢比孔河这个事实就包含了很多复杂的信息，恺撒和他的军队用了多少时间、怎么渡过这条河，这条河是一条怎样的河，在渡河过程中的每个士兵的行为、思想、感情是怎样的，他们说过什么话，等等，正是这些复杂的细节、信息构成了恺撒渡过卢比孔河这个简单的事实。其次，历史事实本身没有任何意义，只有将它放在一系列的事实链条之中，放在特定的时代背景中，它才有其特殊的意义。再次，发生过的历史事件已经不复存在，只留下证明它发生过的记载资料。因而，历史事实并不等于真实的事件，而是真实事件的再现。人们只有通过这种再现、记忆来重新唤起发生过的历史事件的影像，这个事件才有意义，否则就是僵死的事实。最后，贝克尔断言道："历史事实在某些人的头脑中，不然就不存在于任何地方。"[①]

从卡尔和贝克尔的论述中可以看出，他们都认为历史事实并不等于真实发生过的历史事件，而是对历史事件的再现和建构，含有种种主观性因素。历史事实的选取、编排、意义都要受历史学家的研究兴趣、目的、偏见等主观性因素影响，因而历史事实并不是一种固定不变的独立实在。贝克尔认为历史事实只存在于人们的意识和头脑中的观点更是对历史事实的客观真实性的彻底否定。

由上可见，在客观实证论者和主观建构论者的观点中，客观实证论者认为历史事实是等待着史学家去发现的客观、独立存在，历史事实就是历史真实；主观建构论者则认为历史事实是史学家的主观建构，历史事实并不等于历史真实。[②] 这两种观点尽管各有其合理的论证依据，但是又各有

---

① ［美］卡尔·贝克尔：《什么是历史事实》，载［英］汤因比等著，张文杰编《现代西方历史哲学译文集》，广西师范大学出版社 2002 年版，第 287 页。

② 这两种观点的提出，参照沃尔什《历史哲学导论》中的"历史学中的真实与事实"一章提出的符合性的真理观与融贯性的真理观，符合性的真理观认为，事实是独立存在的，真实性与符合事实可以通用、等同，符合事实就是真实的，不符合事实就是不真实的；融贯性的真理观则认为，与其说事实是一种独立存在，不如说是人们思维过程得出的结论，是被建构和确立的。详见［英］W. H. 沃尔什《历史哲学导论》，何兆武、张文杰译，北京大学出版社 2008 年版，第 68—89 页。

漏洞与缺陷。

客观实证论者认为历史处理的是过去已经发生过的事情,所涉及的都是事实,这些事实是固定的、确定的,不以人们的思维和想象为转移,因而符合事实的就是真实的。但是这种观点排除了事实中存在的各种解释、判断、推理等主观因素对历史事实真实性的影响。他们所言的事实如何界定呢?根据谁的标准?历史事实中含有的种种主观性因素决定了它不是一种外在于人的意识的独立存在,历史事实本身也常常包含着价值判断。诺维克指出,即使是作为客观实证论者的楷模的兰克,也不能做到完全的客观公正。尽管兰克有着严谨的学风,避免个人偏见和道德判断,力图做到不偏不倚、客观中立,但是他在哲学上是彻底的唯心主义者,在政治上是固执的保守派。① 沃尔什则认为,即使是第一手的权威史料,也不能被当作是完全可靠真实的,史学家应该对权威保持一种怀疑批判的态度。② 尽管历史档案中的数据可以看作是独立于史学家之外而存在的,但就史学家选择一组数据而舍弃另一组数据以适应自己的论述需要及推理而言,又不存在绝对的客观,因而,"不偏不倚的历史学,不但不能成为一种理想,而且简直是一桩完全不可能的事"。③

主观建构论者认为一切历史事实都含有主观性与相对性,有赖于史学家的概念模式与理论前提,有赖于史学家的信念与利益立场。因而从严格意义上来说,一切历史事实、历史判断都不是完全固定不变的,会随着知识的进步和积累,随着时代的变迁,而不断地变化、修正。这样的论述有其理论合理性,但是很容易导致对整个历史知识的全盘怀疑主义和否定的立场。因为他们忽视了一点,即历史事实的主观性是客观基础上的主观,不是随意建构的主观。"历史学家们在任何一部当之无愧的历史学著作中,都要求一种客观性和公正无私性,并且摒弃单纯是反映(作为一厢情愿的想法的产物的)我们的感情或利益的那种对过去的重建。"④ 那些完全排除客观和公正因素的重建也肯定不能成为历史学。也就是说,我们

---

① [美]彼得·诺维克:《那高尚的梦想:"客观性问题"与美国历史学界》,杨豫译,生活·读书·新知三联书店 2009 年版,第 34—35 页。

② [英]W. H. 沃尔什:《历史哲学导论》,何兆武、张文杰译,北京大学出版社 2008 年版,第 76—77 页。

③ 同上书,第 13 页。

④ 同上书,第 108 页。

对过去知识的重建有赖于现在的知识体系,但这并不意味着过去就是现在,不意味着现在的人可以脱离过去知识的限定,"历史学家们所要处理的证据,其特点就在于它所指的并不是现在而是过去"。① 一切的现在都来源于过去,现在的知识体系则建基于过去的知识体系之上,脱离了过去的基石,现在的知识系统也就成为空中楼阁。

从上面的梳理、分析中可以看出,客观实证论者与主观建构论者围绕历史事实与历史真实的问题各自有其理论观点,各有优点和弊端,似乎是两种截然相反的立场。但问题的关键在于,历史事实的客观性与主观性是否不能相容,上述两种观点是否就是一种非此即彼的针锋相对的立场?如何在客观与主观之间取得一个有效的平衡,避免过于简单化的极端界定?

在此,海登·怀特为我们提供了一个可供借鉴的参考。国内外学界大多认为怀特的历史诗学理论倡导历史的文本化,将历史完全等同于文学虚构,进而取消了事实与虚构的界限,彻底否认了历史事实的客观性与真实性。这其实是对怀特的错误批评和过于简单化的定论。无疑,怀特承认历史事实的存在,承认纳粹大屠杀事件的存在。问题是,怀特所言的历史事实是指什么?如何判定历史事实?历史事实与历史真实有什么样的内在关系?

其实,怀特明确说过他并不是要否定历史事实的客观存在。在《回应马威克》一文中,怀特全面地澄清和反驳了以马威克为代表的一些学者对他的误解、偏见甚至歪曲。首先,怀特仍坚持其历史的"诗性"观点,认为历史书写不可避免地带有文本性、修辞性以及虚构元素。这也是传统史学家备受激怒和感到威胁的重要原因。其次,怀特通过对"事实"和"事件"这两个概念的分析,表明他并非否认历史事件的客观性。② 他认为,"事实"(fact)同时包括了"事件"(event)和"对事件的陈述"(statement about events)。因而,历史事实既含有客观性、确定性,又含

---

① [英] W. H. 沃尔什:《历史哲学导论》,何兆武、张文杰译,北京大学出版社 2008 年版,第 85 页。

② 在回应伊格尔斯的一篇文章中,怀特也提到了事件与事实的区分,他认为,事件是在时空上确切地发生过的事情,可以通过文献记载和历史遗迹得到证明;事实则是以论断形式对发生过的事件的描述,是一种思想上的概念化建构或者想象中的比喻化建构,只存在于思想、语言、话语中。详见海登·怀特《旧事重提:历史编撰是艺术还是科学?》,陈恒译,载陈启能、倪为国主编《书写历史》第 1 辑,生活·读书·新知三联书店 2004 年版,第 24 页。

有主观性和建构性。他指出,"事件"不是由史学家建构的,必须像原定的那样被采用。相反,"事实"则可以通过利益集团对事件或文献的评论,通过史学家的研究兴趣等被建构,含有种种主观成分,"'事实'是不稳定的,取决于修订和进一步解释,甚至由足够的证据而作为假象被排除"①。也就是说,历史事件是客观的确定的,历史事实则含有种种的主观建构因素,受话语权力、主流意识形态、史学家的个人兴趣和偏见等因素的影响。因而,历史事实是不确定的,今天公认的事实,也许在很多年后就会因为新的历史证据、历史文献的发现而成为伪事实。在这个意义上,怀特将巴特所说的"事实仅有语言学的存在"理解为:事实不同于事件,是语言的统一体,就像哲学家阿瑟·丹图(Arthur Danto)所提出的,"事实"是"描述下的事件"。怀特的分析表明,历史事实不同于历史事件,历史事件是客观的确切发生的过去的事情;历史事实是史学家对历史事件的加工和建构,既包括客观的"事件"成分,也包括主观的"对事件的陈述"成分。怀特对历史事实与历史事件的区分,表明他在承认历史事实中含有的客观历史事件基础上,指出历史事实难以排除的主观色彩。

根据怀特的历史诗学理论,尽管历史事件是客观真实的,但对历史事件的陈述并不意味着完全如实地按照其本来面目去再现,而是一种融合了史学家的编纂意图、兴趣立场、研究语境等内涵的建构行为。史学家既要研读材料、记录历史事件,又要对这些事件进行筛选、增删、重组、解释,使其具有关联性、逻辑性。同样的历史事件可以用不同的情节模式去编码,从而形成不同的解释,赋予它们不同的意义。这样,历史事件本身的客观性和对历史事件进行陈述的主观性就形成了一个对立统一的张力结构,不能将它们截然对立,也不能将它们完全等同。这样的一个张力结构使得我们在对历史事件进行再现的时候,兼具客观性与主观性。怀特指出,历史再现同时指向两个层面,一是朝向它所描写的事件(数据和信息),二是朝向类的故事形式(对事件的解释和故事,使得这组事件具有

---

① Hayden White, "Response to Arthur Marwick." *Journal of Contemporary History*, Vol. 30, No. 2, April 1995.

开头、中间、结尾的发展过程，可以被编排成喜剧、悲剧、史诗等故事情节）。① 史学家需要对无数的彼此毫无关联的历史事件进行选择和解释，并将其转化为脉络化、条理化的具有因果关系的历史故事。

　　因而，历史学家讲述的不仅仅是一个个单一存在的历史事件本身，还包含了这些历史事件所可能具有的各种关系系列。这些关系系列不是由事件本身的意思所决定的，而是存在于再现历史事件的史学家的意识中，存在于文化体系内部的神话传说、寓言故事、科学知识、文学艺术等概念化的关系模式中。某一个事件从一个立场看是喜剧，从另一立场看可能就是悲剧，这并非因为这一事件在本质上就是悲剧或者喜剧，而是取决于史学家的主观意图和对情节设置的安排。史学家对某一历史事件的陈述中所含有的这种理解和解释是不可避免的，正如卡尔所言："相信历史事实的硬核客观独立于历史学家解释之外的信念是一种可笑的谬论，但这也是一种难以根除的谬论。"② 因而，历史事件是一种客观的真实存在，而历史事实则既含有历史事件的客观性，又含有种种主观建构成分。

　　可以说，在如何看待历史事实这一问题上，怀特采取了一种较为辩证的立场。从他的历史诗学理论来看，他似乎是一个典型的主观建构论者，这也是他备受争议与批评的关键所在。许多批评家倾向于认为怀特由于主张历史的诗性建构理论而完全否定了历史事实的客观性、真实性。但是从怀特对历史事实这一概念的界定，以及历史事实与历史事件的区分来看，怀特并没有全然否定历史事实的客观性基础，他否定的只是将历史事实看成是独立于人的意识而存在的极端看法。正是在这种否定与反思的基础上，怀特提出他的历史诗学理论，指出历史学家在对历史事件进行陈述的过程中存在的情节编织、意识形态渗入、语言的歧义性等种种主观性因素，指出历史事实不是一种客观存在，也不等于历史真实，而只是一种人为的建构，但是这种人为的建构建立于客观的历史事件基础上。

三　在客观与虚构之间：历史真实依然存在

　　历史事实中包含着种种主观的建构行为和解释成分，虽然不能由此说

① Hayden White, *Tropics of Discourse*: *Essays in Cultural Criticism*, Baltimore and London: The Johns Hopkins University Press, 1978, pp. 106 – 107.
② ［英］E. H. 卡尔：《历史是什么?》，陈恒译，商务印书馆 2008 年版，第 93 页。

明一切皆是史学家的主观产物或者任意虚构。但是，这诸多的主观性成分如何能保证历史的真实性？或者说，在主观性大潮的冲击下，历史真实性还能存在吗？笔者认为，答案是肯定的。

从海登·怀特在《回应马威克》一文中对历史事件与历史事实的区分可以看出，他承认历史事件的客观性。尽管不同时代的不同史学家要对历史事件进行筛选、加工，他们选择记录的内容、表达方式、观察角度和立场态度等都会有所差异。但是，他们所描写的历史事件的时间、地点、人物、场景、主要情节等应该是相同的；历史事件的客观性决定了史学家对它们的陈述必须有理有据。史学家尽管可以按照不同的情节设置模式对历史事件进行编排，赋予单一的历史事件以因果联系的整体性，但是这些编排和解释都是建立在客观的历史事件基础上的合理推理，不是任意凭空解释、怎么说都可以，这与凭空虚构有本质区别。正如布莱德雷所指出的，一切历史事实都建立在或明显或隐晦的推论上，即使是一个最简单的历史事实也涉及大量的主观判断成分，而这些判断又依赖于史学家自身的经验，因而历史事实就是史学家根据经验和推论所得出的结论或理论。尽管如此，历史事实仍在本质上不同于文学虚构，一个基于真实的事件得出的推论和结论毕竟不能等于一个任意编造的故事。[①]

因此，史学编纂中的主观建构因素并不必然意味着对客观实在的排斥和清除，主观性与客观性不是非此即彼的关系，而是可以共存于历史事实中。历史事实所包括的两层内涵决定了应该用整体性的视野去把握它，不能片面地将其割裂，将历史事实等同于过去发生的真实事件，也不能将其等同于史学家主观建构的史料。正如陈新所认为的，怀特在论述其历史诗学理论时重点关注的是作为整体的历史文本的真实性，因而没有过多地关注单个的历史事件的细节真实，但这并不表明怀特反对历史真实。[②] 单一的历史事件的真实性并不能等于整个历史文本的真实性。正是在此意义上，可以将历史著作理解为一种叙事体散文，在内容上是杜撰的（想象、推理等虚构成分）与发现的（真实的历史事件）参半，兼具主观虚构与

---

① ［英］F. H. 布莱德雷：《批判历史学的前提假设》，何兆武、张丽艳译，北京大学出版社 2007 年版，第 18—20 页。

② 陈新：《历史·比喻·想象——海登·怀特历史哲学述评》，《史学理论研究》2005 年第 2 期。

客观发现成分。

需要注意的是，这里所说的"虚构"，并不是指完全凭空想象、创造。怀特曾声明，尽管他说过历史是事实和过去的事实的虚构化，强调历史话语的虚构性，但是这里的"虚构"（fiction），应作为一种假设性的建构。过去的历史已经过去，无法直接感知，也不能被简单地论述和定论，所以只能被建构性的描述，这种描述中不可避免地会含有想象和加工的因素。他指出，这与现代小说中的现实主义描写方法类似，现实性小说往往致力于真实地描述出社会现实生活的图景，这种对真实性的要求与历史学家撰写历史的目的是一致的。怀特进而断言，历史叙事尽管建立在真实事物的基础上，但仍然含有虚构因素。"只要历史涉及讲故事，就必然涉及对现实的虚构。"[①] 可以看出，怀特所谓的"虚构"，仅仅是指在客观的历史基础上的一种叙述化、建构和想象，并非虚无缥缈、毫无根据地随意建构、想象。历史中"发现"的成分与"发明"的成分不可分割，互相协调、互相结合而存在，不能单纯地偏向任何一端。因而，没有一种绝对客观、绝对真实的历史，同时，历史也不意味着纯粹的虚构和无意义的游戏。

就此而言，历史真实应该包含两层内涵，一个层面指的是过去发生的单个历史事件的真实；另一层面指的是对过去事件的叙述，将许多单个的历史事件联系起来形成的一个有着因果关系的故事。就第一个层面而言，某一具体的历史事件发生于何年何月何地等都可以确定。史学家的研究就是建立在这些基本的史实基础之上的，这也是历史学作为一个学科区别于文学、科学的根本方面。就第二个层面而言，在将多个单一而具体的历史事件按照因果关系、逻辑关系联系起来形成一个有着开头、发展、结尾的故事形式时，里面不可避免地会带有史学家的主观建构。可以看出，怀特批判与质疑的并不是第一个层面意义上的真实，而是第二个层面。

其实，沃尔什对历史哲学的思考也有助于我们深入理解怀特对于历史客观性与主观性之关系的认识。沃尔什曾总结了造成史学家意见不一致的四种主观性因素，即个人好恶、集体的偏见、史学家自身坚持的解说历史

---

① 海登·怀特:《旧事重提：历史编撰是艺术还是科学?》，陈恒译，载陈启能、倪为国主编《书写历史》第1辑，生活·读书·新知三联书店2004年版，第25页。

的理论、根本的哲学冲突。① 但是，沃尔什认为，这些主观性因素并不意味着历史不可能客观。他指出，史学家的个人好恶可以通过有意识地提防、警惕、自律而得以克服，对于那些不能克服这些偏见的史学家要进行谴责；尽管史学家的种族、宗教立场不同会导致他们对历史的不同解释，但是他们的解释必须具有合理性，且被证明是正当的，否则就要受到抵制；史学家解释历史的理论框架的不同是源于哲学观的不同，尽管史学家不可避免地会受到自己当代的道德观、形而上学等先入为主的观念影响，但是并不能就此推论出对过去的客观理解就是不可能的。也就是说，史学家的研究兴趣、立场态度、理论框架等主观色彩浓郁的因素，不代表史学家可以随心所欲地编纂历史，而是要遵守严谨的学科规范，克服偏见，不能像文学创作者那样天马行空地想象和编造，也不能将一组历史事件强行纳入完全不相关的理论架构之内。正如彼得·盖伊（Peter Gay）所认为的，虽然历史学家"不敢保证具有绝对的客观性，但至少可以减少制造明显或隐含的偏见的机会，他们会给出注解和书目，以申明使用文献的出处，以及引述段落的来源和上下文，以便公开给大众去仔细检验，这样的做法无形中确立了历史学家做学问的专业标准，而这些标准，本身便是经过仔细检验的。"② 葛红兵也曾提出，历史中的种种主观因素使得历史的客观神话破灭了，历史学家对于同一组历史事件可以根据自己的主观意图进行不同解释，那么，如何区分随心所欲地信口开河与深思熟虑地史料考证？学术风格、学术精神这些词是否还有意义？他认为，只有"真实"能解决这些问题，但是这里的"真实"不是一个外部的真理符合论标准，而是历史学家内心的标准，是对"真实"的追求与认可。此时的"真实"

---

① "个人好恶、集体的偏见"，也就是史学家所属的某一集团，比如某个国家、种族或社会阶级、宗教信仰等所导致的偏见；"史学家自身坚持的解说历史的理论"，指不同的史学家对历史解释往往持有不同的互相矛盾的理论，比如某个史学家坚持马克思主义理论，就会运用与之相关的理论去解释历史，而一个坚持多元论的史学家则会反对运用某一个单一的理论去解释历史。沃尔什认为，史学家理论立场的不同是导致历史学上意见不一致的重要根源。而理论立场的不同又是因为他们哲学观的不同；"根本的哲学冲突"：史学家哲学观的冲突主要表现在道德信念与形而上学信念两个方面，前者是指史学家拥有的理解过去的终极价值判断，后者是指与这些判断相关的对人性和人在宇宙中地位的理论观念。详见沃尔什《历史哲学导论》，何兆武、张文杰译，北京大学出版社 2008 年版，第 97—104 页。

② ［美］彼得·盖伊：《历史学家的三堂小说课》，刘森尧译，北京大学出版社 2006 年版，第 147 页。

不仅仅是一个认识论范畴，而更多的意味着一种保证基本的学术规范、学术操守的伦理学标准。也就是说，历史学家承认历史事件的真实发生，而绝对真实地再现这些事件则是不可能的。尽管如此，历史学家的内心依然保持着对真实性的向往与追求，将它作为基本的学术伦理规范，以严肃认真而非随意的态度去再现历史。①

因此，在历史学的客观真实性备受怀疑和批判的时候，相对客观的历史事件的制约、史学家的"自治"和"技艺"、共同的学术规范和学科训练以及公众的谴责、批评等，都在某种程度维护和保证了历史的相对客观和真实。

在对马威克的回应文章中，怀特进一步反驳了马威克等人对巴特、德里达等后现代主义者所谓"语言决定论"的误解和偏见。② 怀特指出，马威克的论述是对后现代主义的污蔑和中伤，这种做法也违反了马威克所标榜的关于材料来源的治学原则。对后现代主义的探究应该基于后现代主义者的作品，但马威克只是将他反对的人都归入一类，而非分析他们的论证。③ 怀特进而澄清道，巴特所说的"事实仅有语言学的存在"不能被理解为"事件"仅仅是语言现象，也不能理解为事件没有真实性，就因而没有并且永远不会有所谓历史事件这样的东西。"这并不是说没有所谓历史'事件'，没有区分'事实'与'虚构'的可能性，或者一切都是'意识形态'，或者相反，'一切都无意义'，一切都是'相对的'，没有什么是客观的。"④ 历史学家在对历史事件进行陈述的时候，必然会有个人兴趣、偏见、意识形态、语言的歧义等因素的渗入，但是，这种种主观

---

① 葛红兵：《文学史学》，湘潭大学出版社 2008 年版，第 185—189 页。

② 马威克认为德里达的解构主义是一种语言决定论、神秘主义，倡导一种纯粹的修辞式的历史书写，一个人可以不顾事实随意发表意见，后现代主义是一种危险的思想，是对严肃的历史研究的威胁。他认为，怀特像所有后现代主义者那样，几乎不承认历史中"发现"的成分，只看到"发明"的成分，只看到对这些"发现"成分的加工和书写。详见 Arthur Marwick, "Two Approaches to Historical Study: The Metaphysical (Including 'Postmodernism') and the Historical." *Journal of Contemporary History*, Vol. 30, No. 1, January 1995, Hayden White, "Response to Arthur Marwick." *Journal of Contemporary History*, Vol. 30, No. 2, April 1995.

③ 和怀特持同样看法的还有克里斯托弗·罗伊德，详见 Christopher Lloyd, "For Realism and against the Inadequacies of Common Sense: A Response to Arthur Marwick." *Journal of Contemporary History*, Vol. 31, No. 1, January 1996.

④ Hayden White, "Response to Arthur Marwick." *Journal of Contemporary History*, Vol. 30, No. 2, April 1995.

因素并不意味着历史事件彻底失去了客观性,也不意味着历史事件完全沦为个人兴趣、偏见、意识形态的奴隶,深陷于语言的牢笼中无法自拔。而是说,尽管历史事件是客观的,但对历史事件的陈述却含有主观因素,不能将二者完全等同。

针对批评者提出怀特的历史转义理论、语言的转义性等所导致的对历史事实的否认,从而削弱了历史学家对历史事实所可能达成的真实性与知识性认识,将历史编纂变成一种修辞比喻,怀特做出针锋相对的反驳与回应。首先,他认为,转义理论表明历史话语不可避免地会有比喻修辞色彩,史学家可以根据自己的历史编纂需要在不同的转义类型之间进行选择,并提供相应的历史知识。但这个理论本身并不意味着语言决定论。其次,语言的转义并不等于否认一种外在于话语的实体的存在,不否认史学家的历史著作是建立在历史事实基础之上的研究,是对历史事实的因果关系、意义、真实性等的看法,也不否认语言所拥有的再现历史实在的能力;而是说,语言的指涉和再现并不是简单对应的或直义的,应该考虑到语言的复杂性。怀特指出,转义理论提醒我们不能混淆"事件"与"事实"的区别,前者是真实发生的,后者是语言建构的。这一理论并不清除事实与虚构之间的界限,而只是对两者之间的差异进行重新定义和概念化。① 传统的批评理论将语言的直义与比喻、事实与虚构、能指与所指等作为一种互相对抗的二元对立存在。怀特的历史诗学则破除了这些二元对立的思维模式,理解看似对立的因素之间的连续性与共存性,并主张历史话语是在这对立的两极之间的一种运动。也就是说,历史话语是在客观真实与主观虚构之间、事件与事实之间、诗与历史之间的一种运动,而非指向任何一极。

因而,怀特虽然主张历史的文本性、语言性等诗性特质,但这并不意味着历史事件的真实性不复存在,也不意味着事实与虚构的界限被完全取消,更不意味着一切都是史学家的主观建构或者一切都是语言的嬉戏。正如怀特本人所说的:"历史话语的这一特征并不是说过去的事件、人物、习俗制度和进程都从未存在过,不是说我们不能得到这些过去实在的或多或少的准确信息,也不是说我们不能通过运用包括一个时代或文化的

---

① Hayden White, *Figural Realism: Studies in the Mimesis Effect*, Baltimore and London: The Johns Hopkins University Press, 1999, pp. 14 – 19.

'科学'在内的不同学科所发展的多种多样的方法来将这些信息转变成知识。"① 怀特认为,历史作为一门学科的独特之处在于,它预设了过去与现在之间存在一道鸿沟。过去已经过去,不可重复,人们所拥有的只是过去遗留下来的踪迹。而历史就是以某种独特的思维方式去跨越这道鸿沟、去还原和再现过去的学科。历史学家只能通过文本的方式接近历史实在,通过文本、语言去表达和再现真实的过去,这种诗性特质决定了历史学家可以对同一个历史事件进行不同的解释,采用不同的情节编织,赋予不同的意识形态含义。

基思·詹金斯指出,在怀特的论述中,从来没有否认历史事件的实在性,怀特对历史文本性的强调是为了坚持一种多元化立场。② 安克斯密特也指出,怀特的著作并非像通常的历史学家所批评的那样,是反对历史事实、反对历史客观性本身的。③ 尽管怀特确实在他的著作、论文中提倡历史的诗性,打破历史与文学的顽固疆界,但他从来没有否认过历史事件的真实存在,没有否认过历史与文学存在本质不同。许多批评者往往根据怀特的历史诗学理论而断定怀特否定客观性,认为诗性与客观性水火不容。事实上,这两种因素完全可以并存于历史中,否认任何一方都是偏颇的、不客观的。因而,安克斯密特主张,我们应该将怀特的思想作为一个整体来理解和评价,而非单凭他的某个观点、某本著作、某篇论文就给他下一个简单化的定论。米歇尔·罗斯指出,怀特的历史书写修辞学改变了我们思考历史的方式,但这并不意味着历史虚无主义。罗斯认为,怀特的著作只是指出历史学家需要以文本的方式将自己的研究成果呈现给读者,指出文本这一中介如何起作用。"在怀特的所有著作中,他都试图表明,不是所有的文本都平等,因为它们都是修辞,也不是文本之外别无他物的无意义观念……"④

---

① Hayden White, *Figural Realism*: *Studies in the Mimesis Effect*, Baltimore and London: The Johns Hopkins University Press, 1999, p. 2.

② [英]基思·詹金斯:《论"历史是什么?"——从卡尔和艾尔顿到罗蒂和怀特》,江政宽译,商务印书馆2007年版,第22—23页。

③ F. R. Ankersmit, "Hayden White's Appeal to the Historians." *History and Theory*, Vol. 37, No. 2, May 1998.

④ Michael S. Roth, "Review: Cultural Criticism and Political Theory: Hayden White's Rhetorics of History." *Political Theory*, Vol. 16, No. 4, November 1988.

综上可见，历史的主观建构因素并不足以完全排除作为客观实在的过去发生的历史事件，对客观实在的历史建构中所存在的诗性成分的强调也不意味着一切皆是文本的游戏。在客观与虚构之间，在历史与诗之间，历史的真实性依然存在。

第二节　历史编纂与文学创作的界限

诚然，海登·怀特并不否认历史事件的真实客观性，关键在于，如果历史编纂可以采用文学技巧和手法，如果历史著作可以和文学创作一样运用比喻性的修辞语言，进行情节编织，掺入作者的感情、理解甚至意识形态和权力运作，那么，其一，这种种文学因素是否会有损于历史原本的真实性？其二，历史著作与文学作品既然都可以运用文学手法去再现，那么历史与文学的区别又在哪里？真实与虚构的界限如何凸显？同时，这也涉及另一个问题，即历史编纂学及历史学家的历史研究所呈现的诗性色彩与文学家的文学创作之间是否存在量的差异和程度的区别？

一　历史、文学与真实性

沃尔什曾指出，真实性问题对于历史学或文学等任何学科来说，都不是一个特殊的问题，而是我们在追问某一个判断、命题、描述的现实性、事实性程度时都会涉及的一个普遍哲学问题。[①] 对于历史学而言，就是史学家能否精确地陈述事实，达到真实性。历史的真实性问题涉及它的学科属性，也就是说，历史倾向于科学还是文学。历史的科学性使历史编纂注重证据、数据的准确，因而许多史学家将历史作为一门科学。但是历史学家探究的并不是单一的毫无关联的事件，而是可以将这些单个的孤立的事件作为一个整体去理解的具有布局、主题统一性的历史。这又使得历史具有文学性，"在这方面，历史学家的理想在原则上与小说家的或戏剧家的理想是完全一样的"[②]。既然历史编纂与文学创作有相似之处，历史编纂也必然蕴含文学性。那么，历史的文学性是否会有损于其真实性？怀特如

[①]　[英] W. H. 沃尔什:《历史哲学导论》，何兆武、张文杰译，北京大学出版社 2008 年版，第 67 页。

[②]　同上书，第 25 页。

何看待历史、文学与真实性的关系？

根据对怀特问题意识的讨论，我们可以知道，怀特不单纯赞成历史的科学性或文学艺术性，他主张历史独立于二者而存在，吸收和利用它们的最新成果，以重塑历史学科的尊严。怀特主张利用科学与文学艺术领域的技术和成果，但是当今的许多历史学家都倾向于将历史作为科学，为了追求历史的客观真实性而排斥文学因素。正是在此基础上，怀特提出历史诗学理论，倡导历史的文本性，主张充分利用文学的各种再现技巧和表达方式，通过对历史自身文学性的张扬更好地认识历史、编纂历史，树立历史学科的尊严。而历史的文学性也无损于历史作为一门学科的坚固地位与独立立场。从这个意义上讲，怀特的历史诗学理论其实是在利用文学更好地为历史编纂服务，更好地再现历史真实。

怀特曾明确指出，历史与文学并非截然对立的关系，历史叙事中的文学因素不仅不会有损于历史对真理的把握，反而有助于它追寻真理、接近历史真实。[①] 其一，尽管许多文学作品是作家完全虚构想象的产物，但不是所有的文学创作都是随意虚构的，还有大量的文学作品是在历史真实的基础上进行的情节编织，并非天马行空、漫无边际的纯粹虚构。伊格尔顿也认为，从虚构的意义上来定义文学，将文学看成是不真实的、想象性的作品的观点是行不通的。事实与虚构的区分本身就值得怀疑，在16世纪末17世纪初的英国文学中，小说（novel）一词就同时蕴含着真实与虚构的事件，既不仅仅指向事实，也不仅仅指向虚构，而是两者的融合。因而，"文学不在于虚构性、想象性"。[②]

也就是说，文学并不等于虚构，特别是现实主义文学作品，主张客观、冷静、真实地观察和描写现实生活，按照生活的原本面目去精确而真实地再现生活。比如19世纪的法国作家巴尔扎克，作为一位批判现实主义者，他的《人间喜剧》形象、生动而又准确、真实地展示了当时法国的社会现实，被誉为法国社会的百科全书。可以说，巴尔扎克做到了文学性再现与历史场景的真实传达的完美结合。他在《〈人间喜剧〉前言》中

① 海登·怀特：《旧事重提：历史编撰是艺术还是科学?》，陈恒译，载陈启能、倪为国主编《书写历史》第1辑，生活·读书·新知三联书店2004年版，第25页。

② ［英］特雷·伊格尔顿：《二十世纪西方文学理论·导言》，伍晓明译，北京大学出版社2007年版，第2页。

说："法国社会将成为历史家，我只应该充当它的秘书。编制恶习与美德的清单，搜集激情的主要表现，刻画性格，选取社会上的重要事件，就若干同质的性格特征博采约取，从中糅合出一些典型；做到了这些，笔者或许就能够写出一部许多历史家所忽略了的那种历史，也就是风俗史。"[①]巴尔扎克代表了诸多现实主义大师，以文学的方式传达着时代的脉搏和历史的精神内涵，传达着另一种历史的真实。同时，许多文学作品常常以一种更加形象传神的方式表达某一时代主题，再现的是一种更加贴近真实感的历史故事。

怀特指出，能够传达真理或者历史事件真实性的，并不是仅有历史，文学常常会更加容易传达某种真理和事实。他认为，只有那些把文学等同于对事实的歪曲、谎言，彻底否定了文学也可以真实地再现现实的可能性的人，才会断定历史中的文学成分会有损于其真实性。他将西方历史编纂中的许多经典历史学家，如希罗多德、马基雅维利、伏尔泰、吉本，甚至兰克、布克哈特等，都称为"文学作家"。这并不是说这些历史学家的文学叙事手法优于史学研究能力，而是说，事实化和虚构化同时存在于他们的历史编纂过程中。一方面，他们要区分出谎言、伪证与真实可信的材料，证实和证伪的过程，也就是事实化的过程；另一方面，为了将真实的事件、人物、时间、地点等为他们的写作意图所用，为了阐明主题，为了便于读者的理解，他们必须对这些零散琐碎的信息进行再加工、情节化等，这个过程又是个虚构的过程。因而，事实与虚构是不可分割的两面体。缺少了这些文学性因素，而一味地强调历史材料作为知识和信息传达的准确性，他们很可能就不能成为如此著名的经典历史学家，而只能成为枯燥乏味的历史资料的整理者。[②]

其二，运用文学的语言、修辞比喻往往是为了更好的形象化地呈现真实，从某种程度而言，语言不仅是形式，也是内容，是真实性的一部分。如果缺少了这种文学的诗性语言，仅以烦琐枯燥的技术性语言来再现历史，不仅不会有助于人们接近和理解历史真实，反而会起到反作用。理查

---

① ［法］巴尔扎克：《巴尔扎克论文艺》，袁树仁等译，艾珉、黄晋凯选编，人民文学出版社 2003 年版，第 259 页。

② 海登·怀特：《旧事重提：历史编撰是艺术还是科学?》，陈恒译，载陈启能、倪为国主编《书写历史》第 1 辑，生活·读书·新知三联书店 2004 年版，第 25 页。

德·汪曾说："对怀特而言，语言应是历史学家的仆人，而非历史学家是语言的一个例证。"① 怀特指出，历史学家为了追求客观真实的叙事效果，往往排斥比喻性的语言，只按照事情发生的本来样子去表现，追求如实直书。但是，这些仅仅拘泥于字面记录的史学家，写出来的只能是没有叙事性和比喻语言的编年史或年代记，而不是严格意义上的故事性的历史。真正的历史不能仅仅停留于静态描述，要具有叙事性，要在真实性基础上对历史事件进行构建，运用人物描写、情节设置、视角转变等策略，使事件具有一个动态的开头、中间、结尾，具有逻辑性、因果性。这就不能不运用文学性的语言，语言的形式本身就蕴含着某些内容，传达着某种意义。

当然，历史学家对文学化的语言、比喻修辞因素、情节编织等文学性因素的运用，并不是说历史可以彻底等同于文学创作，也不是说历史真实成为一种文学创作。"这并不是真实被改变成写作，而是真实能在写作中被理解，只要语言能说是真实的立现，且能在写作本身的行为的产物中出现此种真实。"② 怀特认为这种对语言的强调不意味着语言决定论，"这只是承认被用来呈现真实的语言，是属于它所欲呈现的那个真实的一部分"③。既然文学的语言、再现技巧、情节编织等可以有助于历史学家更好地呈现历史真实，有助于读者更好地理解历史学家所要传达的历史真实，那么历史学家完全可以运用这些文学手法。

其三，对于某一个特定时期和地域来说，历史与文学共享的是同一个社会或文化语境，因而历史完全可以联合文学去更好地再现这个社会、文化的意义体系和人文内涵。在论及当代历史理论中的叙事问题时，怀特指出，历史叙事虽然不同于科学陈述，而与文学陈述有相似性，具有诗性功能。比如真实的事件可以用多种方式进行情节编织，以多种故事类型来讲述，并提供不同的论证解释方式，可以将历史事件、历史过程"戏剧化"或者"小说化"。但是，这些都不足以表明历史叙事不可能是真实的或者不能传达真理。既然不同学科，不论历史还是文学，都共享着某一个社会或文化所特有的意义生产体系，那么，不管用什么方式去再现这个体系，

---

① 理查德·汪：《转向语言学：1960—1975 年的历史与理论和〈历史与理论〉》（续），陈新译，《哲学译丛》1999 年第 4 期。

② 海登·怀特：《敬答复伊格斯教授》，《史学史研究》2008 年第 4 期。

③ 同上。

诗性的还是科学的，都不重要，重要的是能够将这个体系的意义和内涵表达清楚。同时，如果能够以通俗的文学手段将社会、文化体系的内涵表达得更生动形象、更具体完备，那么，就没有必要仅仅因为文学含有虚构和想象的因素而排斥它们，而应该充分地肯定文学对传达现实生活意义的独特作用。①

就此而言，在历史叙事的过程中，只要有助于将史学研究的主题表达得更为清晰明了，更为生动形象，史学家可以借助文学的表达方式，可以运用比喻性的语言，甚至可以融入感情和理解，将历史事件"戏剧化"、"小说化"、"故事化"。法国年鉴学派大师马克·布洛赫（Marc Bloch）认为，没有必要把自然科学的思维强加给每门学科，史学的主题是人类本身及其意识、行为，历史研究的目的是为了增进人类的利益。地形特征、工具、机器、文献、制度等所有这些东西的背后是人类。而人类的意识、行为非常微妙和复杂。史学家在很多方面并不能做出数学式的评估和判断，必须运用精致的语言，遣词造句，还要适当地运用联想。② 对此，布洛赫总结道："'理解'才是历史研究的指路明灯。不要以为真正的历史学家是不动感情的，无论如何，他还是有感情的。'理解'一词既包含着困难，又孕育着希望，同时，又使人感到亲切。"③ 只有理解才能体验人类千变万化的差异。无疑，这样的历史叙事与相对客观科学的数据和资料的记录、堆砌相比起来完全不同，也必然会将社会文化的意义体系，将人类的意识与行为表达得更为生动形象，让更多的读者特别是普通人对历史产生兴趣，了解历史、参与历史。

综上，在历史、文学与真实的关系问题上，怀特的观点是，首先，他并不反对历史的真实性；其次，他认为，历史具有种种文学性特征，但是，这种文学性不仅不会损伤反而将有助于实现历史的真实性。真实与文学并非截然对立，文学也可以传达真实，可以揭示真理，具有认知功能。所以，历史与文学都可以传达真实，历史的文学性不会威胁到历史的认知功能和历史的真实性。

---

① Hayden White, *The Content of the Form: Narrative Discourse and Historical Representation*, Baltimore and London: The Johns Hopkins University Press, 1987, pp. 43 – 45.

② ［法］马克·布洛赫：《为历史学辩护》，张和声、程郁译，中国人民大学出版社2006年版，第7—22页。

③ 同上书，第121页。

二 历史与文学的区别

怀特认为，历史编纂中存在语言的隐喻性、情节建构、意识形态蕴含、转义行为等种种的诗性建构因素，史学家在历史编纂的过程中可以运用文学的语言、手法，以更好地再现历史真实。这样的历史编纂确实更加生动形象，更容易被读者理解，引发兴趣和共鸣。历史可以"戏剧化"，可以"小说化"，可是由此带来的问题是，历史编纂与文学创作的区别何在？有学者指出，怀特尽管从未否认历史事实的客观存在，从未否认史实对于历史研究的限制作用，但是怀特对历史叙事的文学性、诗性建构的过于强调，使得历史写作成为缺乏限制的过于自由的创造，也就难以分辨出历史编纂与文学创作的区别。因而，怀特的问题在于他始终没有在理论上清楚地区分出历史与文学的认知功能的不同，将历史学同化于文学从而威胁到了历史学科的自律性。① 的确，怀特的理论有明显的主观建构论倾向，也有将历史编纂与文学创作的界限模糊化之嫌，但是怀特是否真的将历史同化于文学，模糊了两者的认识论功能的差异呢？

回答这个问题需要明确两点：首先，怀特提出这个主张的理论背景与问题意识。显然，怀特之所以主张历史的文学性是出于他对当前史学研究现状的反思、不满与批判，试图重建历史学的尊严。既然要改变现状，自然要确立自己的理论体系，为了"拨乱"，也就难免会有"反正"之嫌。他的历史诗学理论的确冲击了传统的史学编纂，不乏激进凌厉的色彩。在此，我们不能仅仅看到他的"冲击性"、"破坏性"、"解构性"，也要以一种了解且同情的态度去把握他之所以如此的原因和重建历史学科尊严的良苦用心。正如德里达对"解构"的理解："解构不是，也不应该仅仅是对话语、哲学陈述或概念以及语义学的分析；它必须向制度、向社会的和政治的结构、向最顽固的传统挑战。"② 德里达的解构主义并不意味着瓦解一切意义，他只是用一种较为极端的方式去怀疑、去颠覆，去提醒人们、警示人们，因为现状牢不可破本身就是一种危机。"所谓'解构'并

---

① 彭刚：《叙事的转向：当代西方史学理论的考察》，北京大学出版社 2009 年版，第 28—30 页。

② 包亚明主编：《一种疯狂守护着思想——德里达访谈录》，上海人民出版社 1997 年版，第 21 页。

不是把任何成见肢解得支离破碎,而是指出事情永远还有另外的方面,另外没有想到的作用,换句话说,'解构'的建树性就在于它有极大的包容性。"① 同样,怀特的历史诗学理论看似在瓦解、解构传统的历史编纂学,但他的用意在于通过对传统史学的批判而追求另一种更加多元化的历史编纂的增殖效果,改变历史徘徊于科学与文学之间的尴尬地位。他强调历史的文学性也是为了利用文学的再现技巧与修辞手法更好地为历史服务。因此,认为怀特的历史诗学理论是对历史学科的威胁的观点无疑忽视了怀特理论的出发点和初衷。

其次,怀特的理论确实模糊了历史与文学的学科界限,但是,"模糊"是否意味着历史与文学的完全"等同"? 理查德·汪曾指出:"像'与虚构实质上难以区分'这样的描述很容易不知不觉地演变成另一种看法,认为他们之间根本没有区别。"② 从怀特的相关论述中,可以发现,他使得历史与文学的区分变得模糊,但是,这两者之间还是有着根本的区别。具体表现在以下两个方面:

其一,怀特主张,历史著作与文学作品的根本区别首先在于内容方面,历史故事的内容是实际发生过的相对真实的历史事件,不是叙述者杜撰和发明的事件。历史学家所叙述的故事是对现实中历史实在的模仿,具有真实性,不同于文学创作者虚构出来的故事。这意味着,历史编纂过程中的诗性建构行为建立在相对真实客观的史料基础上,史学家不能随意地改变历史进程的次序,也不能随意编织故事情节或者虚构出历史事件、历史人物,历史叙事所讲述的故事只是对真实发生过的故事的一种精确模仿。即"叙事作为话语的形式,没有增加任何的再现内容,而只是对真实事件的结构和过程的模仿"。③ 与此相反,文学作品中的事件则不一定真实,作家可以创造出虚构的事件、人物、情节等。正如英国史学家埃里克·霍布斯鲍姆(Eric J. Hobsbawm)所说的:"对历史学家,甚至对于我们中间最激进的反实证主义者而言,辨识史实和虚构应该是最为基本的能

---

① 尚杰:《导读德里达的"终结"》,载〔英〕斯图亚特·西姆《德里达与历史的终结》,北京大学出版社 2005 年版,第 14 页。

② 理查德·汪:《对海登·怀特的接受》,朱潇潇译,载陈恒、耿相新主编《新史学·后现代:历史、政治和伦理》第 5 辑,大象出版社 2006 年版,第 84 页。

③ Hayden White, *The Content of the Form: Narrative Discourse and Historical Representation*, Baltimore and London: The Johns Hopkins University Press, 1987, p.27.

力。我们不能捏造事实。埃维斯·普雷斯利要么死了，要么没死。在可以
获得有效证据的前提下，这个问题可以根据证据作毫不含糊的回答。"①
托波尔斯基也指出，历史叙事与文学叙事的根本区别在于历史学家不能虚
构单个的历史事实，历史叙事的基础应该是真实的历史事件，而文学叙事
则不必如此。② 因而，历史叙事与文学叙事所依据的资料、内容的不同从
根本上决定了两者性质的不同，前者是相对客观真实的史学模仿，后者是
虚构与想象的文学创作。

其二，历史编纂学及历史学家的历史研究所呈现的诗性色彩与文学家
的文学创作相比，存在量的差异和程度的区别。怀特指出，叙事具有两种
功能，即交流功能和表达功能。前者强调叙事作为一种合法的历史再现模
式和有效的解释模式，必须满足增殖的符合标准和连贯标准，这里的连贯
标准是逻辑的而非诗性的或修辞的。对于强调叙事表达功能的历史学家来
说，作为话语形式的叙事只是一种传达信息的媒介和工具，类似于通过电
报传递消息的电码。作为一种代码，在传达信息和知识方面，叙事不会增
添任何的内容。③ 就此而言，历史学家编纂的故事要与历史事件在信息内
容的层面上相符合，不能歪曲和违背历史事件的内容。怀特还指出，叙事
的功能在不同著作中是不断变化的，即使在一部特定的历史著作之中，叙
事的分量和功能也并非一成不变。当历史学家在陈述一个故事的时候，叙
事所占的比重最大，当历史学家在分析一个历史过程时，叙事的比重则相
对较小。而一般来说，文学家创作的小说或诗歌中的叙事比重无疑要高于
历史著作中的叙事比重，这些文学作品中的虚构成分也往往明显高于历史
著作中的虚构成分。因此，历史与文学的区别在于，叙事比重的大小、虚
构成分是否明显存在。

综上可见，怀特并不否认过去的实在性、历史事件的真实性与客观
性，但是对过去历史事件的再现只能通过某种媒介来呈现，对史学家而
言，主要是通过文本的形式去接近过去。由于语言不是完全透明的工具，

---

① ［英］埃里克·霍布斯鲍姆:《史学家:历史神话的终结者》，马俊亚、郭英剑译，上海
人民出版社 2002 年版，第 6 页。

② 埃娃·多曼斯卡:《邂逅:后现代主义之后的历史哲学》，彭刚译，北京大学出版社
2007 年版，第 158 页。

③ Hayden White, *The Content of the Form: Narrative Discourse and Historical Representation*,
Baltimore and London: The Johns Hopkins University Press, 1987, p.41.

而是一个自足的符号系统，因而史学家在运用语言将过去的事件呈现为文本的过程中，不可避免地会带有语言的不确定性。同时，不同的史学家对同一事件的阐释也会呈现多样性，可运用不同的情节编织方式、形式论证方式和意识形态蕴含方式对特定的材料进行文本化、故事化，不同的解读方式、阐释方式就形成了丰富的多元性和异质性。无疑，这种多元论动摇了传统史学所谓的历史的绝对客观性、权威性以及真理的确定性、唯一性，它追求的是对历史事件解释的增殖，而非建构某一解释的权威性、连续一致性，正如怀特所言："历史在当今意义上不是，也永不可能是一门科学。承认这点是有益的，并且，认为历史解释的不同模式包含着政治的、伦理的暗示而不固守客观性、公正性标准也是有益的。在整个历史编纂史上，这种客观性、公正性标准在突破时期比在保守时期更为人们重视。"①

　　因此，相比于客观实证论者与主观建构论者的对立观点，怀特的主张有其综合、辩证之处，他在客观与虚构之间，在历史与文学之间建构了历史诗学理论，是对传统的二元对立思维模式的破除与解构。但是，这种破除与解构并没有以导向虚无主义和彻底的怀疑主义为目的，而是建基于历史的客观性与真实性之上。不论客观还是虚构，不论科学还是文学，只要有利于重建历史学作为一门独立自主的学科的目标，只要有利于重建历史学的尊严，使历史不再徘徊于科学与艺术之间无所归依，就是可以的。而传统的史学研究对于历史客观性的追求导致了注重科学性扬弃文学性的现实情况，又使得怀特注重发掘历史的文学性方面为己所用。正是在这个目的之下，怀特提出历史诗学理论，张扬历史的文学性，发掘历史的种种诗性建构成分。充分认识并正视这个理论前提，对于我们更加客观、辩证地认识和理解怀特的理论思想，避免以偏概全、求全责备地给怀特盖棺定论，避免给他戴上一顶否定历史客观性、将历史完全等同于文学的帽子，有十分重要的意义。

---

　　①　海登·怀特：《旧事重提：历史编撰是艺术还是科学?》，陈恒译，载陈启能、倪为国主编《书写历史》第1辑，生活·读书·新知三联书店2004年版，第27页。

第三节　历史的诗性建构与个人体验: 以史景迁《王氏之死》为个案

　　海登·怀特的历史诗学理论重新阐释了历史与文学的关系,打破了以往历史研究中历史与文学的二元对立模式,为跨学科研究提供了典范,有利于促进历史与文学的交叉研究与相互对话。诗与历史之间的张力,对许多历史学家尤其是后现代史学家充满了巨大的理论诱惑,并由此在史学理论研究及具体个案研究层面都产生了积极的影响。美国著名汉学家史景迁就是一例。史景迁一方面运用文学化的研究方式打破历史与文学之间森严的学科壁垒;另一方面又在形象生动的历史体验中力求还原真实历史的某个瞬间,从而试图在诗与历史之间维持某种微妙的平衡。这是对当今史学研究的卓越贡献。

　　史景迁 (Jonathan D. Spence),美国著名汉学家,美国历史学会主席,耶鲁大学历史系教授。他以独特的视角观察悠久的中国历史,并以不同一般的独特的"讲故事"方式向读者介绍他的观察与研究结果。① 史景迁的历史著作在语言表达、再现技巧、情节编织等方面都表现出典型的文学色彩,具有很强的可读性。同时,他对社会边缘的小人物的关注也解构了宏大叙事。这些都有力地凸显了史景迁历史著作的后现代特征。那么,我们能因此就断定他的历史著作不具备客观真实性,并给他一个历史小说家的头衔吗?换言之,他的史学著作能等同于小说创作吗?下面笔者将以史景迁最具文学底蕴的《王氏之死》为例,分析其历史叙事中的诗性色彩。

一　《王氏之死》的资料来源

　　史景迁《王氏之死》的资料来源主要有三个:一是冯可参主编的《郯城县志》。冯可参做过两年郯城知县,后因掌管财政和官办驿站马匹不力而被免职,贫困潦倒,主编《郯城县志》也算是他维持生活的挣钱

――――――――――

　　① 史景迁著有多部有关中国历史的著作,主要有《改变中国:在中国的西方人,1620—1960》、《追寻现代中国》、《康熙与曹寅》、《"天国之子"和他的世俗王朝:洪秀全与太平天国》、《康熙自画像》、《王氏之死》、《天安门:中国人及其革命》、《利玛窦的记忆宫殿》、《胡若望的疑问》、《中国纵横:一个汉学家的学术探索之旅》、《大汗之国:西方眼中的中国》、《毛泽东》、《皇帝与秀才》等。

途径。郁郁不得志的经历使得冯可参生动描述了郯城的艰辛、苦难历程，他"似乎要真实地保留一部凄惨的记录，而不想加以美化或者粉饰"①。二是继任知县黄六鸿的回忆录和笔记合编而成的《福惠全书》。史景迁认为黄六鸿对社会现实生活的观察很敏锐，不仅有梗概式的记述，也有确切的时间、地点、人物等细节性描写，并且这些细节描写与地方志、当时的其他史料相比也显得十分准确；三是小说家蒲松龄的作品，他的小说讲到了当时的灾荒、难民、死亡、暴力、土匪、寡妇等等。史景迁十分肯定蒲松龄的小说所传达的历史真实内涵，他认为蒲松龄所讲述的故事都非常详细和真实，"当蒲松龄力图刻画他在其中成长、然而不可表达的世界时，他用这种方式在自己的许多小说中将幻想和现实融为一体"②。

　　从史景迁的这三个资料来源我们可以看出，如果说前两者还是相对客观、真实的历史资料与官方记录，那么蒲松龄的作品则可以说是典型的虚构文学，更注重挖掘人物潜藏的内心世界，人的孤独、欲望、恐惧、痛苦、性爱、梦想。史景迁从冯可参和黄六鸿的记录中选取某些资料，加以整理、编织，形成一个有着内在发展逻辑的故事，再在适当的时候选取蒲松龄的相关小说作为对照和呼应。这样，社会文本与文学文本、社会话语与文学话语、真实的史料与虚构的文学就形成一种互文、交流、协商的态势。史景迁再以蒙太奇的手法将某些孤立、破碎的形象串联起来，进而编织成引人入胜的情节之网。其目的不在于再现当时宏观的历史情境，不在于再现郯城的灾难史，而在于再现生活在当时的历史情境与灾难史之中的人，在于凸显人的潜意识、孤独、爱情、辛酸等。正如史景迁所说的："我以为，如能用蒙太奇的方式将某些形象串接起来，我们也许可以越过那个遗失世界的其他资料，更好地表达王氏在去世之前的睡梦中可能想到的东西。"③

　　后现代史学与传统历史研究的一个重要不同之处就是对史料的态度。除了那些相对客观的档案记录、官方记录，还关注私人日记、回忆录、历史记载中的零散插曲、逸闻轶事、宣传手册、小报、文学作品等非主流的

---

　　①　[美] 史景迁：《王氏之死：大历史背后的小人物命运·前言》，李璧玉译，上海远东出版社 2005 年版，第 4 页。

　　②　同上书，第 17 页。

　　③　同上书，第 6 页。

历史研究资料,其目的并非通过史实分析来证明历史的真实性,而是让不同的文本、文学文本与非文学文本在一个大的文化系统之内展开自由的对话。后现代史学认为,传统的史学观念对文学与历史的截然二分割裂了两者之间的动态关系,历史作为社会能量或者权力话语不仅在各种历史文本中流通,也在包括文学文本在内的各种文化文本之中流通、交换、协商。文化是一个大的符号网络系统,文学、历史、社会制度与实践,包括政治在内,都是这个系统的功能要素。

后现代视角下的文学文本与文化系统之间的关系是一种新型的"互文"(intertextual)关系,也就是两种"文本"之间的关系。海登·怀特认为,"互文"存在两个层面,一个层面是"文学"文本;另一个层面是"文化"文本。① 也就是说,不仅文学内部的各个文本之间存在互文关系,而且包括文学、历史、经济、政治等在内的整个文化系统内部也存在互文关系,这样,不仅文学文本与文学文本相互联系形成一个互相阐释的意义网络,文学文本与历史、政治等从表面上看似乎不相关的非文学文本也联系起来,它们之间互相影响、互相阐释、交流与对话,并联合形成一种话语力量。

由此,我们可以发现,史景迁之所以选择蒲松龄的小说作为重要资料来源的目的所在,他关注的不仅仅是所选资料在形式上的真实性、客观性、准确性,更注重的是这些资料的内在真实,即它们是否能与其他资料在内在的精神逻辑上构成一致性,互相影响、互相补充、互相交流,构成一种话语力量从而表现出当时的文化系统、历史语境,以及身处其中的人的悲喜祸福。在这个意义上,蒲松龄的作品补充了地方志、官方文件所不具备的优势,为深入挖掘当时历史语境下人物的际遇、内心感情变化等提供了一个独特的不可或缺的视角。

二 《王氏之死》的历史叙事

首先,从语言层面来看,海登·怀特曾指出,历史叙事是一种语言虚构,不同于科学领域的叙述,而与文学的语言虚构有许多相似之处。过去的历史事件已经发生,作为一种离场的在场,只能通过回忆、证据来证明

---

① 海登·怀特:《评新历史主义》,载张京媛编《新历史主义与文学批评》,北京大学出版社 1993 年版,第 97 页。

其存在,为了将距今遥远的过去解释得更为清晰明了、易于理解,历史学家就需要使用生动形象的语言,巧比善喻,单纯的技术语言根本就无法达到有效阐释历史的目的。① 在《王氏之死》一书中,史景迁为了把发生在17世纪的一个不为人知的小县城里的一些不为人知的小人物的故事讲述得更加生动形象,使用了大量比喻性的语言。在第一章《观察》的开头部分,史景迁描写了地震发生时的情景:"傍晚,月亮刚刚升起,除了从什么地方发出的一阵可怕的轰鸣声往西北方向而去外,一点预告也没有。城镇里的房屋开始晃动,树木先是有节奏地摇摆,然后是更厉害地甩来甩去,树梢都快碰到了地上……那些站着的人感到他们的脚好像踩的是旋转而失去了控制的圆石头,摔倒在地上。"② 这段对地震的栩栩如生的文学式的描写,读来有身临其境之感。

其次,史景迁选取蒲松龄《聊斋志异》中的大量生动描写,为其历史叙事增添了很强的文学色彩。最典型的例子是《私奔的女人》一章中对王氏临死之前的梦境的文学化描写:

> 世上这是冬天,但这儿很温暖。荷花在冬天的绿水里绽放,花香随风而来,有人想把花摘走,但当船过来时,荷花飘走了。她看见冬天的山上布满了鲜花,房间里金光耀眼,一条白石路通向门口,红色的花瓣撒落在白石上,一支开着花的枝头从窗外伸进来。
>
> 花枝伸到了桌子上,叶纷纷落下,但花团簇拥,花还没有开放,它们像一只蝴蝶的翅膀,像一只沾了水的蝴蝶的翅膀,湿润而垂挂着;花茎细如发丝。
>
> ……
>
> 她坐在一棵大树下。树干粗而挺拔,一股黄色的树脂流过树干的中央。大树枝繁叶茂,投下深深的阴影。红色的花朵在树叶丛中闪烁,花落声如宝石叮当落下。一只小鸟在树上唱歌,它有着金绿色的羽毛,这是一只奇怪的鸟,它的尾巴和身体一样长。它唱的一首忧伤

---

　① Hayden White, *Tropics of Discourse*:*Essays in Cultural Criticism*, Baltimore and London:The Johns Hopkins University Press, 1978, p. 94.

　② [美] 史景迁:《王氏之死:大历史背后的小人物命运》,李璧玉译,上海远东出版社2005年版,第3页。

的歌令她怀念起她的故乡。

> 她穿着高高的香鞋快步离开大树,在晨曦中走过,露水打湿了她的鞋和袜。树林越来越密,但是透过树林她可以看见高塔,铜制的塔身,高大的铁柱支撑着闪烁发光的塔顶。塔上没有门,没有窗,只有一些凹进去的穴洞,一个接着一个,她踩着穴洞爬上去,在里面她感到恬静,感到安全。①

《私奔的女人》描写了冬天的湖、冬天的山、微笑、船、微风、云层和星星、水果和酒、牡丹和山茶、轻风和小鸟等等,并将这些零散的充满诗意的资料以蒙太奇的方式整合起来,不仅文笔优美清丽,还具有很强的悲情意味。史景迁以此篇具有深厚文学意蕴的美文来引领读者去捕捉王氏潜意识深处的精神世界,她的梦想、她的欲望和她的不幸,而这些精神意蕴是单纯的史学数据与官方资料所无法深入体现的。历史叙事的文学性、虚构性有助于我们走近人物的深层意识世界,正如怀特所言:"我们体验历史作为一种'阐释'的虚构性,同样也体验到伟大的小说作为一种对我们与作家共同生活的世界的阐释。在这两种体验里,我们认识到意识构成和征服世界的模式。"②

此外,历史叙事不是对过去发生的所有事件的照搬和机械的模仿,也不只是记录到底发生了什么事情,而是在对原有资料进行整理、加工、提炼的基础上,重新描写事件,将其变成一个完整的具有内在逻辑的故事。历史叙事是一个复杂结构,它包含了两个层面的内容,一是真实发生的历史事件,二是具有虚构性的故事。历史学家在将单个的历史事件串联、编织成完整的故事时,必然会凸显某些史料重要性,将另一些自认为不重要的史料置于边缘地位,根据叙事的需要对庞杂的历史事件系列进行筛选,使事件与事件之间具有因果关系。这个凸显某些史料,遮蔽另一些史料的过程,选取某些史料与舍弃另一些史料的过程,将单个的真实事件勾连成一个完整连续的故事的过程,也就是史学家的个人情感、偏见、写作意

---

① [美]史景迁:《王氏之死:大历史背后的小人物命运》,李璧玉译,上海远东出版社2005年版,第101—103页。

② Hayden White, *Tropics of Discourse*:*Essays in Cultural Criticism*, Baltimore and London:The Johns Hopkins University Press, 1978, p. 99.

图、意识形态取向等悄然渗入的过程。

虽然《王氏之死》的资料来源主要有三个,但史景迁并没有对那些庞杂的历史事件的各个方面都进行深入描写,而是根据自己的写作意图重新筛选资料,把这些事件排列成一个特别的次序,赋予它们不同的地位和话语力量。地方研究一般不重视农村,而把重点放在出名的地区。但史景迁关注的并不是众所周知的地方,也不是众所周知的名人绅士,而是一个充满灾难的小县城,以及当地非知识精英阶层的老百姓,农民、田间佣工、寡妇等弱势群体。史景迁描写了这些小人物的土地耕作和税收的压力,描写了地方的恩怨所带来的暴力,描写了妇女的凄惨生活,并且以这些描写对象为中心对情节结构进行编码,建构事件之间的因果联系,进行情节编织,将一个个单一的零散的缺乏内在关联的历史事件通过想象、虚构、修辞等手段变成一个具有内在统一性与连续性的历史故事,从而带有明显的文学叙事特征。

因而,在进行历史叙事的过程中,史景迁并非仅仅记录历史到底发生了什么,而是根据自己的理解和创作意图,把这些事件排列成一个特别的次序并赋予它们不同的重要性,进而整理成一个文学故事的形式。这样,真实事件与虚构的故事之间隐喻式的类似性就赋予了历史叙事以隐喻式的象征结构。正如怀特所认为的:"历史叙事作为一个象征结构,不'再现'(reproduce)其所描述的事件;它只告诉我们应该朝何方向去思考这些事件,并在我们对这些事件的想法中注入不同的情感元素。"① 从这个意义上讲,史景迁对蒲松龄作品的选择无疑能帮助我们更加深入地走进那段历史中的那些普通人的生死悲欢,比起严肃枯燥、一本正经的数据与历史记录,更容易震动我们的心灵。

三 历史书写与文学创作

史景迁历史书写视野下的文学文本与非文学文本的互文性,语言的修辞性,对单个材料的取舍及勾连,都决定了历史叙事的诗性色彩。怀特曾指出,历史学家为了叙述过去发生的事件,首先必须将文献中记载的整组事件预构成一个可能的知识客体,这种预构行为是诗性的。同时,史学家

---

① Hayden White, *Tropics of Discourse*: *Essays in Cultural Criticism*, Baltimore and London: The Johns Hopkins University Press, 1978, p.91.

也预构了历史编纂的解释模式,无论是情节编排模式、论证模式还是意识形态蕴含模式,都是史学家的一种主观的诗性建构行为。① 新历史主义者蒙特罗斯提出的"文本的历史性"与"历史的文本性"也打破了文学与历史的"前景"与"背景"的二元对立界限。② 进而,传统学科视野中以虚构为主的文学与以追求真实客观为主的历史之间的界限被解构,原本清晰的疆界模糊了。

但是,历史书写与文学创作之间疆界的模糊与解构并不意味着二者毫无区别、可以等同。它们的根本区别在于治学方法与研究思路的不同,前者建基于实证原则,而后者却可以任意想象、虚构,自由地进行文字嬉戏。马威克认为,尽管大多数词汇都有多种意义,但史学家可以通过严格的学科训练来避免陈述中的不确定性、歧义性,控制隐喻,可以通过勤勉地收集材料来客观如实地再现过去,通过"史学家的自治"来远离各种偏见和政治倾向。③ 彼得·盖伊则提出,历史著作不同于文学创作的地方在于史学家会给出详细的注释、书目及文献出处,这无形中确立了历史学家的学术专业标准。④

同时,历史的文本性与实在性并非截然对立,后者是一种独立于史学家之外的自足存在。这意味着,历史书写是相对客观真实的史学模仿,历史事件是被发现而不是建构的。如理查德·艾文斯所认为的,尽管历史著作中不可避免地具有诗性建构的因素,但是这种文学性、诗意与想象力要接受事实的规训,要受限于史料所允许的范围。⑤

---

① Hayden White, *Metahistory: The Historical Imagination in Nineteenth-Century Europe*, Baltimore and London: The Johns Hopkins University Press, 1973, p. 31.

② 新历史主义的代表人物蒙特罗斯(Louis Adian Montrose)提出"文本的历史性"与"历史的文本性","文本的历史性"指一切文本,不论是文学文本还是社会文本,都具有特定的社会性、历史性和文化性;"历史的文本性"是指我们接触的历史大都是文本化的历史,只有通过文本才能了解过去的历史,而这些文本在转变成为文献资料的时候,其自身再次充当了文本阐释的媒介,我们要通过再文本化才能接近历史,同时历史文本也不断成为更大的文化语境中的文本。

③ Arthur Marwick, "Two Approaches to Historical Study: The Metaphysical (Including 'Postmodernism') and the Historical. " *Journal of Contemporary History*, Vol. 30, No. 1, January 1995.

④ [美]彼得·盖伊:《历史学家的三堂小说课》,刘森尧译,北京大学出版社 2006 年版,第 147 页。

⑤ [英]理查德·艾文斯:《捍卫历史》,张仲民、潘玮琳、章可译,广西师范大学出版社 2009 年版,第 250 页。

史景迁的历史著作在许多方面具有明显的后现代史学特征,比如他的史料不仅有传统意义上的"客观"史料、官方档案,还有私人日记、圣谕甚至文学作品,此外还表现在他对宏大叙事的解构,关注处于历史边缘的"他者",小地方、小人物的生活与内心世界。史景迁将历史与文学置于"文化网络"中进行深层对话,他的历史著作具有明显的文学色彩,语言优美生动,情节连贯,深入表现了人物的潜意识和内在精神蕴含。但是,我们不能因为他具有上述种种特征就认为他的史学著作和小说创作没有区别。细读之后我们会发现,这两者之间有着本质的不同。

其一,尽管史景迁的历史叙事不论从语言层面,还是从作者的主观意图、情节的编织层面,都具有强烈的文学色彩,但是,他文学化叙事的目的不是为了编造故事,不是为了虚构而虚构,也不是为了追求语言的游戏,而是为了以文学叙事的形式更加清晰地重建过去的真实存在。求真仍然是史景迁作为一个历史学家所恪守的基本底线。这突出表现在:史景迁作品的历史框架由相对真实的史料建构起来,人物的主要经历都有案可寻。他所描述的历史都以不违反史料的基本内涵与逻辑为前提,只不过他细化了具体的历史细节,加入了合理的想象与推理。

其二,尽管对于过去历史的研究需要凭借史学家的主观意识、心灵的媒介才能达成,尽管历史叙事的过程中多少会带有史学家个人的想象或推理成分,但是历史的独特性在于史学家所研究的是曾经发生过的真实存在,因而史学家要遵循学术研究的逻辑方法、思路。从史景迁的《王氏之死》可以看出,他的想象与推理并非是漫无边际的浪漫式的文学虚构、创作,或者随意想象,而是遵循实证的治学方法,带有严肃的学术思考,目的是更好地还原当时的历史情境及人物内在的逻辑与精神状态,同时也给出了详细的参考书目及文献出处。

其三,史景迁虽然选择蒲松龄的小说作为重要的资料来源,但是蒲松龄的小说并不是纯粹的文学虚构,而是讲到了当时的灾荒、难民、暴力、土匪、寡妇等等,而且"所有这些故事都详细、真实,好像是故事中的幸存者、他的同乡或家里人讲述的"[1]。蒲松龄的小说真切地反映了当时的社会现实,有助于史景迁历史叙事的编排和展开。正如怀特所认为的,

---

① 〔美〕史景迁:《王氏之死:大历史背后的小人物命运》,李璧玉译,上海远东出版社2005年版,第15页。

文学在许多方面比历史更容易传达出历史事件的真实性，语言的比喻性、情节的编织、叙事视角的选择等文学特质与表达技巧会有助于再现历史。① 因而，我们没有必要为历史叙事具有文学特征而困惑、羞愧，因为历史、文学所共享的是作为历史经验精华的共同的人类意义生产系统。

有学者指出："文学并不被动地反映历史事实，而是通过这个复杂的文本化世界的阐释，参与历史意义创造的过程，甚至参与了对政治话语、权力运作和等级秩序的重新审理。"② 文学不是对历史的机械反应，而是塑造历史的能动力量，对历史具有一种积极的建构作用，文学与历史都是话语惯例与权力关系的交锋场所。因而对史景迁来说，既然作为史学主题的人的意识、行为只有在蒲松龄的文学作品中才能得到最深切和清晰的表达，那么他的历史书写完全可以与蒲松龄的小说进行互相阐释、交流，并以此传达出作为整体的文化结构所涌动的社会能量。

总之，《王氏之死》是一部具有强烈文学色彩的史学著作。《王氏之死》并非完全客观的史料的堆积，既有相对真实的历史资料与官方记录，也有虚构性的文学作品，文学文本与非文学文本形成互文、交流、协商的态势。史景迁对文学化语言的运用、对蒲松龄文学作品的大量引用无疑也为其历史叙事增添了很强的文学色彩。同时，他又根据写作意图对所选的资料进行编排，加入主观的想象与推理。这样，史景迁的历史叙事就具有了典型的文学叙事特征，凸显了隐藏在文学中的社会存在与历史话语。

一般而言，在如何达成历史的真实认识这一问题上，具有三种途径：第一种途径是正统历史学的实证研究方法，通过枯燥烦琐的史料考证和排比来确证历史的"真实性"，其优点在于真人真事，不足在于限于书斋而无法深入生活。第二种途径则是纯粹的文学描写，如金庸笔下的韦小宝、萧峰等虚构人物，在特定的历史背景下展现历史的氛围和场景，常常能令读者产生身临其境的感觉，然而其纯粹的虚构成分又与我们所认知的"历史"存在很大差距。第三种途径是史景迁采用的研究方法，以真实人物和事件为依据，在扎实的史料分析基础上，依据史料的内在逻辑及人之常情来加以合理的想象与推理，通过历史文本与文学文本的交流、对话，

---

① Hayden White, *The Content of the Form*: *Narrative Discourse and Historical Representation*, Baltimore and London: The Johns Hopkins University Press, 1987, pp. 43 – 45.

② 王岳川:《历史与文本的张力结构》,《人文杂志》1999 年第 4 期。

有力地凸显了隐藏在文学中的社会存在与话语建构,在读者心中唤起强烈的"历史体验"感,从而更好地设身处地地感知和体验早已远离我们的那个时代所发生的一切。显然,相比于纯粹的史料考证和虚构的文学创作而言,史景迁的"历史体验"方法,在诗的虚构色彩与历史的真实之间找到了一个很好的平衡点。

小结

海登·怀特的历史诗学理论在倡导历史的诗性建构特质、历史的文本主义同时,并没有否认历史事件的客观真实性,没有彻底取消历史与文学的学科界限,也不主张语言决定论。在历史与文学之间,在客观与主观之间,历史的真实性依然存在。

首先,怀特认为,过去发生的历史事件是一种客观真实的存在,历史事实则含有历史学家对事件的主观建构成分,但这种主观是客观基础上的主观,而非任意的主观。历史事实的主观性建构成分不意味着历史事实没有客观成分。因此,不能将历史事实等同于历史真实,但不能否认历史事实中含有真实性的成分,历史事实本身就是客观性与主观性的统一体,不可偏废任何一方。怀特对于历史建构的主观性的强调并不意味着他完全否认历史的客观性,而是说,在传统的历史学家普遍强调历史的客观性,且将这种客观性作为一种不证自明的前提预设时,怀特对这种客观性提出质疑与反思,指出所谓客观的历史中所含有的种种主观建构成分。

怀特的历史诗学理论所提出的历史建构过程中存在着主观建构因素,并不意味着历史真实的不可能。第一,历史事件的客观性决定了任何的主观建构都不是毫无根据的任意编造甚至歪曲。第二,历史学家自身所受的学科训练,他们所必须遵循的严谨的学科规范,同行、公众以及社会舆论的监督、批评,这些都决定了他们不可能随意解释历史,从而保证了历史编纂的相对客观性。第三,怀特指出的历史学家使用的语言的转义性、不确定性,并不等于语言决定论或一切都是语言的游戏,并不等于彻底否定外在的物质实在。历史建构过程中的诗性色彩、历史的文本性并不必然意味着事实与虚构之间的界限被彻底取消。第四,历史的客观性与主观性可以共存,历史著作兼具发现与发明的成分。这些都说明历史的真实性是可能实现的。

其次,怀特认为,历史真实与文学虚构并非属于非此即彼的截然对立关系,历史编纂中的诗性因素与历史的真实性并不矛盾。第一,文学性因素有助于以一种更加生动形象的方式传达时代精神和历史真实。经典的历史著作往往是真实与虚构的完美结合,离不开文学性因素的巧妙运用。第二,语言不仅是形式,也是历史学家所要传达的真实性的一部分,也是内容。文学的诗性语言本身就在传达着某种意义、某种对历史真实的理解。第三,历史与文学共享着特定时代的特定意义生产体系,只要能将这个体系的内涵表达得更完善,就没必要拒斥文学的表达和再现方式。因而,历史学家可以将文学性的语言、技巧运用于历史再现的过程中,以一种更加生动具体的方式表达历史真实。

尽管历史可以"戏剧化",可以"小说化",但是,这并不意味着历史与文学没有实质性的区别。怀特的历史诗学理论确实模糊了历史与文学的学科界限,但是模糊并不意味着二者完全等同。怀特认为,第一,历史与文学的最根本区别在于两者内容的不同,历史编纂的内容是相对真实的过去发生的历史事件,而文学创作的内容可以是真实的历史事件,也可以是凭空虚构的故事。第二,历史编纂的过程中所呈现的诗性色彩与文学家的文学创作中的诗性因素存在量的差异和程度的区别。叙事比重的大小、虚构成分是否明显存在等,都是判断历史与文学之间差异的标准。

总之,怀特的历史诗学理论,重新阐释了历史与文学的关系问题,认为不论是史料选择还是历史叙事中的语言运用、情节编织,都离不开作为整体的文化文本中诸要素的互相交流与协商,从而打破了以往历史研究中历史与文学的二元对立模式,并在二者之间建立起一种动态的对话关系。这种对话式的批评实践活动总是将作品置于"文本网络"中去考察,"将其置于同时代的社会惯例和话语实践关系中,通过文本与社会语境,文本与其他文本的'互文本'关系,构成新的文学研究范式或文学研究的新方法论"①。在此视野之下考察美国著名汉学家史景迁的历史著作,其以介入往昔和移情方法论为基础的"历史体验"观点,通过生动具体的历史场景及人物心理的细腻描述,使得他的历史著作像"讲故事"。史景迁通过历史文本与文学文本的交流、对话,有力地凸显了隐藏在文学中的历史存在与话语建构,在读者心中产生强烈的历史的诗性体验之感,从而有

---

① 王岳川:《历史与文本的张力结构》,《人文杂志》1999 年第 4 期。

助于读者更好地理解和体验那个久远的时代、那些久远的感情与意识。因而，史景迁为探讨历史与文学的交叉对话及历史的诗性建构与个人体验问题提供了一个很好的个案。

从本质上讲，本章所讨论的问题其实是传统历史观与后现代历史观的冲突、矛盾问题。有学者指出，后现代史学对史学方法的最大挑战及最有价值的启示，就在于对传统史学研究方法的认识论基础的批判和反省。[①] 传统的历史研究无论是资料还是论证都力求科学、精确、客观，因而也就排斥历史叙事的诗意色彩。后现代史学则强调语言和文本的不确定性、修辞性，而所谓的历史事实则渗透着意识形态、权力、主观性，从而否定了获得唯一确定的真理、事实的可能性。怀特认为，传统史学研究中关于事实与虚构的二元对立思维模式导致了历史学家过于注重历史叙事的客观性与科学性，从而忽视了历史叙事的文学特性，忽视了文学完全可以用一种比喻修辞的方式传达出历史真实。[②] 后现代史学的这种批判与解构立场使得许多学者认为后现代史学完全否认历史的真实性与客观性，并彻底取消了"真实"的叙事与"虚构"的叙事、"科学"的历史编纂与"诗学"的历史编纂之间的分界，将历史学等同于文学，等同于文学创作中的修辞建构和情节编排。[③]

事实上，历史叙事无论是资料选择、整理，还是所使用的语言、各种论证，都存在主观色彩与诗性行为。但是这种诗性并不意味着摧毁一切传统意义上的价值、信仰、判断，也不意味着否认历史真实的可能性。相反，这种诗性有助于让历史研究摆脱书斋式的数据、资料的枯燥堆砌，让人们特别是普通人更好地了解历史，参与历史。正如罗素（Bertrand Russell）所说的，历史必须有趣味，在不歪曲事实的基础上对所叙述的事件和人物怀有感情，不偏不倚的所谓客观的历史学家是枯燥无味的。[④]

---

①　王晴佳、古伟瀛：《后现代与历史学——中西比较》，山东大学出版社 2003 年版，第181 页。

②　Hayden White, *The Content of the Form*: *Narrative Discourse and Historical Representation*, Baltimore and London: The Johns Hopkins University Press, 1987, p. 48.

③　杨耕、张立波：《历史哲学：从缘起到后现代（后现代历史哲学译丛总序）》，载［澳］C. Behan McCullagh《历史的逻辑：把后现代主义引入视域》，张秀琴译，北京师范大学出版社 2008 年版，第 14 页。

④　［英］伯特兰·罗素：《历史作为一种艺术》，载［英］汤因比等著，张文杰编《历史的话语：现代西方历史哲学译文集》，第 158—176 页。

生态哲学家盖尔曾指出:"后现代主义应该被理解为一种传统,这种传统与现代性的占统治地位的思想传统相对立,试图追问现代性的各种假定,在此基础上发展一种人与世界,人与人之间的新型关系。"① 海登·怀特的历史诗学理论正是通过对历史叙事过程中诗性行为的揭示,来质疑传统史观中所谓一成不变的客观真实历史,让我们看到事物并非完全确定的、固定的,通往真理的道路并不是只有一条,也没有唯一一个权威,而是存在着多种可能性。在怀特看来,对于任何给定的历史事件,历史学家都可以进行各种不同的解释。相比于获得唯一的、最好的标准解释,更重要的是通过各种不同的解释来增加对给定的历史事件的解释数量,实现历史解释的增殖。

怀特的这种理论主张,与沃尔什所言的"配景理论"相似。所谓配景理论,就是说,尽管历史学家之间存在着道德的和形而上学的观点差异,但客观性与真实性的概念对于史学家来说仍具有意义,史学家仍然可以获得对过去的客观理解。② 只不过相对于普遍的绝对客观性来说,这种客观性是一种弱化了的、次要意义上的客观性。也就说,这种客观性不具有普遍通用性,在具有相同哲学观的史学家之间可以达成一致的客观的历史认识,哲学观不同的史学家之间则不具有一个共同的客观历史认识。③这种相对主义的立场,并没有彻底否定历史认识的客观性,只是这种客观性是相对于某一个史学流派、某一个共同的理论框架之内有效。不同的理论、不同的著作是一种互相补充的关系。

因而,与其说怀特在以一种消极的瓦解的方式解构历史的真实性,毋

---

① 王治河:《汉译前言》,转引自〔英〕斯图亚特·西姆《德里达与历史的终结》,北京大学出版社 2005 年版,第 18—19 页。

② 比如说天主教与新教关于宗教改革的历史,哪一种更真实?按照配景理论,这两种观点都从其自身的观察点与立场解说,不能说哪一种观点更客观,只能说他们都按照自身的前提假设而写作,也必须接受据此而来的批评。凡是被利益集团利用成为宣传工具的就是坏的历史学,凡是详细考证证据、保持诚实、遵守基本规则的历史学家,就可以达到真实性与客观性。(详见 W. H. 沃尔什《历史哲学导论》,何兆武、张文杰译,北京大学出版社 2008 年版,第 110—111 页)

③ 比如自由主义的历史解释只对自由主义者有效,马克思主义的历史解释也只对马克思主义者才有效。但是,马克思主义者和自由主义者都可以在各自的理论框架内遵循他们认可的证据,相对客观地解释历史。(详见 W. H. 沃尔什《历史哲学导论》,何兆武、张文杰译,北京大学出版社 2008 年版,第 111 页)

宁说他在以一种批判和积极的方式捍卫历史的真实性,从而建构另一种更为接近真实的多样性、异质性的历史。正如约恩·吕森所言:"后现代主义就意味着没有一个单一的、完整的历史这样的东西;对于实际发生的事情不仅只有真切可靠的见解。此种批评开辟了多重视角的前景。"①

国内外的诸多学者由于怀特对传统历史编纂的客观性与真实性的解构,而批评他完全否认客观性、真实性并将历史等同于文学。然而,这种对怀特的批评本身就存在着逻辑漏洞。诚然,怀特强调历史编纂的文学性,而非科学性,强调隐喻、修辞因素、情节建构,而非如实性、先验性,但这并不能推理出他完全否认和排除掉后者;"强调"历史是非科学、反科学甚或极力排斥其科学性,认为文学性是很"重要"的,并不等于完全绝对地偏向一边。对于怀特来说,某一历史事件发生于何年何月何地等基本的信息,已经渗入人们日常的知识框架中,成为一种无需证明的常识性存在,因而也就没有必要再对这些作为历史常识的知识、信息、概念等进行质疑或批判。但是,对历史事件的阐释、编纂过程中存在的种种主观建构性因素,历史学家的个人偏见、好恶、意识形态、社会主流话语等的影响,以及他们使用的语言的比喻修辞性,都使得历史学家的历史书写具有很大的不确定性,因而也就无法在上述种种不确定因素的基础上来完全准确地界定这些历史事件,所谓的客观真实性也就不再是一座不容动摇的稳固大山而备受质疑。因此,怀特提出历史书写中的种种不确定性,从而质疑传统史学的客观真实性,并不等于对一些常识性的历史观念的连带否认。

由此,怀特并不否定历史的客观性与真实性,并不否定真理、意义的存在,而是否定绝对的客观性与真实性,否定某一稳固不变的真理、意义,拒绝任何僵化的思想。对怀特来说,多元化与增殖性是一种活跃着的生命力的象征,事物一旦确定无疑就意味着死亡。正如德里达对"马克思的幽灵"的理解,是一种复数形式,是多样的、异质的、散居各处的。②

---

① 埃娃·多曼斯卡:《邂逅:后现代主义之后的历史哲学》,彭刚译,北京大学出版社2007年版,第187页。

② [法]雅克·德里达:《马克思的幽灵》,何一译,中国人民大学出版社2008年版,第5页。

　　就此而言，怀特的理论为我们看待问题提供了一个新视角，同时也在提醒我们，在进行历史编纂或者阅读历史的时候要看到问题的复杂性，不要完全相信历史叙事的所谓客观真实，要具有一种批判的态度，对任何的历史言说都保持一份警醒、质疑和距离。这也是其理论的意义所在，它让我们看到了阐释历史的新的可能性。当然，如何在多元立场、批判态度与漫无边际的相对主义之间取得一个有效的平衡，则是我们需要注意的。

第 五 章

有边界的历史相对主义:海登·怀特的 历史相对主义思想辨析

第一节　相对主义思想概述

《剑桥哲学字典》（*The Cambridge Dictionary of Philosophy*，1999）对
"相对主义"（relativism）的解释是："否认存在确定的普遍真理，有认知
和道德的两种类型的相对主义。认知相对主义认为不存在关于世界的普遍
真理，世界没有本质特性，有的只是人们对它的不同解释……道德相对主
义理论认为，没有普遍有效的道德准则，所有的道德准则都是相对有效于
文化和个体的选择。道德相对主义又分为两种类型：习俗主义和主观主
义，前者认为道德准则都是相对有效于特定的文化或社会的习俗，后者则
坚持个体的选择决定了道德准则的有效性。"①

尽管有多种类型的相对主义，且不同的学者对其看法和定义并不相
同，有的把相对主义与实在论、客观主义、理性主义进行对比；有的则将
其与普遍主义作各种对比；有的为客观知识辩护，认为相对主义是通向非
理性主义和盲从主义的大门；有的则赞同相对主义，反对理性和科学的唯
理主义。但是不同的学者对相对主义的最本质特征的描述是一致的，即不
论是认知论相对主义还是道德相对主义，都不承认有一个普遍标准。根据
希拉里·普特南的说法，相对主义的最基本最简明的逻辑是，认为每一种

---

①　Robert Audi, ed., *The Cambridge Dictionary of Philosophy* (second edition), Cambridge,
New York：Cambridge University Press, 1999, p. 790.

文化、每一种话语、每一个文本、每一个人都有其自己的观点、标准和预设，而真理是相对于这些东西而言的。相对主义的全部目的和特征就在于否认任何客观的"适合"概念的存在，反对一切的真理符合论、本质论。①B. 巴恩斯、D. 布鲁尔则提出，相对主义有多种多样的形式，因而首先要弄明白的是我们主张的究竟是哪一种类型的形式。他们认为，相对主义学说的基本出发点是以下三点：（1）对某一个特定的论题，不同的人可以有不同的观点、信念；（2）选择哪一种观点、信念取决于个人的某些具体语境；（3）"对称"假设（symmetry postulate）或"等值"假设（equivalence postulate），即所有的观点、信念，就其可信性的原因来说，都是彼此平等的。②总之，多元性与包容性是相对主义的内在灵魂与核心要素。

相对主义和绝对主义是一组对立统一的概念。绝对主义把客观事物以及对它的认识绝对化，认为存在着绝对客观的独立于人的意识和心灵之外的事物，世界就是由这些独立的客体的固定总体构成的；人们对世界的认识只有一种最真实最全面的描述；真理就是外部事物和词语或思想符号之间的某种对应符合关系。可以看出，绝对主义排除了人们认识的主观性和相对性，认为世界外在于人的意识而存在，不仅主张客观论，同时主张真理唯一论和符合论。普特南统称上述观念为"外在论"视角，因为它推崇的是超越人的意识和心灵去认识世界和实在的"上帝的眼光"。③

相对主义者则认为这种上帝的视角和眼光并不存在，那些哲学家所认为的最基本的诸如理性、实在、真理、善等概念，必须放在特定的理论架构、生活背景、认知范式、社会文化中去理解。世界上并不存在单一的绝对真理，也不存在对真理的唯一评判标准，存在的只是现实世界中不同人的意识和看法以及基于此上的各种利益和目的。因而，相对主义者反对任

① ［美］希拉里·普特南：《理性、真理与历史》，童世骏、李光程译，上海译文出版社2005年版，第136页。

② B. 巴恩斯、D. 布鲁尔认为，这并不是说所有的观念都同样真实或虚假，而是说无论真假与否，这一观念的可信度都同样被看作是值得推敲的。无论社会科学家把一种观念评价为真实、合理的还是虚假、不合理的，他都必须进行进一步的论证，找出其可信性的原因。详见［英］B. 巴恩斯、D. 布鲁尔《相对主义、理性主义和知识社会学》，鲁旭东译，《哲学译丛》2000年第1期。

③ ［美］希拉里·普特南：《理性、真理与历史》，童世骏、李光程译，上海译文出版社2005年版，第55页。

何的一元论、权威论以及线性的进化主义、种族中心主义、西方中心论，反对用单一的标准去认识、衡量和评价异己的个人、社会和价值观念。比如道德相对主义者主张尊重和理解差异，认为:"既然文化是多样的，而人的社会和心理特征是由文化决定的，文化的多样性就决定了人的社会和心理特征的多样性，从而也决定了道德的多样性。"① 因而就不存在普遍的道德标准，也就不能按照某一个道德标准去跨文化地评价异己的生活方式、习俗、道德信仰等，"跨文化的道德评价必然是种族中心主义的，必然会产生投射错误，即把自己社会的文化价值标准投射到其他种族身上"②。所以，在对某一生活方式、文化习俗进行评价的时候，就只能用这个文化内部自身的标准来评价，不能用外部的标准。

由上可见，相对主义破除了理性至上、权威论、西方中心论等神话，用一种怀疑、批判的精神去看待世界，主张认识和评价标准的多元化、差异性，以特定的语境来看待某一概念、道德或文化现象。这些都使得我们排除偏见，对世界和事物的认识更加全面，"我们将不会去申斥中世纪，说那时候的人不符合 18 世纪巴黎那些反抗的知识分子的道德标准和理智标准，也不会因为后者受到 19 世纪英国或 20 世纪美国顽固派的非议，就反过来责备他们……当我们真要对个人或者社会进行斥责时，我们先得根据他们的处境和见解把他们的社会条件、物质条件、他们的愿望、价值规范、进步和反动的程度，全都衡量一下，然后才作判断"③。此外，相对主义的进步性和必要性还表现在:事实已经证明，以往的对世界只有一种解释的客观论或符合论已经落伍，即使在科学研究中，也并不是每一个问

① 王晓升:《道德相对主义的方法论基础批判——兼谈普遍伦理的可能性》，《哲学研究》2001 年第 2 期。作者区分了道德相对主义与道德普遍主义，两者虽然都以理性为原则，却存在很大的差异。道德相对主义者尊重不同文化中的习惯和习俗，认可不同的道德价值观的合理性，他们的理性原则表现为一种对不同的社会习俗、价值观念、道德准则的认可、中立、容忍态度，努力摆脱西方文化中心主义、西方文化霸权主义。道德普遍主义则强调人性与理性的共同性，认为存在普遍的伦理和道德准则。问题在于，道德相对主义为什么在强调理性原则的同时，又反对理性的普遍性?作者指出，道德普遍主义和道德相对主义尽管都坚持理性原则，但两者的理性却存在巨大的差别，"前者承认有普遍的理性存在，而后者认为理性也因文化上的不同而不同"。

② 王晓升:《道德相对主义的方法论基础批判——兼谈普遍伦理的可能性》，《哲学研究》2001 年第 2 期。

③ ［英］白林:《论历史相对主义和客观评价的可能性》，贺若璧译，《国外社会科学文摘》1961 年第 10 期。

113

题都只有唯一一个确定的答案，有些科学问题可以有许多个相对于具体语境的答案，同一个科学术语在不同的理论框架内也可以对应不同的对象。在人类学中也同样存在语境的相对性。人类学家已经发现世界上存在不同的种族、民族、文化体系、宗教信仰、道德习俗、社会制度等，所以不可能以某一普遍的标准或者线性的进化主义去评价这些差异性的存在，而不可避免地要用相对主义的立场去评价。

但是，相对主义也存在着种种问题。比如，文化相对主义存在的问题是，回避文化研究的目的，仅仅看到不同文化、道德习俗之间的差异性，忽视了它们之间的共同性以及一些普遍的价值准则，如追求丰衣足食、安全感、平等和民主，并由此否认了人类异己文化之间互相沟通和交流的可能性，从而陷入了封闭的文化分析框架，容易导致封闭主义，使人们不能进行任何的跨文化批评和交流。① 乐黛云认为，文化相对主义承认并保护不同的文化，反对用自身的善恶标准去评价异己文化，对于文化征服和文

---

① 代表性的观点可参见马庆珏《对文化相对主义的反思》，《哲学研究》1997 年第 4 期。马庆珏指出，在探讨文化问题时，文化相对主义的弊端在于走入了整体主义的歧路、回避了文化的目的性、陷入了封闭的文化分析框架。首先，在谈论某一个国家、民族、地域的文化时，需要弄清楚的是，在什么样的范围之内，在什么样的文化品类上，相对主义才有意义。"不同民族、不同区域从自己的实际环境出发，创造了形形色色的生活方式和习惯。若就这类问题展开文化价值的哲学讨论，那实在是没多少意义的。"世界上不同民族和地区的衣食住行、风土人情等属于"小文化"或"亚文化"，而与之相对应，战争、和平、生命、健康、幸福、环境保护、世界减灾等问题则是人类共同关心和运作的主题，属于"大文化"。"在大文化层面上，伴随人类实践的发展，日益凸显出了一个可以通约的具有普遍意义的文化价值尺度。"其次，探究文化问题的目的不是为了哲学本身，而是为了与人类的生活与福祉紧密相关的社会实践。"人类活动的历史就是人类文化史，它同时又不折不扣是人类追求有意义的完美生活的历史。人不断否定和告别过去，就意味着文化创造和比以前'好'的生活的不断产生。从总体上说，在主体意志上人一步步往前走却又刻意去寻求痛苦和困顿，这是不可思议的。"也就是说，尽管我们可以理解特定的地域、民族、生活环境中的食人风俗，但从文化目的论的角度来说，这样的风俗并不值得我们去模仿和学习，并不是理想的文化模式。最后，文明相对主义是在一个封闭与静止的思维框架内运行的，这与文化不断变化与发展的属性是冲突的。"如果要使文化相对主义看起来是对的，我们必须给它预设两个前提：第一，不同的地域民族彼此永远隔绝；第二，世界的时间之矢至此凝滞不动。这样，我们便可在考古学家的筐子里看到奇形怪状的文化标本。"当然，包括文化在内的世界上的万事万物都是互相联系、变化与发展的。因此，"文化相对主义否认不同文化之间会有普遍性共同性，实际就否定了人类异类文化之间互相交流和沟通的可能，这恰恰是与人类文化史不符的"。从方法论来看，文化相对主义没有能够把握住文化发展的本质，文化相对主义分析问题的方法是孤立、静止、片面的，并不能真正客观、清晰地表现文化的状况，只有用动态、联系的方法去分析文化，才能够把握文化的本质。

化掠夺而言具有进步性，但是也很容易导致文化保守主义的封闭性和排他性，甚至导致对某些曾经给人类带来重大危害的诸如日本军国主义和德国纳粹等负面文化现象也必须容忍的结论，形成宽恕一切野蛮行为、文化的倾向。① 另外，由于相对主义否认一切普遍标准，否认普遍伦理，容易走向道德虚无主义。有学者指出，人类存在共同的实践理性，不能因为种种文化差异性的存在就彻底否定普遍的道德原则、普遍伦理。"否定普遍伦理、否定伦理原则的普遍价值，不仅在理论上是错误的，而且在实践上是有害的。一方面，全球化的发展要求人们在世界范围的交往中遵循起码的普遍伦理；另一方面，市场经济的发展也要求普遍伦理的存在。如果我们按照相对主义的观点，把道德原则看作是不仅依赖于一定的社会群体而存在，而且依赖于每个个体而存在，那么道德原则的这种意义上的个体化实际上无异于取消道德原则。因此，道德相对主义的最终结果是道德虚无主义。"② 再如，认识论的相对主义主张世界上不存在唯一的绝对真理，也不存在对真理的普遍判断标准，我们对世界的认识和判断都相对于特定的时代、语境、理论框架。由此而来的问题是，标准何在？如果取消了评判标准，认为一切都是相对的，那么是不是对世界的所有认识都是对的，"公说公有理，婆说婆有理"，怎么说都可以？相对主义否认或者质疑我们对世界的认识和判断的"坚实"的基础，那么这是不是等同于不相信物理的自然界存在，从而走向认知上的虚无主义？

对于上述的这些批评和质疑，一些学者进行了针锋相对的反驳。

其一，有学者指出，相对主义虽然承认合理的标准并非单一，而是多元的，但是这并不等于没有是非对错的判断基础，不同的标准之间有着高低优劣之分，相对主义也不等于宽恕一切的虚无主义。"无论我在什么时候做评价，使用的总是我自己的文化标准（否则就不是我的评价），只是不能把自己接受的标准作为普遍的标准强加于异己文化，来对它们分等评级。我们当然应该尽量理解别人所说的话和所做的事，并且用他们自己的标准来实现这种理解，但理解不等于默认。"③ 比如对于某些部落和民族

---

① 乐黛云：《文化相对主义与跨文化文学研究》，《文学评论》1997 年第 4 期。
② 王晓升：《道德相对主义的方法论基础批判——兼谈普遍伦理的可能性》，《哲学研究》2001 年第 2 期。
③ 江天骥：《相对主义的问题》，李涤非译，《世界哲学》2007 年第 2 期。

吃人肉的习惯、视背信弃义和冷酷仇恨为美德的风俗或者以迷狂和癫疯获取权位的习俗等等，根据文化相对主义的视角，这一切在当地的标准看来都是合理的行为，都是可以被理解的，但是对此我们或许可以理解，却并不等于说我们可以宽恕、支持这些行为。普特南认为，尽管在伦理学中必然存在着语境的相对性，但是伦理探究也具有某种客观性，"即某些'价值判断'肯定是真的，某些价值判断肯定是假的，更一般地说，某些价值观（和某些'意识形态'）肯定是错的，而某些价值观则肯定是低于其他价值观的"①。对于随意杀人、日本军国主义和德国纳粹，人们应该对它们作出批判和消除的价值判断，那些赞同这些行为的价值判断无疑是错误的。当我们需要在是与非、善与恶之间做出选择的时候，道德相对主义的多元标准就不再适用，因为人类基本的道德底线都会选择扬善除恶，而不会认为随意杀人是对的。相对主义主张价值的多元化并不等于认同所有的价值取向，"相信一个多元化的理想，不等于说相信每一个人类兴盛的理想都与其他理想同样美好，我们拒绝错误的、幼稚的、病态的、片面的人类兴盛的理想"。②

其二，就认识论而言，我们对世界的认识总是会受种种主观因素的制约，有些判断无疑是主观和相对的。但是，主观性的存在并不必然意味着客观性和确定性的完全消失，主观仅是客观基础上的主观，不等于完全的虚构和捏造。相对主义并没有取消客观性，认为一切皆是主观臆造的虚无，也没有否认自然界的客观存在。"相对主义否定的是精确反映自然界意义上的客观性，更进一步说，否定的是真理符合论，而不是自然界对于科学知识的限制，也即不否认作为客观研究对象的自然界在建构科学知识中是重要一维。"③

那么，我们究竟应该如何评价相对主义呢？有学者将相对主义分为极端的和温和的两种，并指出，相对主义不可能被完全驳倒，只能对它做一些限制。④ 乐黛云则提出以中国思想中的"和而不同"去弥补相对主义的不足，事物虽然各有各的不同，存在种种差异性，但是这些事物绝不可能

---

① ［美］希拉里·普特南：《理性、真理与历史》，童世骏、李光程译，上海译文出版社2005年版，第166页。

② 同上书，第167页。

③ 汪德飞、严火其：《温和的相对主义不可避免》，《自然辩证法研究》2010年第4期。

④ 江天骥：《相对主义的问题》，李涤非译，《世界哲学》2007年第2期。

脱离相互的关系而孤立存在。"文化相对主义的提出使我们不能不承认我们面临的是一个多元共生的现实。承认这个现实，就要既承认文化的独立存在，即其相对性，又要有不同文化之间的交往和商谈，从中达成某种标准和共识；同时还要重视本民族文化的更新、变异和发展。关于处理这一复杂问题，中国传统文化中的'和而不同'原则或许是一个可以提供重要价值的文化资源。"① 笔者认为，既然"按照认为必该如此的方式来谈论事物今日已不再可能。如果我们要明明白白的（Home）真理，我们就该待在家里"②。因此，我们应该承认并接受相对主义的进步性和优点，辩证地看待相对主义，对于相对主义与绝对主义不再采取一种非此即彼的立场，既看到事物的相对性，又看到作为相对性之基础的普遍性和人类共同的道德底线。正如普特南所言："一个相对主义者不必费神去掏空所有价值判断的合理性的基础，或者去捍卫福柯对历史的描绘，它把历史看作是由毫无合理理由地前后相继的'话语'或'意识形态'所构成的一个不连续的系列。一个更有节制的相对主义者也许很乐意赞同杜威的观点：某些价值是客观相对的，也就是说，某些价值在作出这种价值判断的人的既定的自然环境和历史环境中是合理的。"③ 普特南指出，杜威的"客观相对主义"指的是：某些事情在某种境遇下是正确的（客观地正确），而在另一种境遇是错误的（客观地错误），而相关的境遇则是由文化和环境

---

① 乐黛云：《文化相对主义与跨文化文学研究》，《文学评论》1997 年第 4 期。作者指出，"和"的基本精神内涵就是要协调不同的关系网络中的不同因素，使各种"不同"都能够和谐相处，产生新的事物，新事物又其他事物构成了新的不同。"例如不同的原料构成一道菜，这道菜又与其他许多菜一起构成一桌筵席。最后，所有的不同并不消失，而是构成更大、更完美的和谐。"问题在于，中国的"和而不同"思想怎样才能够被不同的文化群体接受、实行？如果将"和而不同"作为一种强加于其他文化的普遍原则，是否有悖于文化相对主义的精神？作者认为，为了实现多元文化的真正的共存、互补，让各种不同的文化都能够和谐相处，需要找到一些最低限度的人类普遍认可的原则，即"最少侵犯不同文化群体的利益、最大容忍不同文化群体特点"。在此，作者分析了德国哲学家哈伯马斯的思想，哈伯马斯提出了最低限度的"正义原则"（保障对个人尊重的平等权利）、"团结原则"（要求个人有同情和尊重他人的义务，使宽容的空间不断变得更大），这些原则可以通过交往、商谈等途径来实现。哈伯马斯的思想对于"和而不同"原则的实现具有重要的启迪和实际意义。"和而不同"原则对于实现多元文化的和谐共处具有很大的帮助。

② ［美］克里夫德·吉尔兹：《反"反相对主义"》（续），李幼蒸译，《史学理论研究》1996 年第 3 期。

③ ［美］希拉里·普特南：《理性、真理与历史》，童世骏、李光程译，上海译文出版社2005 年版，第 188 页。

构成的。但是,普特南认为,杜威的这种"客观相对主义"不能用到纳粹身上,因为纳粹的目标是完全错误的。对于那些权利和义务的规定清楚明白,对与错、是与非、善与恶之间界限分明,人们必须在两者之间进行选择的情况,这一原理就不再适用。

第二节　如何言说纳粹屠杀?——海登·怀特的历史相对主义思想辨析

海登·怀特认为,史学家将零散琐碎的单组历史事件转化为一个具有内在逻辑的蕴含着开头、中间、结尾的完整故事这一过程,势必伴随情节化解释、形式论证式解释、意识形态蕴含解释,这个过程无法绝对摆脱史学家个人的主观好恶和情感偏见,从本质上来讲是一种诗性构筑。相比于传统史学对以确定性和准确性为标准的客观真实的追求,怀特更注重追求历史阐释的增殖,这使得包括历史编纂在内的学术研究方法论呈现多元化、多样性,具有独特的价值和贡献。

可是,由此而来的问题是,标准何在?也就是说,不同的史学家对同一组历史事件的解释是不同的,甚至是互相矛盾的,一个史学家将某一历史事件看成悲剧或史诗,另一个史学家则可能将同样的事件看成是闹剧。那么,我们如何看待不同的史学家对同一历史事件所持的不同甚至互相矛盾的立场,如何处理对于同一历史事件的多种叙事?正如伊格尔斯所担忧的,怀特对同一历史事件可进行多种解释,且这些解释具有相同价值的相对主义的立场否认了历史解释的合理标准。①

同时存在的问题是,如果说历史的诗性特质必然导致历史解释及历史研究的多元性,那么这种多元是否意味着漫无边际的无限多元?也就是说,相对主义是否必然会走向虚无主义?具体而言,历史解释的多元性是否受制于历史事件本身的客观性以及人类基于是非善恶而形成的道德价值观念?就怀特而言,他是否因为主张历史解释的多元性而取消了历史实在的客观性,取消了合理的评判标准并进而走向绝对的相对主义?在此,德

---

① 格奥尔格·G. 伊格尔斯:《学术与诗歌之间的历史编撰:对海登·怀特历史编撰方法的反思》,陈恒译,载陈启能、倪为国主编《书写历史》第 1 辑,生活·读书·新知三联书店 2004 年版,第 12 页。

国纳粹对犹太人的种族大屠杀（Holocaust）这一事件的特殊性无疑为我们考察上述问题提供了一个很好的案例。

一　如何言说纳粹屠杀

第二次世界大战期间，德国纳粹及其帮凶对犹太人、吉普赛人、同性恋者、精神病患者、反纳粹主义者、波兰知识分子、反社会分子与抵抗人士等进行杀害与迫害。在这次屠杀过程中，犹太人是唯一被挑选出来由纳粹有计划地实施灭绝的人群。这一种族灭绝计划被称为"最后解决"，目的是要消灭欧洲所有的犹太人，约 600 万犹太人遭到杀害。尽管人类历史上出现过诸多次的灾难性屠杀，诸如殖民战争、种族战争、宗教战争等，但是德国纳粹对犹太人的种族屠杀却前所未有的令人恐惧。这种屠杀是有意识、有目的、官方体制化的事件，带有现代工业化组织的特征，其结果更为惨烈，几乎使一个整体的人类群体包括老人、妇女、儿童和婴儿等彻底地、完全地被消灭。显然，这样一个超越人的理性和逻辑的正常人根本无法相信的疯狂行为，这样一个关于人类做"恶"的"潜能"的集中爆发之体现，这样一个令人震惊的对于犹太人的"最后解决"方案，是人类文明的倒退，它无论如何都不应该被 21 世纪的文明人所忘记。正如英国当代著名的社会学家、哲学家齐格蒙·鲍曼（Zygmunt Bauman）所说的："大屠杀在现代理性社会、在人类文明的高度发展阶段和人类文化成就的最高峰中酝酿和执行，从这个意义上来说，大屠杀是这一社会、文明和文化的一个问题。"① 那么，随着这次屠杀事件中幸存者的死去，随着亲历者记忆的淡忘，我们如何才能不忘记？我们如何才能知晓真相，如何才能铭记过去？或者说，我们如何才能言说，如何才能再现这样一个不可言说、不可再现的事件？因为只有通过对它的言说和再现，才能复原当初的回忆，才能重温那段历史。再现的方式有许多种，文学、电影、历史都可以再现过去。那么，我们是否可以像再现其他的历史事件那样去再现纳粹的罪行？我们是否可以通过诗歌、戏剧、电影的方式去再现这一巨大的灾难？如果以历史的方式去再现，是否可以按照怀特的历史诗学理论，用不同的情节模式、不同的意识形态意涵去再现？

----

① ［英］齐格蒙·鲍曼：《现代性与大屠杀》，杨渝东、史建华译，译林出版社 2008 年版，第 5 页。

　　1990 年 4 月，美国加州大学洛杉矶分校举行了一次名为"纳粹主义和最后解决：探讨再现的极限"的为期 3 天的会议，雅克·德里达、海登·怀特、卡罗·金斯伯格、杰弗里·哈特曼等学者参加了这次会议。①毫无疑问，纳粹屠杀是人类历史上的一场空前的灾难和悲剧，不管历史学家如何对它进行描述和解释，都无法用其他形式如浪漫史诗或喜剧来处理。那么，史学家究竟应该如何再现这一事件呢？

　　在此次会议的论文集中，海登·怀特的论文《历史的情节建构和历史再现中的真实性问题》提出了纳粹主义和"最后解决"（Nazism and the "Final Solution"）的论争和研究中的核心问题，即关于纳粹主义和"最后解决"的描述和故事是否有极限的问题。②也就是说，纳粹大屠杀这一历史事件是否与其他诸如法国大革命、苏联革命、美国内战等历史事件一样，能够被不同的史学家以多种方式进行情节建构？或者纳粹大屠杀这一极端事件在本质上不同于历史上发生过的任何其他事件，只能够以一种方式进行情节建构和解释，表达一种意义？即，纳粹屠杀事件能够以多元方式再现还是只能以一种方式再现？

　　对于这个问题，存在不同的看法。一种观点认为，纳粹大屠杀是人类历史上极为罕见极为特殊的巨大灾难性事件，因而不能将之等同于其他诸如美国内战、法国大革命等历史事件，其特殊性决定了不能像对其他历史事件那样进行多元的情节建构，而只能以一种排除了任何比喻、修辞因素的"字面意义"的写实方式去描述和表达。譬如，贝瑞尔·朗（Berel Lang）认为，不能将纳粹大屠杀类同于历史上其他的事件，应把它作为极其特殊的一个历史事件。在贝瑞尔·朗看来，对于历史上如此罕见的纳粹大屠杀，不能用小说或诗歌创作来表现，因为任何比喻性的语言都会导致对事实的某种偏离或歪曲，他坚决反对用比喻性的语言来再现纳粹屠杀

---

　　①　这次会议的论文集由扫罗·弗里德兰德（Saul Friedlander）整理出版，即 Saul Friedland-er, ed., *Probing the limits of Representation：Nazism and the "Final Solution"*, Cambridge, Massa-chusetts and London：Harvard University Press, 1992.

　　②　Hayden White, "Historical Emplotment and Problem of Truth." in *Probing the limits of Repre-sentation：Nazism and the "Final Solution"*, ed., Saul Friedlander, Cambridge, Massachusetts and London：Harvard University Press, 1992, pp. 37 - 53. （此篇论文的中文译文参见海登·怀特《历史的情节建构与真实性问题》，载海登·怀特《后现代历史叙事学》，陈永国、张万娟译，中国社会科学出版社 2003 年版）

事件,只能用最拘泥于字义的史实来再现。"朗认为种族灭绝不仅仅是一个真实的事件,一个真正发生过的事件,还是一个字面意义上的事件(literal event),也就是说,这个事件的本质使它成为一种只允许我们用'字面的'方式来讨论的事件的方式。"① 因而,贝瑞尔·朗提出了纳粹种族屠杀事件本质上是"反再现的"(antirepresentational)的。这并不是说它们不能被再现,而是说它们属于那种只能从事实或字面意义上去再现的事件类型,即采取一种直接的、字面意义上的、排除任何隐喻、转义和修辞语言的写实性的再现方式。就纳粹屠杀这一事件而言,已经不存在通常意义上的事件与事实的区别了,因为对这一事件的描写是字面意义上的写实性的客观陈述。

　　不同于贝瑞尔·朗所提出的对纳粹屠杀只能进行字面意义的史实性再现的观点,罗伯特·布朗(Robert Braun)代表了另一种观点。他认为,对过去实在(reality)的再现与身份认同、个人和群体对合法性的寻求及当下的主流文化等密切相关。传统的真伪标准已经不再适应对过去进行历史再现的需要,纳粹屠杀的再现也面临着政治、道德和智识上的挑战,因而不能再以传统的写实性标准去再现纳粹屠杀,"奥斯维辛之后,可以写诗,但作为对过去的'实在论的'(realistic)解释的历史,却不能写"②。汉斯·凯尔纳(Hans Kellner)则指出,我们仅仅需要按照我们的意愿来再现,再现纳粹屠杀事件的意愿并不是为了仅仅将其作为一个事件来重现,而是用一种适当的变化的形式去重现这一事件,以迎合复杂、矛盾的一系列现实需要。③ 也就是说,对于纳粹屠杀这一事件,不能仅仅为了再现而再现,不能满足于如实地将其再现出来,而应当以现实的观照为出发点和目的来寻求这一事件对于当代的意义。既然对纳粹屠杀进行再现的目的是为了有助于现实需要,那么在再现的过程中也就不存在什么特别的限制和要求,既可以采用历史编纂的方式进行再现,也可以用诗歌、小说、电影、戏剧、音乐等方式来再现。

---

　　① Hayden White, "Historical Emplotment and Problem of Truth." in *Probing the limits of Representation: Nazism and the "Final Solution"*, ed., Saul Friedlander, Cambridge, Massachusetts and London: Harvard University Press, 1992, p. 44.

　　② Robert Braun, "The Holocaust and Problems of Historical Representation." *History and Theory*, Vol. 33, No. 2, May 1994.

　　③ Hans Kellner, "'Never Again' is Now." *History and Theory*, Vol. 33, No. 2, May 1994.

    综上所述，贝瑞尔·朗、罗伯特·布朗等学者的观点表明，纳粹屠杀事件可以用两种形式的叙事模式，即字面意义的史实性叙述模式与比喻意义的叙述模式。前种叙述方式只能以一种方式（历史的字面意义的方式）进行情节建构，而后者则可以采用多种再现方式（小说、诗歌、戏剧等）进行多种情节建构。问题在于，如果可以用多种情节模式去建构纳粹屠杀事件，那么如何在这些"竞争性的叙事模式"（competing narratives）之间进行选择？也就是说，对于这一事件，史学家是用喜剧还是用悲剧或者浪漫剧、讽刺剧来进行情节建构呢？在此，如果按照海登·怀特的历史诗学理论所一贯倡导的历史情节建构的多样性、历史阐释的多元化、历史意义的增殖性而非单一固定性，那么我们就可以推论出纳粹屠杀和任何其他历史事件一样，都可以根据史学家的主观意图进行情节建构，这种建构本身是一种诗性、文学化的行为，可以用悲剧或讽刺剧的模式去再现纳粹屠杀，也可以用喜剧或田园牧歌的模式来再现，且不论史学家选择了哪种情节建构模式，他们的阐释都具有相同的真理价值，都是为无限地接近最本真的历史事实的烛照和增殖，也就没有是非对错、高低优劣之分。按照纯粹的逻辑去推演怀特的历史阐释理论，无疑会得出这样的结论：可以用喜剧或者田园剧的方式去再现纳粹屠杀这一人类历史上的灾难事件。

    然而，在现实中，怀特似乎没有忠实并坚持自己的理论和相对主义的立场，没有遵照其一贯的学术立场和逻辑推理，而是有所改变。正如希梅尔法布所说的，在纳粹屠杀这一独特的事件上，怀特出人意料地放弃了对其理论的重要性的强调，改变了他一贯凌厉激进的批判态度，采取了一种比较温和的立场。① 怀特的立场转变引起了诸多学者的批评，认为他在贯彻自己的理论上前后矛盾，以至于减弱了他之前对天真的历史实在论所做的有力批判，是对早期立场的退却。"与他早期史学编撰的代表作相比，纳粹屠杀的现象使他陷入一种值得尊敬的但是被误解的困境"。② 那么，怀特在现实语境中对纳粹屠杀采取的到底是什么立场呢？他的这种看似前

---

    ① ［美］格特鲁德·希梅尔法布：《如其所好地述说历史：不顾事实的后现代主义历史学》，张志平译，载陈恒、耿相新主编《新史学·后现代：历史、政治和伦理》第5辑，大象出版社2006年版，第15页。

    ② Berel Lang, "Is It Possible to Misrepresent the Holocaust." *History and Theory*, Vol. 34, No. 1, February 1995.

后不一致的态度是否就表明他放弃了之前的理论主张，是否就是一种彻底
的让步？

　　在《历史的情节建构和历史再现中的真实性问题》一文中，怀特是
通过历史事实对"竞争性的叙事模式"的限定作用来回应上述批评和问
题的。一方面，从字面意义的角度来说，怀特认为，尽管史学家在进行历
史编纂的时候，对于同一历史事件可以在多种"竞争性的叙事模式"中
选择不同的情节模式和叙事方式，但是历史事实对史学家的叙事模式的选
择有限定作用。他指出，既然历史事件已经被史学家以某一情节建构的方
式记录下来，并作为历史事实而存在于文献中，"所以可以根据对事实记
录的精确度、它们的全面性以及它们可能包含的所有论证的连贯性来对它
们进行评价、批评和分等"①。这样，纳粹屠杀的历史事实本身就决定了
史学家不可能违背这一事件的内在性而任意地进行情节设置，"事件的事
实限制了能准确地（在真实和适当的意义上）讲述它们的故事的种类"②，
从而将"喜剧"或者"田园牧歌"的故事类型作为显然是错误的事实从
纳粹屠杀的历史叙事中排除出去。由此也可看到，怀特对历史事件真实性
的认可程度，并非如坊间所通常认为的那样，即：他把历史等同文学，取
消事实与虚构的界限。

　　另一方面，怀特在有条件地认可贝瑞尔·朗的思路的基础上，进一步
坚持，除非历史叙事是对真实事件的字面而非比喻意义的再现时，事实对
历史情节模式的这种限制才有效。也就是说，如果一个历史故事是对某一
事件的字面意义的再现，我们就能评价这种再现是否与此事件的真实性相
符合，不能用喜剧或田园剧来再现纳粹屠杀；如果以比喻的意义来再现，
那么，这一情节设置的限定原则就不再适用。怀特认为，历史再现不仅包
括"字面意义"（literal representation）上的再现，还包括"比喻意义"
（figurative representation）上的再现。历史叙事不仅包括作为单一存在的
事实性陈述和论证，也就是所谓的字面意义，也包括种种诗性和比喻修辞
因素，一系列单一存在的事实正是通过这些因素才转换成具有前后逻辑关

　　① Hayden White, "Historical Emplotment and Problem of Truth. " in *Probing the limits of Repre-
sentation：Nazism and the "Final Solution"*, ed. , Saul Friedlander, Cambridge, Massachusetts and
London：Harvard University Press, 1992, p. 38.

　　② Ibid. , p. 39.

联的故事。这些诗性和比喻修辞的因素可以在不违背事实记载的情况下，使得同一组历史事件具有不同的情节形式和意义。比如史学家在忠于史实的情况下，既可以赋予法国大革命以悲剧意义，也可以赋予其喜剧意义。就此而言，赋予历史事件以不同意义的关键就在于不同的情节建构模式。史学家对于纳粹屠杀的情节模式的选择也并不一定要局限于字面意义的再现，只以悲剧方式描述这一灾难性事件，还可以用比喻或反讽等方式来进行再现。因而，限定史学家的历史叙事的不仅仅是事实因素，还包括故事的情节建构模式，正是后者赋予故事不同的意义。怀特指出："竞争性叙事之间的区别就是在它们中占主导地位的情节模式之间的差别。由于叙事总是要进行情节编排，所以它们才有意义上的可比性；由于叙事以不同方式编排情节，才可能区别出不同的情节模式。"①

所以，在对纳粹屠杀进行字面意义的再现时，大屠杀的事实决定了我们不可能以喜剧或田园牧歌的方式去设置情节，因为喜剧或田园牧歌的情节模式是与大屠杀的事实相矛盾的。但是，如果对这一事件的再现以非字面意义，以比喻或反讽的方式进行，就不应该由于与事实不符而将某些情节模式排除。在此，怀特通过两个关于纳粹屠杀的文本个案来说明他的观点。一个文本是阿特·斯皮格曼（Art Spiegelman）的《莫斯：一个幸存者的故事》，在这个故事中，斯皮格曼以漫画和讽刺的方式表现了纳粹大屠杀，将德国人描写成猫，犹太人描写成老鼠，波兰人描写成猪，具有强烈的讽刺色彩；另一个文本是安德里亚斯·希尔格鲁伯（Andreas Hillgruber）的《两种毁灭：德意志帝国的解体和欧洲犹太人的终结》，希尔格鲁伯对1944—1945年德国在东线的防御战进行了"悲剧性"的描写，将德国的纳粹时代分为两个独立的故事来描写，进行不同的情节建构。怀特认为，前一个文本比后一个文本更具有批评自觉性，斯皮格曼将漫画的形式与大屠杀事件相融合，提出了关于再现极限的重要问题。尽管斯皮格曼并没有拘泥于纳粹屠杀和第二次世界大战的字面意义进行历史叙事，似乎违背了遵从历史事实的原则，但是其文本所表达的意义却符合

---

① Hayden White, "Historical Emplotment and Problem of Truth." in *Probing the limits of Representation*：*Nazism and the "Final Solution"*, ed., Saul Friedlander, Cambridge, Massachusetts and London：Harvard University Press，1992，p. 40.

纳粹屠杀和第二次世界大战的史实。①

　　事实上，史学家在进行历史叙事的时候，既不能仅仅采用"字面意义"的再现方式，也不能仅仅采用"比喻意义"的再现方式。朗认为，字面意义的再现并不等于完全客观的立场，也不意味着史学家只能冷静地如实表现历史，仅仅成为一个纯粹的历史信息的收集员。对纳粹屠杀的再现既不能用一种完全主观的诗人式的立场，也不能用一种完全客观的社会科学家式的立场，而是用一种类似于巴特的"不及物写作"（intransitive writing）的立场，即否定作者、读者、文本、描写对象之间存在距离的话语立场。

　　怀特赞同朗所主张的对纳粹屠杀采取的"不及物写作"的立场，但是，他认为，这一间接写作一定是指与某种"中间语态"表达的事件的关系。在此基础上，怀特提出了一种对于纳粹屠杀进行历史再现的"中间语态"（middle voice）的立场。所谓"中间语态"，是巴特在《写作：不及物动词》一文中提出的概念，巴特指出，除了现代印欧语言中存在的主动语态和被动语态之外，古希腊语种还有一种"中间语态"。在主动和被动语态中，动词的主语作为行为者或者受害者，被假定处于行为的外部，在中间语态中，主语被假定处于行为的内部。巴特由此认为，在现代主义的文学中，动词"写作"既不含有主动也不含有被动关系，而是一种中间关系。此外，德里达的"延异"概念的阐释也表达了这种"中间语态"的含义，德里达认为，延异表示的事物，既不是简单的主动，也不是简单的被动，而是一种类似于中间语态的东西。

　　怀特指出，这种"中间语态"的写作在现代现实主义风格中得到了很好的体现，他通过援引奥尔巴赫的《模仿论》中对这种现代主义叙事的描述来表达自己的观点。奥尔巴赫通过对弗吉尼亚·伍尔夫的《到灯

---

　　①　美国著名先锋派漫画家阿特·斯皮格曼的作品《莫斯：一个幸存者的故事》，目前国内的译本为：阿特·斯皮格曼：《鼠族——幸存者的故事》，王之光等译，陕西师范大学出版社2008年版。《鼠族》是唯一一部获普利策奖的漫画小说。不同于对纳粹屠犹事件进行如实描述的历史著作，也不用于以诗性的方式对纳粹屠犹进行情节编织的文学作品，斯皮格曼的《鼠族》是绘本小说，将图像与文本相结合而建构起一个令人震撼的创伤世界。《鼠族》共有两部，第一部为"幸存者的故事：我父亲的泣血史"，讲述了第二次世界大战期间阿特的父亲和母亲经历了血腥的杀戮与死亡的阴影，如何从希特勒统治下的欧洲幸存下来的故事；第二部为"幸存者的故事：我自己的受难史"，讲述的是阿特的父亲作为纳粹屠犹的幸存者所承受的永远无法消除的心理创伤，以及这种创伤记忆对其生活尤其是父子关系的影响。

塔去》的阐释，总结了现代主义五个方面的独特风格特征。怀特认为奥尔巴赫的总结是对巴特、德里达的"中间语态"风格的最好描述。同时，怀特进一步写道："奥尔巴赫对文学现代主义的描述表明，并不是历史再也不能被真实地再现，而是关于历史和现实的观念都已改变。"① 尽管现代主义仍致力于真实地再现现实，并且仍把历史等同于现实，但由于社会秩序的根本变革，使现代主义所面对的历史已发生巨大的变化，不再是19世纪现实主义所面临的历史。因而传统的古典现实主义的再现模式已经不能充分地再现现代社会中的不可思议、不可言说的事件，如希特勒主义、种族屠杀、核污染、生态自杀等，只能以现代主义的模式对这些事件进行再现。需要注意的是，现代主义并不是对现实主义的反叛和摒弃，而是一种表现历史现实的新形式。这并不等于说我们要放弃真实地再现纳粹屠杀的努力，而是说，为了考虑我们时代的种种独特经历，以往的真实再现的概念必须转变，传统的再现模式已经不适应时代需要。事实上，怀特并不认为纳粹屠杀这一事件由于不同于人类历史上的其他事件而难以再现，而是说，无论是史学家还是文学家，历史还是虚构，对大屠杀的再现必须采取一种现代主义的风格。

综上所述，在以何种方式再现纳粹屠杀这一问题上，怀特并没有按照其历史阐释理论进行纯粹的逻辑推演，而是在现实中有所改变。他的观点是，既承认"字面意义"的再现方式，又坚持"比喻意义"的再现方式。前者强调对史实的拘泥，排除其他的诗性修辞因素和再现方式。后者注重发掘历史再现的种种诗性特质，强调历史再现的多元化、相对性。怀特对"字面意义"的承认，以及在"字面意义"的再现方式之下事实对情节模式的限定作用的认可，表明怀特对他一贯的历史诗学思想做出了某种修正和一定的让步，尽管这种让步是有前提的。

怀特在纳粹屠杀事件再现问题上做出的让步和修正，值得我们思考。在此，我们需要弄清楚的是怀特在什么地方做了让步，什么地方没有让步，为什么做出这种让步。有些学者认为怀特的让步在于原来不承认事实，现在承认纳粹屠杀的事实存在。王晴佳、古伟瀛便持此种观点："显

---

① Hayden White, "Historical Emplotment and Problem of Truth." in *Probing the limits of Representation：Nazism and the "Final Solution"*, ed., Saul Friedlander, Cambridge, Massachusetts and London：Harvard University Press, 1992, p. 51.

然，怀特在此作了不少让步。在他的《元史学》和《话语转义论》中，他几乎不承认事实，认为它与他所讨论的问题没有什么关系。但是在这里，他不得不用事实来作衡量各种叙述的标准。"① 伊格尔斯在对怀特的批评文章中也说道："怀特并不否认历史事实的存在。迫于大屠杀的压力，怀特承认发生过这件事……怀特在大屠杀的现实性问题上求助于事实主义的做法，与他在著作——从《元史学》到 1993 年与埃娃·多曼斯卡（Ewa Domanska）的访谈——中所坚持的全部历史编撰都是虚构的立场自相矛盾。"② 那么，怀特的让步真的如上述学者所言，在于他之前不承认事实，认为历史叙事是全部的虚构，而现在承认事实的存在吗？

怀特确实主张历史书写在某种程度上可以等同于文学创作，但这种等同有其具体的语境，也有其理论前提，就历史书写与文学创作所使用的非技术性语言来讲，就两者都需要进行情节建构、形式和意识形态的论证来讲，两者无疑是相似的。但是，怀特从来没有否认过历史与文学的最根本不同，即历史不可以虚构，而文学可以。在《事实性再现中的虚构因素》一文中，怀特写道："为了预先考虑到史学家在看到下面的论述时所会产生的反对意见，我愿从一开始就承认自亚里士多德以来，历史事件和虚构事件就因它们之间约定俗成的不同特征而区别开来。史学家关注的是可以被归置到特定时空地点的事件，是原则上可以被观察或理解的事件，而富于想象力的写作者——诗人、小说家、剧作家——关注的既有这种事件也有那些想象性的、假设性的或者发明的事件。"③ 此外，从怀特在《回应马威克》一文中对事件与事实的区分可以看出，他所指出的并不是历史事实可以等同于小说虚构，或者没有所谓历史真实存在的可能性，而是任何真实的历史事件在被史学家进行历史叙事的时候，都不可避免地会被讲故事的叙事方式所同化，不可避免地带有虚构、想象的因素。

因而，怀特并非否认纳粹屠杀这一事实的存在，也不是认为对纳粹屠

---

① 王晴佳、古伟瀛：《后现代与历史学——中西比较》，山东大学出版社 2003 年版，第 144 页。

② 格奥尔格·G. 伊格尔斯：《学术与诗歌之间的历史编撰：对海登·怀特历史编撰方法的反思》，陈恒译，载陈启能、倪为国主编《书写历史》第 1 辑，生活·读书·新知三联书店 2004 年版，第 12 页。

③ Hayden White, *Tropics of Discourse*: *Essays in Cultural Criticism*, Baltimore and London: The Johns Hopkins University Press, 1978, p. 121.

杀的历史叙事可以完全等同于文学虚构，他做出的让步并不在于原来不承认历史事实而现在承认，而在于纳粹屠杀这一事实对历史再现的情节建构的模式有限定作用，能以此排除用喜剧或田园牧歌的方式来再现这一大屠杀事件。当然，如上文所分析的，他的这种让步是有前提的，即只有在对纳粹屠杀进行字面意义的再现时，事实才能起到限定情节模式的作用，且对纳粹屠杀的再现要采取一种"中间语态"的写作立场。那么，怀特为什么不坚持自己一直倡导的学术立场和理论逻辑，而是要对早期的理论主张进行这种修正，做出这样有前提的让步呢？

二 再现纳粹屠杀的底线：有边界的历史相对主义

怀特在纳粹屠杀再现模式问题上的修正，是由纳粹屠杀这一历史事件的特殊性决定的。作为人类历史上公认的灾难性事件，如果以喜剧或者田园剧的情节模式去再现，肯定会引起人们的反感和非议。这决定了不能将这一事件雷同于其他的历史事件，由不同的史学家进行不同的情节设置，只要符合学理上的逻辑推论就可以。正如伍尔夫·唐斯坦纳所言："我们用以使过去产生意义的叙事策略为了获得和确认历史事实而独立于既定的规范发展。这样的'相对主义'情况适用于所有的历史再现，但是当考虑再现纳粹的语境时，就非常令人烦恼不堪了。"① 因而，怀特如果继续坚持其理论主张和相对主义的阐释立场，就会得出可以用喜剧或者田园剧去再现纳粹屠杀这样的推论，这无疑会使他在道德上处于极为不利的境遇。为了避免道德困境，怀特对其理论立场进行了修正和让步。

那么，纳粹屠杀这一历史事件为什么具有不同于一般历史事件的特殊性呢？这种特殊性是它本身就具有的，还是人们赋予的？是谁赋予了它这种特殊性？扫罗·弗里德兰德（Saul Friedlander）指出，使得纳粹屠杀事件成为一个有限制和边界的事件的原因在于，这一事件是历史上出现过的种族屠杀中的最极端形式。② 这一极端的屠杀事件决定了对它的记录不能因为不恰当的再现而被歪曲或庸俗化，真实性也就显得尤为重要。但在具

① Wulf Kansteiner, "Hayden White's Critique of the Writing of History." *History and Theory*, Vol. 32, No. 3, October 1993.

② Saul Friedlander, "Introduction." in *Probing the limits of Representation*: *Nazism and the "Final Solution"*, ed., Saul Friedlander, Cambridge, Massachusetts and London: Harvard University Press, 1992, p. 3.

体的再现中，哪些应该再现，哪些不应该再现往往没有一个明确的限定，因而常常会出现有违真实性的问题，出现对于不应该再现的事件的越界，比如以喜剧、牧歌的方式去再现纳粹屠杀。随着电影、文学等新的话语形式和再现形式的不断出现，需要在写实性再现与文学修辞性再现之间取得平衡。正如唐斯坦纳所提出的，年轻一代的德国人已经不记得纳粹屠杀的历史，他们对这段历史的了解很少通过较准确的档案文献，而是通过电视影片、电影院等方式。这种再现方式能够吸引和调动观众的兴趣，但往往通过简单化的、不准确的、抽象的、隐喻性语言和暗示性镜头来再现。因而，如何缩小学术性的历史叙事和不精确的、建立在视觉基础上的叙事之间的鸿沟就成为一个至关重要的问题。①

　　总而言之，如何把握好边界问题成为再现纳粹屠杀中的关键。"我们的难题在于无形的难以捉摸的但却能意识到的边界。"② 弗里德兰德认为，我们的困境并不是诸如否认纳粹屠杀事件这样的明显的越界，也不是片面的科学化的写实主义或公然的意识形态化，而是在事件的真实性与语言的不透明性这两种看似完全对立的关系中应对由历史相对主义和审美实验所引发的问题。历史相对主义否认纳粹屠杀的再现中存在稳定的现实或真实性，甚至挑战了纳粹屠杀的真实性，追求多元与增殖。"但是这种增殖性却可能导致任意的审美空想和对需要重建一个稳定的真实过去的再次否定。"③

　　因此，如何再现纳粹屠杀的边界问题其实就是如何确保真实性的问题。文学修辞式的再现方式之所以备受质疑就在于这种方式无法保证再现的准确性，不一定能做到如实再现。而单纯的史实性的再现尽管有助于重建历史真实，但显得单调，缺乏形象感和生动性。在以修辞方式再现纳粹屠杀的时候，如何避免对历史真相的歪曲则成为一个难题。就怀特的历史诗学理论来说，他认为不同的历史学家可以采用不同的情节设置、形式论

---

① Wulf Kansteiner, "Searching for an Audience: The Historical Profession in the Media Age—A Comment on Arthur Marwick and Hayden White." *Journal of Contemporary History*, Vol. 31, No. 1, January 1996.

② Saul Friedlander, "Introduction." in *Probing the limits of Representation: Nazism and the "Final Solution"*, ed., Saul Friedlander, Cambridge, Massachusetts and London: Harvard University Press, 1992, p. 3.

③ Ibid., p. 5.

证、意识形态的蕴含来再现过去,这样就可以推论出可以用喜剧或田园牧歌的情节模式来再现纳粹屠杀,这无疑违背了人们的道德意愿和情感诉求。因而怀特排除了以史实性再现纳粹屠杀时可以采用喜剧和田园牧歌的方式。这也成为怀特历史相对主义思想的一个边界。可以说,对于纳粹屠杀的再现方式的选择,不仅关涉艺术和理论思想问题,还关涉道德观念问题。

历史事件的再现所存在的边界问题的原因在于,历史事件总是会涉及人们对这些事件的看法、价值判断,不同时代不同立场的人的道德评判标准不同。"一方面,边界存在是因为它们必须存在:人类文化或意识不能离开它们。另一方面,边界(至少是再现的边界)是最约定俗成的并因而会不断变化……"① 任何学术研究都不可能完全纯粹,而受限于当时的整体舆论倾向。时代不同,评判标准不同,得出的结论就可能完全不同。这种相对主义立场,恰好证明了,对某一历史事件的道德和价值判断,因人因时而异,时代语境、舆论倾向、史学家的个人特质等都会对历史事件的界定有所影响,这些限制和影响就是相对主义的边界。

有学者指出,不能把相对性绝对化,任何相对性都有底线,正是某种普遍性作为底线和支撑,相对主义才能成立。"这种作为底线的文化普遍性,应该是人类的文化意识发展到目前时代'公认'的一些概念和观念,它们已经涵化在人类的日常生活中,成为人类共同的文化财富和'日常文化意识'(即'常识')。"② 就纳粹屠杀而言,纳粹对犹太人惨绝人寰的种族灭绝和杀戮,作为一种恶,作为一种灾难,作为一种悲剧,已经成为人们进行道德和情感评判时的"常识"。后现代主义者关于再现纳粹屠杀的观点之所以备受批评和质疑,无疑是因为他们的主张与时代公认的善恶评判标准不同,怀特之所以要转变立场,对其理论进行修正和让步,也是因为他不能不考虑和顾及同一个文化语境中的人们的评判标准,不能将公众普遍认为的一件灾难性事件再现成喜剧或田园剧,不能仅仅从学理上去研究和推理。因而,怀特尽管提出了对于历史事件阐释的相对主义观

---

① Berel Lang, "The Representation of Limits." in *Probing the limits of Representation*:*Nazism and the "Final Solution"*, ed., Saul Friedlander, Cambridge, Massachusetts and London:Harvard University Press, 1992, p.302.

② 李鹏程:《文化相对主义的意义和问题》,《中国人民大学学报》2007年第6期。

点，但是他在如何再现纳粹屠杀问题上的立场转变不仅不能说明相对主义的"退却"，反而更加明确地证明了历史认识的相对性。

就此而言，怀特的历史诗学理论尽管蕴含着一种相对主义思想，但他的相对主义是一种有边界的相对主义，这个边界就是他承认历史阐释的相对性要受制于历史事件本身的客观性以及人类基于是非善恶而形成的道德价值观念，他承认历史事实，进而认为历史事实本身能够限定历史叙事的情节建构模式。可以说，怀特不同于完全否认历史事实存在的极端虚无主义者，也不同于认为对历史事件可以随意阐释、没有限制的绝对的相对主义者。伊格尔斯等学者批评怀特的相对主义立场否认了评判历史事件的是非标准问题，而怀特的相对主义恰恰是在承认历史事件是非标准的前提之下的相对主义。对于纳粹屠杀而言，怀特的相对主义立场表明了，尽管可以用比喻或反讽的模式去再现这一事件，而不一定要拘泥于"字面意义"的再现，比如斯皮格曼以漫画和讽刺的方式表现了纳粹大屠杀，将德国人描写成猫，犹太人描写成老鼠，波兰人描写成猪。但是，这并不等于可以随意地选择再现模式；并不等于可以歪曲事实，不等于作为犹太人的"老鼠"可以吃掉作为德国人的"猫"。关于纳粹屠杀的一切相对主义的阐释和论述都是基于这一事件是恶的这一前提之下的。因而，伊格尔斯等学者所批评的所谓怀特的相对主义立场，与怀特的相对主义立场本身，是两回事。

作为一个持多元论的相对主义者，怀特并不认为任何特定的历史叙事都没有真实可言，他也不认为相对主义的多元立场与历史事件本身的客观真实性是截然对立的关系。在《历史多元论》一文中，怀特指出，历史的文学性、历史叙事的情节模式的多样性，与历史叙事所可能具有的真值不矛盾。① 而是说，对于某一系列的历史事件进行解释和叙事的方式是多样的，存在多种可能性。就此而言，历史与文学具有相通之处，作家在进行文学创作的时候，可以采用很多不同的情节编织模式来建构自己的故事情节，历史学者也同样可以选择不同的情节模式进行多种解释。因而，真实性和历史的意义都不是超越历史学家的意识而独立存在的，也不是仅仅等待历史学家去识别其内涵或者确定其意义。

人们通常认为，某一个历史事件在本质上就是或悲剧的或喜剧的，或

---

① Hayden White, "Historical Pluralism." *Critical Inquiry*, Vol. 12, No. 3, Spring 1986.

史诗的或闹剧的,因而只容许以一种情节模式来再现。比如人们对纳粹屠杀的认识,习惯于将它作为人类历史上的极端悲剧,它的本质就是悲剧性的,因而只能以悲剧的形式来再现,其他的情节模式和再现方式都是对纳粹屠杀的偏离和歪曲。然而,人们对纳粹屠杀本质的界定由其具体的情境和政治立场决定,不同立场的人的认识和所选择的再现视角肯定会有所不同。所以,某个历史事件具有悲剧、喜剧,还是史诗或闹剧的道德蕴含,是由人所赋予的。在文学解读与批评中,有一千个读者就会有一千个哈姆雷特。同样,在对某个历史事件的认识与理解中,有一千个历史学家或许也就有一千个秦始皇、一千个"焚书坑儒"。悲剧、喜剧、闹剧等情节模式并不是真实事件的本质属性的分类,而是就特定立场、特定人群的视角而言。也就是说,"对真实事件的任何给定的叙事性解释的合理性,取决于历史学家用来再现一系列相关事件的意义的情节结构的适当性"。①

然而,这种相对主义的多元立场,并不意味着特定的历史事件从未存在或者我们没有理由相信它们的存在,也不是意味着怎么说都可以。而是说,相比于确定哪些历史事件发生了,不如确定哪些特定的事件对于特定的群体、社会或者文化的当前任务和未来的前景有意义更重要。像纳粹屠杀这个事件,我们很难怀疑它的实质性存在,但它的意义却并非只有固定一种,可以从不同的方面和视角去解释。这种多元立场的解释在不违背证据的原则和公认的批评标准或者意识形态立场的前提下进行,因而不同的历史学家能够讲述关于纳粹屠杀的同样合乎情理的甚至冲突性的故事。关键在于,这种多元立场意味着,对特定历史事件的解读不是只有一种或者两种,而是任何一种关于这个事件的选择性解读和故事。这些解读和故事在遵循公认的历史建构规则的前提下,都同样合乎情理,同样具有权威性。

公认的历史建构规则包括对证据的认同、对学术系统中批评标准的认同、对基于人类常识形成的是非善恶的道德判断标准的认同,等等。就纳粹屠杀来说,历史学家对它的再现和解释,不能与证据、档案等相对客观的文献记录相矛盾,不能颠倒黑白、混淆是非善恶,更不能否认纳粹屠杀的真实存在。英国历史学家戴维·欧文因为否定纳粹屠杀,在奥地利被检控、判处三年监禁的事实就证明了这一点。作为研究纳粹第三帝国的历史

① Hayden White, "Historical Pluralism." *Critical Inquiry*, Vol. 12, No. 3, Spring 1986.

学家，欧文曾公开发表言论否认德国纳粹对犹太人的种族灭绝行为，否认奥斯维辛集中营中存在毒气室。他在《希特勒的战争》一书中声称，纳粹集中营中的犹太人并非大多死于纳粹的杀戮、毒气室的毒气，而是死于疾病，他甚至声称希特勒对纳粹屠杀 600 万犹太人这一事件毫不知情。尽管欧文后来承认自己的言论是错误的，承认纳粹屠杀的存在、毒气室的存在，但由于他已经触犯了奥地利的法律中关于任何人都不能公开发表开脱、否定或正当化大屠杀历史的言论的规定，因而依然被处罚以三年监禁。欧文也因为他的言论受到了世界各国的民众、学者的反对和批评。这表明，历史学家在再现纳粹屠杀的时候，必须以公认的历史建构规则为前提，不遵守这个前提就是错误的甚至违法的。

在《历史多元论》中，怀特还指出，历史学家在赋予他所选择的某个事件或事件系列以意义的时候，也会受到他们自己文化中常用的赋予事件意义的故事类型的数量的限制。[①] 例如，虽然历史学家可以对某个特定的历史事件进行不同的解读和叙事，可以选择不同的故事类型、情节模式来建构历史事件，但是，在缺乏"悲剧"概念的文化体系中，就不会存在将历史事件建构成"悲剧"的情节模式，也不会存在"悲剧"的解读方式。任何特定的历史学家对任何特定的历史事件系列进行叙事的数量，受他们所了解的情节模式的限制。为了在同一事件系列的不同的竞争性叙事之间进行判定，至少要排除那些当地文化所不知道的解释模式。

因此，尽管历史学家对历史事件的解释是多元的，存在着多种解读立场；尽管一组特定的事件系列在被再现为悲剧的同时也暗含着被同样合理地再现为喜剧、闹剧、史诗等方式的可能性，但是，这种多元的可能性要受证据、同行的监督、道德和意识形态等因素的制约，这种制约也在诸多层面上预设了相对主义关于历史本体论和认识论层面的边界。

针对一些学者认为怀特是绝对的相对主义者的攻击，怀特曾解释道："我理解的历史相对主义，仅仅是指，至少在历史研究中，对过去一个特定领域的特定再现的真实和权威必须由它和产生它的文化语境、社会情境的关系以及探究它的视角所评定。这并不是说，特定的社会历史学家对于特定的'事件'，在'什么是事实'这一问题上不可能达到真实一致的意见，尤其当他们的多种研究是限定在相同的普遍观点，或者建基于相同的

---

① Hayden White, "Historical Pluralism." *Critical Inquiry*, Vol. 12, No. 3, Spring 1986.

思想前提上。"① 相对主义，不意味着史学家可以对历史事件无所顾忌地发表言论，随意怎么说都可以，不意味着指向虚无主义的"绝对的相对主义"，不意味着彻底取消了客观存在，不意味着史学家之间对某一特定的历史事件不可能达成一致。而是意味着史学家对某一历史事件、某一历史事实、某一历史现象的充分再现或者解释，必须放在特定的时间、地点、视角和文化情境中去考察。怀特所言的相对主义，应该理解为一种主张多元、包容的社会宽容的基础，而非任意为之的放纵和虚无。正如基思·詹金斯所认为的，怀特反对、批判一切的真理符合论、本质论、目的论和基础论，为了一种乌托邦信念，怀特"将历史解放为'我们要它成为什么，它就是什么'"的相对主义立场，但是这并不意味着过去的实在性荡然无存。②

　　一些学者在指出怀特认为对历史事件可以进行不同阐释，且这些阐释都具有同样价值的相对主义立场时，并没有同时指出怀特的这种相对主义立场是在何种前提下提出的，没有意识到怀特承认历史的客观性并将之作为一种常识性的认识以构建其相对主义的大厦，没有意识到多元立场的解读是以遵守公认的批评标准、意识形态立场为前提的。如果我们抽除掉怀特的这些理论前提，那么他的这些结论很容易被看成为某种主观臆造和虚无主义。

　　事实上，相对性和绝对性是一种对立统一的关系，不能将这二者的关系割裂开去讨论相对性。相对主义经常被等同于虚无主义，认为相对主义不承认真理的存在，不承认事实、客观性，没有普遍标准，一切都是相对的，怎么说都可以。这其实是把相对主义绝对化了。正如张耕华所指出的，历史认识是一种主体的客体化和客体的主体化双向建构的过程，即史学家按照客观图式描述重构客体的过程，而主体性的存在并不意味着客观真实性的消除，"客体的主体化不等于客体的主观化，认识的主体性不等于认识的主观性。历史认识主体的认知图式并不是随意的主观的建构"。③历史认识尽管由于主体性的存在而呈现相对性，但是这种相对性建立在客

____

① Hayden White, "Response to Arthur Marwick." *Journal of Contemporary History*, Vol. 30, No. 2, April 1995.
② ［英］基思·詹金斯：《论"历史是什么？"——从卡尔和艾尔顿到罗蒂和怀特》，江政宽译，商务印书馆2007年版，第156—157页。
③ 张耕华：《关于历史认识论的几点思考》，《历史研究》1995年第4期。

观的历史事件基础上，而不是主观的随意建构，在此意义上的相对主义都有边界和底线。葛红兵也认为，相对主义并不否认真理本身，它只是反对垄断言说真理的话语霸权，主张知识的民主主义，每个人都可以平等地接近真理，"谁都有权言说真理"。真正的问题并不在于客观的历史是否存在，而在于谁能代表这个客观的历史说话。既然谁都不能代表历史的客观性，谁都不能代表真理，那么，对历史客观性与真理的言说，就不存在一个唯一的答案与标准，而只能是一种众声喧哗的状态。但是这种众声喧哗并不等于历史的客观性与真理不存在，而是说，尽管历史客观性与真理是存在的，但是对它们的言说是多样的甚至矛盾的。总之，相对主义者对真理的承认以及对言说真理的可能性的承认，与怀疑主义者根本不同。① 也就是说，相对主义并不否定真理的存在，只是反对言说真理的唯一性和绝对性，主张以多种立场、多种视角来言说真理，从而呈现出真理的多样性。因而，相对主义者不是没有任何文化立场的虚无主义者，相反，相对主义的主张本身就代表着一种民主主义的知识立场。

综上所述，如果说历史的诗性特质必然导致历史阐释及历史编纂的相对主义色彩，那么这种相对主义并不必然意味着漫无边际的无限多元，也就是说，相对主义并不必然导致虚无主义。怀特关于如何再现纳粹屠杀的观点表明，首先，从认识论角度来看，尽管他认为对纳粹屠杀的再现不仅有字面意义的方式，还有比喻意义的方式，因而会含有种种主观建构、修辞性因素的存在，但是怀特承认纳粹屠杀的真实性，且认为比喻性再现中所可能蕴含的建构、修辞因素都建立在这一事件的真实性基础之上，并不等于可以不顾事实，怎么说都可以。其次，从道德价值观念的角度来看，尽管怀特认为不同的文化体系蕴含着不同的道德评价标准，不同的史学家对同一历史事件可以有不同的情节编织模式，倡导标准的多元化、解释的增殖，但是，这并不等于取消一切基本的道德判断底线、是非善恶的基本标准，不等于可以颠倒黑白。价值多元化并不等于认同所有的价值取向。对于随意杀人、军国主义、纳粹屠杀等显然错误的价值取向，必须反对和排除。这也就是保罗·利科所言的历史学家的好的主观性会战胜坏的主观性的含义。② 怀特在纳粹屠杀的情节再现模式上的立场转变就说明了这一

---

① 葛红兵：《文学史学》，湘潭大学出版社 2008 年版，第 185 页。
② ［法］保罗·利科：《历史与真理》，姜志辉译，上海译文出版社 2004 年版，第 14 页。

点。因此，怀特并没有因为主张历史诗学理论，并没有因为其相对主义立场而取消历史客观性和一切标准，亦没有将相对主义绝对化，走向虚无主义。

第三节　在事实与价值之间

海登·怀特认为纳粹屠杀这一事实的限定，使得史学家不能以喜剧或田园剧的情节模式去再现它。无疑，怀特承认历史事实，但我们需要进一步追问和质疑的问题是：他所承认的历史事实又该由谁来判定呢？就纳粹屠杀而言，这一事件已经过去，我们凭什么来判定所谓的纳粹屠杀的事实呢？纳粹屠杀事件本身的客观性由什么来决定？怀特在这一事件上做出的有前提的让步，表明了历史事实并不是一种中立的存在，而是蕴含着价值判断。

既然历史事实中包含着史学家对历史事件的陈述、解释、因果关系的推理等因素，也就不可避免地含有主观的价值判断因素。普特南指出，事实和价值的二分法是没有根据的，两者的界限并非完全对立，而往往是模糊的，"因为事实陈述本身，以及我们赖以决定什么是、什么不是一个事实的科学探究惯例，就已经预设了种种价值"。[1] 事实与价值是不可分的统一体，我们对世界的知识和立场使得我们在界定一个历史事实的时候已经暗含价值判断在里面了。就纳粹大屠杀而言，我们在说纳粹大屠杀这一历史事实的时候，其实已经蕴含了我们对它的价值判断，即我们认为它是一种非善的不道德的行为，因而称为"大屠杀"（Holocaust）。"当我们想知道事实的时候，我们的提问以及所获得的答案都受我们的价值体系的限制。我们对周围事实的看法是由我们的价值铸造的，也就是说，通过这些价值范畴我们接近这些事实……价值进入事实，而且是事实的一个重要组成部分。"[2]

由于价值判断受制于一个时代的整体语境、个人的知识、经验等，因而不同时代不同的人对于同一历史事实的评判会不同，诸如自由、正义、

---

① ［美］希拉里·普特南：《理性、真理与历史》，童世骏、李光程译，上海译文出版社2005 年版，第 145 页。

② ［英］E. H. 卡尔：《历史是什么？》，陈恒译，商务印书馆 2008 年版，第 235 页。

平等这样含有价值判断的词的内涵也是不断变化的。因而我们在关注历史事实的时候,需要追问的是,是谁在评判?正如普特南所言:"在使用'事实'一词时,是从谁的立场出发的呢?如果不存在一个人客观上应当具有的合理性观念,则'事实'概念便化为空无。"① 对于纳粹屠杀而言,当大家都在谴责纳粹,谴责纳粹党卫军头目阿道夫·艾希曼这样的战犯时,齐格蒙·鲍曼提出这样的问题,即如果第二次世界大战中德国战胜了,那些纳粹战犯中还会有人因为良心的负罪而感到痛苦吗?"最恐怖的发现就是答案一定会是断然的'不会',而且我们找不到证据说明为什么不会是这样的答案。"② 如果德国是战胜国,那么,我们对目前的"纳粹大屠杀"这一历史事实的评判将会完全不同,也不会称为"纳粹大屠杀",不会将之作为人类历史上的灾难和恶的历史事件;同样,海登·怀特也不会出于道德上的顾虑而违背其历史诗学理论的逻辑推理,做出有前提的让步,可以将之作为在本质上和美国内战、法国大革命等一样的历史事件来进行再现,进行多种的情节设置或意识形态论证,不必担心会助长纳粹式解读这样的批评。

对于伊格尔斯批评怀特主张的对每一个历史事件都可进行多种解释,且这些解释具有相同的真理价值,史学家选择一种解释而非另一种的理由完全是美学的或道德的。③ 怀特曾做出回应,他认为在评价史学家对同一事件的不同描述和解释时,不能用事实来判定谁对谁错,"首先,这是因为不同的解释所争论的不仅包括事实是什么,而且包括哪些东西可以当作事实,哪些不是。其次是因为,对不同的接受而言,它所要说明的与其说是事实的真相,不如说是被讨论事件的意义"。④ 也就是说,既然历史事实本身并不等于发生过的历史事件,而是包含了价值判断和解释,因而不能仅仅以事实来判断是非对错。关于大屠杀能否被随意情节化,怀特认

① [美]希拉里·普特南:《理性、真理与历史》,童世骏、李光程译,上海译文出版社2005年版,第154页。

② [英]齐格蒙·鲍曼:《现代性与大屠杀》,杨渝东、史建华译,译林出版社2008年版,第273页。

③ 格奥尔格·G.伊格尔斯:《学术与诗歌之间的历史编撰:对海登·怀特历史编撰方法的反思》,陈恒译,载陈启能、倪为国主编《书写历史》第1辑,生活·读书·新知三联书店2004年版,第12页。

④ 海登·怀特:《旧事重提:历史编撰是艺术还是科学?》,陈恒译,载陈启能、倪为国主编《书写历史》第1辑,生活·读书·新知三联书店2004年版,第26页。

为，在西方文学的标准中可以发现全部的情节设置模式，包括喜剧和闹剧，他之所以将道德或美学的标准而非事实的标准运用于纳粹大屠杀的历史叙事中，是因为如果把纳粹大屠杀描述成喜剧或者闹剧，无疑会引起大多数人们在道德上的厌恶和反感。① 由此可见，历史事实包含着道德底蕴和价值内涵，不存在一种超越的抽象的评判标准，我们的价值观、评判标准都是历史的组成部分，因而"历史学家是在事实与解释之间、事实与价值之间获得平衡的。他不能隔离这两者"。②

从怀特对历史事实的界定可以看出，他并不怀疑发生过纳粹大屠杀这样的历史事件，怀疑的只是对这一事件的历史陈述和价值评判层面上具有的种种主观性。也就是说，大屠杀的时间、地点、手段等都是客观存在的可以确定的，但对于大屠杀作为一个整体的历史事实的因果解释和道德评价，则不是可以确定的，不是只有唯一一种正确的形式，而是可以进行多元的合理解释。鲍曼就曾追问纳粹屠杀是属于犹太人的事件还是人类的事件，"大屠杀经常作为发生在犹太人身上，而且仅仅是发生在犹太人身上的悲剧，沉积在公众的意识里，因此对于所有其他人而言，它要求惋惜、怜悯，也许还有谢罪，但也仅此而已"。③ 鲍曼认为，大屠杀不能仅仅被简化为专属于犹太民族的私有的悲剧和灾难，它不仅仅是发生在犹太人历史中的事件，而是整个人类社会、现代文明和文化的问题。此外，犹太委员会、领袖在"清除犹太人"过程中所起的作用以及如何评判艾希曼这个纳粹战犯和冷漠的德国民众等问题，也有众多不同的价值判断。正是在这个意义上，伯克霍福才断言道："'大屠杀'这个术语本已经是一种复杂的解释，它在表明伟大的故事的同时，也表明一种道德判断。"④

拥护怀特的后现代主义者安克斯密特曾写过为主观性辩护的论文，他认为，历史实在与史学家的伦理价值、政治立场等有密切的关系，是不可截然分开的整体，后者不仅不会对前者造成歪曲，反而会有助于增进对过

---

① 海登·怀特：《旧事重提：历史编撰是艺术还是科学?》，陈恒译，载陈启能、倪为国主编《书写历史》第 1 辑，生活·读书·新知三联书店 2004 年版，第 27—28 页。

② ［英］E. H. 卡尔：《历史是什么?》，陈恒译，商务印书馆 2008 年版，第 236 页。

③ ［英］齐格蒙·鲍曼：《现代性与大屠杀》，杨渝东、史建华译，译林出版社 2008 年版，第 3 页。

④ ［美］Robert F. Berkhofer, Jr.：《超越伟大故事：作为文本和话语的历史》，邢立军译，北京师范大学出版社 2008 年版，第 83 页。

去的理解。"我会毫不犹豫地说,在过去数个世纪中,历史著作史中的一切真正的进步,多少都能在过去的史学大师及有影响的史学家有意或无意采用的伦理的或政治的标准中找到其根源。"① 相反,一部不带有任何伦理和政治立场的中立的历史作品,会严重削弱我们对过去的洞察,也无法为现在提供任何的借鉴意义。"想想大屠杀的历史吧。很明显,对于这种针对犹太人犯下的无法形容的残暴事件,这种历史如果以一种完全是道德中立或不偏不倚的态度来考察,那么它们就不可能符合甚至是最基本的情感标准和恰当性标准。"② 因而,以道德的标准来衡量关于大屠杀的历史叙事,不仅不会阻碍人们认识大屠杀的历史事实,反而会帮助人们在道德层面上理解这一事件对于人类的意义。

保罗·利科也指出,历史的合理性选择取决于价值判断,正是历史学家的价值判断决定了他对所要叙述的事件和因素的选择,将他认为重要的不连贯的碎片式的事件联系在一起,创造了一种连续性并进而赋予其某种意义。③ 那么,这种包含价值判断的主观性是否会威胁并推翻历史事实的客观性呢?利科的答案是否定的。他认为,历史学家的主观性并不等于客观性的瓦解,因为这种主观性并"不是任意的主观性,而是历史学家的主观性"④。也就是说,尽管历史事实蕴含着历史学家的道德评价和因果解释,具有不可避免的主观性,但是这种主观性并不意味着历史学家可以任意地解释、评价甚至歪曲历史事实;历史学家的特殊身份决定了他们在进行道德评判的时候,不可能像普通人那样自由随意地解释自己对历史的看法,而是要遵循基本的学术规范和时代的善恶标准,要接受同行的监督和批评。这些都决定了历史学家的主观性不是"一种没有方向的主观性"⑤。

正是因为历史事实包含了对事件的描述和解释,具有种种主观色彩和虚构性,怀特才提出对于同一事件可进行多元阐释的相对主义观点,从而质疑传统的对历史事件解释的唯一性和真实性,他并不怀疑单纯的历史事

---

① ［荷兰］弗兰克·安克斯密特:《为历史主观性而辩》（下），陈新译，《学术研究》2003年第4期。

② 同上。

③ ［法］保罗·利科:《历史与真理》，姜志辉译，上海译文出版社2004年版，第9页。

④ 同上书，第13页。

⑤ 同上。

件的真实。所以，怀特的怀疑立场与相对主义论述，针对的是事实，而非事件。历史真实具有两层内涵，即单个的历史事件的真实和对过去的事件进行叙述的历史事实的真实。前者是可以确定的客观的真实；后者则含有史学家的主观建构成分。怀特质疑的并不是单个的历史事件的真实，而是历史学家在对历史事件的叙述与建构过程中的真实性。就纳粹屠杀而言，怀特坦言承认纳粹屠杀的真实存在。那么如何界定纳粹屠杀这一事实？纳粹确实进行了屠杀，且屠杀的是犹太人，具体的时间、地点、屠杀手段等，都是可以从技术层面来界定的历史事件。但纳粹为什么要进行屠杀，为什么屠杀的是犹太人等诸如此类的与纳粹屠杀相关的问题则属于历史事实，而对这些历史事实的描述和价值判断则是相对主义的。

综上所述，历史事实不仅仅是一个客观中立的如其所是的独立存在的事件，还蕴含着价值判断、主观建构。历史事实既包含相对客观的历史事件，也包含对历史事件的陈述和建构，不仅有客观性，也有主观性。历史事实的客观性与价值判断的主观性并非一种二元对立的关系，两者是可以并存的，它们是一种互相作用、互相影响的张力结构。我们既没有必要去否认历史事实中存在的价值内涵，也没有必要去否认价值判断基础之上的历史实在，而是应该努力在这二者之间取得一个平衡。

第四节　在学术与政治之间

怀特在纳粹屠杀事件上的态度以及他关于历史事实的界定，显示了学术与政治、客观与主观之间的张力结构，学术不能完全脱离政治而存在，理论也不能无视现实、时代的价值观和意识形态来进行纯粹的逻辑推理，以致伯克霍福曾感叹、追问道："难道过去就不能被仅当作过去来研究，而不带有现时代的历史中的那种非常明显的政治回声吗？"① 就纯粹的学术研究而言，相对主义就是相对主义，不应该附加前提。相对主义的一个基本的要义就是否认对某个事物的普遍统一的评判标准，在历史研究上则追求历史阐释的增殖、历史视角的多元化。按照这个逻辑来说，对纳粹屠杀也就不应该有一个举世公认的标准。可在这个问题上，怀特又显然认同

---

① ［美］Robert F. Berkhofer, Jr.：《超越伟大故事：作为文本和话语的历史》，邢立军译，北京师范大学出版社 2008 年版，第 334 页。

对纳粹屠杀的某种普遍公认的标准。他没有按照纯粹的逻辑推理来发展其历史诗学理论，而是在现实中有所改变，做出有前提的让步，这就给他的历史相对主义思想附加了前提条件，也表明他在政治立场上对主流的价值评判体系、道德标准的认同。也就是说，他对第二次世界大战以后整个世界反法西斯基础之上形成的民主、自由制度是持肯定态度的。

作为与怀特对公认标准的认同截然相反的"异端"，汉娜·阿伦特在第二次世界大战之后反思以美国价值为主导的纳粹审判的正当性，则对学术与政治的冲突与解决提供了一个特例，也从另一个侧面表明了，学术可以在某种程度上"逆势而行"，超越自身的民族身份、公认的道德评判标准等边界，只追求某种纯粹的理论解说。在《耶路撒冷的艾希曼：关于平庸的恶的报告》中，阿伦特提出了"平庸的恶"的概念。她认为，纳粹党卫军头目阿道夫·艾希曼，并非像人们想象的那样，是一个十恶不赦的恶魔，而是一个正常人，一个遵守法纪、认真工作、忠于上级、努力晋升的正常公民，他参与并执行大屠杀的任务，只是为了在上级面前表现自己，为了更快地升职，他在主观意愿上没有屠杀犹太人的兴趣，也不以屠杀犹太人为乐趣。阿伦特对艾希曼的关注与看法违背了第二次世界大战以后公认的普遍标准，受到了从主流学者到普通民众的激烈反对与批判。[①]在公众眼中，纳粹屠杀无疑是一种超乎人们想象的极端的恶，是人性中的恶的潜能的极端表现，那些参与、执行屠杀计划的纳粹分子尤其是纳粹头

---

① 爱莲心（Robert·E. Allinson）指出，阿伦特将艾希曼平庸化的做法是一种缺乏头脑的无思想的表现，其影响是非常恶劣的，而阿伦特之所以认为艾希曼是平庸的，是因为她被艾希曼蒙蔽了，艾希曼善于表演，伪装成一个怯懦、渺小、可怜之人，且反复说自己并没有反犹动机。对此，爱莲心认为，艾希曼并非平庸的普通人，而是有着精明和博学的头脑，"从他的罪行看，说他是一个精明的屠夫比说他是一个愚钝的官僚更有意义"。针对阿伦特的"平庸的恶"的观点，爱莲心提出针锋相对的批评，认为恶不可能是平庸的或者普通的，普通人不可能参与大屠杀，不可能做出伤天害理的恶事，如果某人参与到大屠杀的罪恶中，那么他就不可能是普通人。"把恶视为平庸是一种扭曲的、可怕的想法。如果恶被认为是由普通男女犯下的，这就是恶的肇始。"也就是说，恶必须被认为是非正常的、堕落的、扭曲变形的，纳粹屠犹之恶更是不可原谅的、畸形的、非人道之恶，是一种极端的恶、绝对的恶。最后，爱莲心指责阿伦特用平庸来解释恶行是一个大错误，"这样的解释简直是弥天大谎"。详见爱莲心《平庸化的恶魔：艾希曼在耶路撒冷的出色表演——对南京大屠杀研究的启示》，顾红亮、李同乐译，载陈恒、耿相新主编《新史学·纳粹屠犹：历史与记忆》第 8 辑，大象出版社 2007 年版，第 193—210 页。

目,更是罪大恶极、不可饶恕,是十足的恶魔。①

但是,阿伦特指出,艾希曼的可怕就在于他的正常,"这种正常比把所有残酷行为放在一起还要使我们毛骨悚然"②。纳粹分子脱下军装以后和正常人没有区别,他们有父母、妻儿,有个人的音乐、书法、绘画等爱好,追求爱情、自由、幸福。但他们穿上军装就是刽子手,就用毒气、子弹、鞭子、苦工、饥饿等手段去杀戮、折磨他人的手无寸铁的父母、妻儿甚至孕妇、婴儿。这正是平庸的恶的可怕之处,每一个看似正常、普通的公民的心里都有可能潜藏和沉睡着一个罪恶的艾希曼,只要时机和条件适合,那个艾希曼就会苏醒。事实上,在第二次世界大战时期的纳粹德国,犹太委员会和大多数德国民众选择了顺从纳粹对犹太人进行种族灭绝的"最后解决"计划。正如鲍曼所说的,纳粹屠杀的最令人恐惧的事情,"不是'这'也会发生在我们头上的可能性,而是想到我们也能够去进行屠杀"③。

比屠杀更可怕的是,屠杀执行者的心安理得与麻木不仁,他们不觉得自己在做一件错误的事情,而是在做一件理所当然的事情。这是因为,当时纳粹统治下的德国社会环境中,屠杀犹太人是一件合法的事情,是在执行最高首领的意志,在遵守社会普遍公认的道德规范。也就是说,道德是社会的产物,判断某个行为是道德的,是因为这个行为符合社会的规范,某个行为是不道德的,是因为违背了社会规范。阿伦特认为,艾希曼的所作所为在当时的德国符合法律和社会规范,除非能有证据证明当时艾希曼在做一件违法的违规的犯罪行为,否则就不能将他指责为战争罪犯,也不能去审判和处死他,因为这样就会被理解成为战争胜利者对失败者的报复。由此,阿伦特反思第二次世界大战后以美国为主导的道德和价值取向,提出审判艾希曼的法律正当性问题。她认为,对艾希曼的审判是战争

---

① 美国著名法官夏埃尔·穆斯曼诺(M. Musmanno)指出,阿道夫·艾希曼是"希特勒对欧洲犹太人实行种族灭绝政策的一个主要帮凶",是一个没有良心的"恶魔","艾希曼以死亡相威胁迫使个别内奸和卖国贼同他'合作'。这只能增加艾希曼所犯罪行的恐怖性"。详见夏埃尔·穆斯曼诺《罪大恶极:评汉娜·阿伦特的〈艾希曼在耶路撒冷〉》,《书城》1998年第9期。

② [美]汉娜·阿伦特等:《〈耶路撒冷的艾希曼〉:伦理的现代困境》,孙传钊译,吉林人民出版社2003年版,第45页。

③ [英]齐格蒙·鲍曼:《现代性与大屠杀》,杨渝东、史建华译,译林出版社2008年版,第200页。

胜利者的法庭对战败者的审判。她指出，按照“你也如此”的逻辑来推论，作为战胜国之一的苏联的屠杀活动并不比德国逊色，苏联曾在卡廷森林杀害了 15000 名波兰军官，美国在广岛和长崎使用原子弹也违反了国际协定。然而，这两个国家并没有被追究法律上的责任，因而“法庭事实上不过是胜利者的法庭”。①

在阿伦特看来，艾希曼只是在执行任务，只是一个正常的人，而不是一个变态的杀人狂与虐待狂。处在当时的社会情境中，绝大多数人为了自我保全，都会认同政治首领的决策，认同社会的主导价值规范和道德体系，这是一个理性的选择。然而，正是这种理性的考虑，让本该帮助同类的犹太委员会将同类送到毒气室，帮助纳粹分子寻找、抓捕犹太人；正是这种理性的考虑，让德国的民众没有反抗这种残酷的屠杀，而是默认甚至助长这种屠杀。这种理性，看似道德中立，但最终演变成为一种道德冷漠甚至残忍，成为默认纳粹屠杀的借口。尽管当时也存在一些不同的选择和立场，有一些人为了保护犹太人而牺牲了自己的亲人、自己的生命，在理性的自我保全与道德的义务之间选择了后者，但是大多数人都选择了前者。也许，在当时的境遇下，他们的所作所为是无奈的、合法的，不会被指责，不会被宣布有罪，但是在这种合法的理性保全和纵容中，“没有一个人可以从这种道德屈服的自我贬损中得到原谅”②。

从某种意义上可以说，怀特的立场转变也是一种理性的选择。他毕竟没有坚持自己的学术立场和理论主张，在学术与政治之间的冲突中做出了某些改变和让步，这也表明，他认同的是第二次世界大战以后世界普遍的反法西斯、要求惩治纳粹战犯以彰显正义的观念。而怀特的思路、处境与美国日裔学者弗朗西斯·福山（Francis Fukuyama）是一致的，就是身处当代社会，接受当代社会的伦理、道德规范，并以此为不言自明的论证前提，而这样的一个前提恰好受到德里达的批评。1989年夏，福山在《国家利益》杂志第 16 期上发表了一篇题为《历史的终结?》的文章，随后又将此文在 1992 年扩充为专著《历史的终结及最

---

① ［美］汉娜·阿伦特等：《〈耶路撒冷的艾希曼〉：伦理的现代困境》，孙传钊译，吉林人民出版社 2003 年版，第 26 页。

② ［英］齐格蒙·鲍曼：《现代性与大屠杀》，杨渝东、史建华译，译林出版社 2008 年版，第 268 页。

后之人》（*The End of History and the Last Man*，1992）出版。福山宣称，随着 20 世纪 80 年代末东欧剧变、苏联解体宣告了近代以来共产主义思潮的失败，西方的自由民主理念已经战胜了共产主义，同时也意味着自由民主战胜了马克思主义，历史已经终结。① 福山的言论在西方世界赢得了很多追随者，但越来越多的反对声音也开始出现。德里达就是其中一位。在《马克思的幽灵》（*Specters of Marx*：*The State of the Debt*，*the Work of Morning*，*and the New International*，1994）一书中，德里达系统批驳了福山的"历史终结论"。② 针对福山的"历史终结论"，德里达试图追问：共产主义在欧洲被瓦解了，这是事实，但这是否必然意味着自由民主以及与之相伴随的资本主义经济体系已经获得了胜利？是否"人类之连续的和有目的的历史"最终会引导"人类中的大多数"走向"自由民主制度"。③ 从德里达的批评中，可以看出，他对福山所认同的自由、民主的政治制度的正当性与必然性持质疑、否定态度。

德里达不仅从西方学术谱系的角度嘲笑福山毫无理论创新，而且更从研究方法和具体观点层面对其进行了深入的分析和批判。"终结论"在西方思想史上具有悠久的学术传统，并非福山个人的学术创造。具体到西方思想史的学术谱系，福山的"历史终结论"深受德国古典哲学历史观念的影响，直接从康德、黑格尔、马克思的思想中汲取养分。此外，当代法

---

① 需要注意的是，福山的"历史终结论"，并非从经验事实和物理时间层面强调历史演变的停滞和静止，而是一种基于目的论意义上的历史的目的及其完成："历史终结并不是说生老病死这一自然循环会终结，也不是说重大事件不会再发生了或者报道重大事件的报纸从此销声匿迹了，确切地讲，它是指构成历史的最基本原则和制度不能再进步了，原因在于所有真正的大问题都已经得到了解决。"在福山看来，人类历史的演变始终朝向一个目的，即寻求一种能够满足获得认可这一心愿的社会形态，在此社会形态中，自由、平等等基本原则成为社会的共识，人人都享有基本的自由、平等权利，尽管基于生理原因的不平等继续存在，然而在法律及习惯层面的不平等却无处容身。福山认为，秉持自由、平等理念的资本主义社会，是人类历史的终结。详见〔美〕弗朗西斯·福山《历史的终结及最后之人》，中国社会科学出版社 2003 年版，第 3 页。

② 《马克思的幽灵》一书是关于"马克思主义前景"的一次国际研讨会的成果，这次会议 1993 年 4 月在加利福尼亚大学的思想与社会中心召开。德里达作了两次专题发言，发言的题目是"马克思的幽灵——债务国家、哀悼活动和新国际"。《马克思的幽灵》是根据这两次发言扩充而成的。

③ 〔法〕雅克·德里达：《马克思的幽灵》，何一译，中国人民大学出版社 2008 年版，第 56 页。

国著名俄裔哲学家亚历山大·科耶夫（也译作"科热夫"）对黑格尔思想的深入研究而得出的学术结论，对福山历史终结论的阐发无疑具有重大的影响。科耶夫认为："历史的终结已在眼前。关于终止历史上的斗争，一个全球协议已经达成——自由、繁荣和同等的承认。剩下的只是设计细节。"① 可以看出，"历史的终结"作为西方思想史上的一个重要命题，福山除却对此重要命题做了学术史梳理之外，在思想层面并无实质的理论贡献。这也正是德里达嘲笑福山只是科耶夫以及其他思想家的"一位年轻、刻苦然而又是迟到的读者在文科中学中所做的练习而已"，认为他的《历史的终结及最后之人》这本书"看上去就像'脚注'之窘迫的和迟缓的副产品"②。此外，德里达还从经验层面分析当代社会处处存在的不自由、不平等的现实，从而凸显福山理论的欺骗性；从方法论层面强调福山徘徊于理想与现实之间。在对福山的批判中，德里达不断地追问福山立论的根基即自由民主制度何以成为历史终点，并指出现实中的种种苦难、暴力、奴役等，从而通过批判福山而批判现代性。

德里达的解构主义方法论，决定了他在"历史是否会终结"的层面与福山肯定式的乐观答案完全相反。在学术基本立场上，德里达与福山之间就存在针锋相对的方法和观点。然而，德里达与怀特的学术立场似乎是一致的。尽管怀特坚持否认自己是一个后现代主义者，但是他对德里达、罗兰·巴特等后现代主义学者是赞同的。在《回应马威克》一文中，怀特对马威克攻击德里达等后现代主义者解构历史，导致语言决定论进行回应，他批评马威克的攻击是对后现代主义的误解。③ 在探讨如何再现纳粹屠杀事件的《历史的情节建构和历史再现中的真实性问题》一文中，怀特在对巴特的"不及物写作"以及德里达的"延异"概念的解读和理解中，提出了对纳粹屠杀的再现要采用"中间语态"的写作方式。此外，怀特曾在访谈录中坦言他很推崇德里达，认为以语言为基础的后结构主义

---

① ［加］莎蒂亚·德鲁里：《亚历山大·科耶夫：后现代政治的根源》，新星出版社2007年版，第67页。

② ［法］雅克·德里达：《马克思的幽灵》，何一译，中国人民大学出版社2008年版，第56页。

③ Hayden White, "Response to Arthur Marwick." *Journal of Contemporary History*, Vol. 30, No. 2, April 1995.

理论对他很有参考价值。①

　　就纯粹的学术主张而言,怀特和德里达、巴特有着一致性,他们都反对任何固定的单一的陈述和标准,提倡多元性、异质性的解读立场。但是,在如何再现纳粹屠杀的问题上,如果按照纯粹的学术推理,无疑可以推论出,对于纳粹屠杀的解读没有固定的标准,任何解读都同样平等,任何情节编织模式包括喜剧的、闹剧的、田园剧的等,都具有同等的阐释价值。这样的推理使得怀特处于十分不利的地位,并因此受到诸多学者的批评和指责。许多历史学家认为怀特不能区别神话与历史的差异,走向认识论上的怀疑主义和道德上的相对主义,甚至有陷入"可疑的政治学"、助长法西斯主义的危险。对怀特的政治立场的控诉和批评,他显然不可能不在意。事实上,他不仅做出了针锋相对的反驳,也放弃了继续坚持他的学术推理,对他的理论做出限定和修正。在一篇反驳与回应的文章中,怀特提出,有些学者批评他的相对主义思想会导致道德上的相对主义、法西斯

---

① 详见 Hayden White and Erlend Rogne, "The Aim of Interpretation is to Create Perplexity in the Face of the Real: Hayden White in Conversation with Erlend Rogne." *History and Theory*, Vol. 48, February 2009。王逢振:《交锋:21 位著名批评家访谈录》,上海人民出版社 2007 年版,第 362 页。需要注意的是,怀特在早期的论文《当代文学理论中的荒诞主义时期》(1976) 中曾将德里达、巴特等人称为荒诞主义批评家,这些荒诞主义批评家质疑批评本身的意义,通过对语言的强调而质疑文本的意义。如果说怀特此时还对德里达、巴特等荒诞主义批评者有所顾虑,担心德里达的"文本之外别无他物"的取消一切意义的倾向,提醒历史学家应避免这种荒诞主义者的影响。(详见 Hayden White, "The Absurdist Moment in Contemporary Literary Theory." *Contemporary Literature*, Vol. 17, No. 3, Summer 1976) 那么,怀特在其后的《回应马威克》、《历史的情节建构和历史再现中的真实性问题》等文章中对德里达、巴特的赞同、借鉴与推崇则看起来有些自相矛盾。如何看待怀特的这种矛盾态度? 洛依德·克莱玛质疑道:德里达对语言文本的强调,与怀特对历史编纂过程中的语言性、文本性的强调有共同之处,二人都重视比喻、虚构因素,那么怀特为什么反对德里达的文学批评? 克莱玛认为,怀特代表了对威胁自身身份认同的替罪羊的普遍态度,因为德里达讨论的问题也存在于怀特的身上,德里达对语言的比喻形象的强调和他对知识基础的价值评价也出现在怀特对历史编纂学的分析中。(详见 Lloyd S. Kramer, "Literature, Criticism, and Historical Imagination: The Literary challenge of Hayden White and Dominick Lacapra." in *The New Cultural history*, ed., Lynn Hunt, Berkeley Los Aangeles and London: University of California Press, 1989, pp. 97 – 128) 然而,怀特在与埃娃·多曼斯卡的访谈中指出,他将德里达称为荒诞主义批评家,并不是对德里达的批评,也不是对他有敌意,而是说,这里的荒诞,是存在主义意义上的荒诞。"我将德里达视为这样一位哲学家,他最终向我们表明如何去分析所有我们在将各种关系概念化时认之为当然的二元对立。我觉得他主要的作用就在这里。"最后,怀特表达了对德里达的欣赏。(详见埃娃·多曼斯卡《邂逅:后现代主义之后的历史哲学》,彭刚译,北京大学出版社 2007 年版,第 39 页)

主义,进而承认纳粹叙事的正当性,但是这种批评是错误的。怀特认为,文化相对主义倡导多元叙事,因而也就蕴含着许多不同的道德和政治立场,做出不同立场的解读。但是,这种相对主义更多的是意味着一种宽容的精神,更多的是导向对他者理解的努力,而非对异己之言说的排斥、种族恐惧和法西斯主义。因而,"纳粹分子可以是任何人,但惟独不会是相对主义者"。① 有学者指出,批评者往往认为后现代史学解构了客观存在的过去,随意地虚构历史,后现代主义对历史学的威胁主要在于它追求历史阐释的相对性,而相对主义历史观的危害莫过于极端的民族主义和纳粹主义。但是,事实并非如此。在后现代主义者看来,纳粹主义的形成正是由于相对主义的匮乏,"那种极端民族主义和纳粹主义正是现代性的产物,例如在纳粹德国的情境下,存在的只是一种种族优越论的宏大叙事,毫无相对主义的痕迹;如果有人反对说,相对主义恰恰存在于民族与民族之间或者国家与国家之间,那么,既然从来就没有一种人类普遍认可的世界主义存在,相对主义历史认识从来就存在于不同的时代之中,人们需要反思的是,为什么20世纪造成了如此的人类灾难呢?后现代史学会认为,正是因为相对主义历史观仍然停留在国家或民族相对主义的层面,而没有扩展到个人层面,纳粹德国的形成正是因为在国家或民族范围内极端化强调认同、抹杀差异、禁止相对主义历史观深入个体意识导致的后果"②。

从上述层面上说,德里达与怀特的精神主旨是相通的,都在倡导多元的相对主义立场。在实践过程及历史终点之间,德里达始终钟情于过程而非结局,正如他对"马克思幽灵"的理解,是一种复数形式,是多样的、异质的、散居各处的。强调多样性与异质性,是德里达历史观念的重要特征。在德里达看来,终极之物的终极性是无法理解的。③ 尽管德里达从各个方面激烈地批评福山,但事实上,他的解构方法与福山的"终结论"之间并不是一种截然对立的关系,德里达也并不完全反对历史性的承诺。如果德里达的目的是批判历史终结论,那么他为什么不批判西方思想史中最具代表性的终结论却非要批判福山呢?可以说,德里达并不是为了批评

---

① Hayden White, "The Public Relevance of Historical Studies: A Reply to Dirk Moses." *History and Theory*, Vol. 44, No. 3, October 2005.

② 陈新:《实践与后现代史学》,《学术研究》2004年第4期。

③ [法]雅克·德里达:《马克思的幽灵》,何一译,中国人民大学出版社2008年版,第12页。

历史终结论,从他对福山的批评可以看出,他反对福山的"历史终结论"的关键在于,福山认为历史必将终结于自由民主的资本主义制度。这一福音书式的宣判彻底否定了其他解释的可能性和有效性,从而宣扬自己是一个毋庸置疑的概念。德里达反对的其实是福山的乐观与武断,对于人类社会的自由、民主,与其说德里达在激烈反对,毋宁说他在通过一种健康的怀疑方式来捍卫自由、民主。① 德里达的解构主义并不意味着瓦解一切意义中心,他只是用一种较为极端的方式去怀疑、去颠覆,去提醒人们、警示人们,因为现状牢不可破本身就是一种危机。"我们应该把解构主义看作是一种彻底的哲学怀疑论,它质疑所有我们未经检验的假设,并且它最积极的意义在于告诉我们,那些我们信赖的价值判断其实是非常值得怀疑的。这也许就意味着,解构主要是一种消极的思想样式,它主要关心的是要告诉我们,什么行不通,而不是什么行得通。"② 德里达在表述完解构方法与历史终结论之间并非截然对立的关系之后,随即指出:"因此这就是对另一种历史性的问题的思考——不是一种新的历史,更不必说什么'新历史主义'了,而是作为历史性的事件性的另一种开端,这种历史性允诺给我们的不是放弃,而是相反,容许我们开辟通往某种关于作为允诺的弥赛亚的与解放的允诺的肯定性思想的道路:作为允诺,而不是作为本体论暨神学的或终极目的论暨末世论的程序或计划。我们不仅不能放弃解放的希望,而且有必要比以往任何时候都更加保持这一希望,而且作为'有必要'的坚如磐石的保持而坚持到底。这就是重新政治化的基本条件,或许也是关于政治的另一个概念。"③ 在这段晦涩艰深的论述之中,德里达一方面反对本体论、目的论、神学论及末世论等带有所谓"福音书"的意识形态说教;另一方面又明确表明他的解构方法与"终结论"之间并非一种截然对立的关系,对未来审慎地保持着一种希望,甚或对于

① 德里达在中国复旦大学座谈的时候说过:"我不认为解构是摧毁,是要在摧毁之后去建构什么。解构本身坚持的是一种肯定的经验和活动,它不是否定的、批判的,也不是摧毁性的,它要分析原来的遗产中有哪些东西自己在解构。"(详见杜小真、张宁主编《德里达中国讲演录》,中央编译出版社2002年版,第147页)在此,我们看到了德里达们与福山们之间的思想融合和心灵沟通。德里达与福山,他们的思想不是水火不容,而是当代西方思想建构与解构现代性的水乳交融。解构也好,建构也罢,都是要回答在现代性的语境中,人类如何生活得更好。
② 〔英〕斯图亚特·西姆:《德里达与历史的终结》,北京大学出版社2005年版,第64页。
③ 〔法〕雅克·德里达:《马克思的幽灵》,何一译,中国人民大学出版社2008年版,第73页。

开辟一条"允诺的弥赛亚"道路充满了渴望。也就是说，德里达并不反对弥赛亚式的允诺。然而，并不意味着这种允诺就是排斥其他可能的权威宣示，更不意味着人类历史只有一个终点，尽管会允诺某种理想，然而这种理想绝不意味着唯一性和确定性。

同样，怀特在如何再现纳粹屠杀问题上的立场转变表明了他的政治认同。此外，怀特对于传统史学的反思、批评与解构，也与他的思想立场密切相关，他认为自己受法国的存在主义尤其是让·保罗·萨特的思想影响很大，将萨特作为他思想上的英雄，并自称为存在主义者。怀特认为，一个人的义务、责任、主张、立场等等，都由他所处的境遇决定。每个人的境遇不同，所以选择也就不同。一方面，人们似乎具有多种选择的可能性，可以选择做一个好父亲、一个好儿子，也可以选择做一个好上级、一个好职员、一个好公民，人们似乎是自由的，具有自主选择的权利。

但是，在社会赋予的各种角色之间，在爱情与工作之间，在纯粹的学术与政治之间，存在种种或大或小的冲突。也就是说，尽管每个人的身上都体现着不同的角色，不同的选择权利，但是这些看似自由的角色与选择经常会受到另外的角色与选择的干扰。一个人不仅仅是被社会放逐到这些选择的境遇中的，也是活在矛盾中的。这就是为什么怀特说自己在伦理上是一个境遇主义者的原因。同时，也正是这种存在主义的思想，蕴含了一种对历史解读的相对主义思路，对某个历史事件系列的解读和阐释，要放到当初的具体的历史情境中去考察。既然不同的人的历史境遇是不同的，那么，他们对于同一个历史事件的认识和理解也必定有所不同，因而也就不存在一个唯一的固定的标准答案似的解释。正像怀特所说的："作为一个存在主义者（existentialist），我不相信在对人类事务的研究中存在客观性的思想。"①

在《历史解释的政治学：规训与非崇高化》一文中，怀特指出，历史本身没有意义，它的意义是人附加上去的，我们通过研究历史所得到的启示就是：历史研究不可能是一种纯粹的学术研究，不论是持左派、右派还是中间立场的政治视角，都不可避免的会在他们对历史事件的解释过程

---

① Hayden White and Erlend Rogne, "The Aim of Interpretation is to Create Perplexity in the Face of the Real: Hayden White in Conversation with Erlend Rogne." *History and Theory*, Vol. 48, February 2009.

中渗入自己的政治态度。历史学家对某一历史事件或现象进行解释的前提条件之一，就是他们的政治立场的存在。没有这种政治立场，只是对某些历史事件、人物等进行纯粹的无功利解释，完全地为学术而学术，只能算是一种不可能实现的梦想。怀特认为，纳粹屠杀事件的悲惨性决定了这是一个不可言说的事件，特别是对亲身经历这一事件的幸存者或者他们的亲人来说，谈论这个事件本身就很痛苦，更不用说对其进行一种纯粹的学术讨论。人们之所以能够赋予法国大革命、美国内战等其他历史事件以不同的情节模式，以喜剧或悲剧、闹剧等方式来解释这些事件，与这些事件发生时间的久远有关。而纳粹屠杀的许多亲历者以及他们的后代依然对这一事件记忆犹新，依然存有心理上和情感上的沉重负担。这决定了我们不可能采用对待法国大革命、美国内战等事件那样的超然态度去对待纳粹屠杀，不可能仅仅将纳粹屠杀作为一个纯粹的学术问题就事论事地进行讨论。正是从这个角度上说，纳粹屠杀这一事件的特殊性以及人们如何对待纳粹屠杀的记忆问题，对于包括历史研究在内的所有研究来说，都"蕴含着所有的解释的政治学"[①]。

既然历史研究不可能是纯粹的学术推理活动，而是蕴含着解释的政治学，受限于历史学家的政治立场、意识形态，并且不同的历史学家的政治取向又是不同的，那么，对于同一事件的解释视角就会有所不同。怀特对第二次世界大战以后关于纳粹屠杀的政治和伦理规范的认同，以及阿伦特的质疑、反思态度；福山认为历史将终结于自由民主的资本主义制度，以及德里达对这种观点的激烈批评，都充分证明了这一点。问题是，在诸多不同的看似截然对立的学术观点和政治取向之中，如何判断哪一种更好呢？或者说，如何判断哪一种是正确的，哪一种是错误的呢？这些观点是否有着是非优劣之分？

怀特认为，理论有好有坏，判断一种理论是否合理的唯一标准就是看它对于某种伦理道德或政治目标所起的促进或终止作用，而判断这种理论所起的作用是好是坏则取决于人类总体。这就是理论思想之所以同时包括

---

① Hayden White, *The Content of the Form: Narrative Discourse and Historical Representation*, Baltimore and London: The Johns Hopkins University Press, 1987, p. 79.

认知层面与道德、审美层面的原因。① 也就是说，一种理论主张的好坏取决于是否有益于最广大的人类的利益，要遵循公众的评判标准和价值取向。正是在这个意义上，怀特在如何再现纳粹屠杀的问题上，做出了理性的选择，这种理性的选择或许并不仅仅是为了自我保全、避免道德困境，更多的则是为了坚守人类整体的善恶标准和价值取向，呵护一种正义的存在。也正是在这个意义上，我们可以理解为什么德里达在激烈批评福山历史终结论的同时却在同样地渴望着一条"允诺的弥赛亚"道路。② 而阿伦特对第二次世界大战后审判艾希曼的正当性问题的反思也不是为了证明屠杀的合理，而是通过"平庸的恶"的观点说明艾希曼的可怕，即在特定的环境下，每一个看似普通却没有自己的思想和判断的正常人都可能做出极端的恶。阿伦特最后认为艾希曼应该被判处绞刑，也表明了她认为艾希曼的罪恶应该受到惩罚，人类的善和正义应该得到维持。阿伦特指出，尽管艾希曼是一个正常的普通人，他本身没有屠杀犹太人的兴趣，他所做的一切也只是在执行公务，为了更快地升职，他只是整个纳粹官僚体系中的一个零部件和工具，但是，他毕竟在积极配合纳粹屠杀行为，这种行为与参与制定、实施、支持纳粹屠杀政策没有什么区别。因为，"在政治中，

---

① Hayden White, "Preface" in Hayden White, *Figural Realism：Studies in the Mimesis Effect*, Baltimore and London：The Johns Hopkins University Press, 1999, viii.

② 需要注意的是德里达对福山批判的有效性问题，譬如，人们都很认同德里达对福山只重理想而忽视现实的批判，但是这样的批判纯粹是一种自说自话的外部批判，因为福山曾明确表示历史终结的问题实际是一个精神的前途问题，并且很清醒地意识到："自由民主国家目前还受到许多问题的困扰，主要是失业、环境污染、毒品以及犯罪等等。但除这些近忧外，还有一个自由民主国家内部是否存在其他更深刻的矛盾根源的问题——生活是否真正地令人满足。倘若我们还看不到这些矛盾，我们就可以说黑格尔和科耶夫对我们已经到达了历史的终点。但要是我们看到了这些矛盾，那么我们应当说，严格意义上的历史将继续。"（弗朗西斯·福山：《历史的终结及最后之人》，中国社会科学出版社 2003 年版，第 326 页）既然福山已经意识到了资本主义社会存在的各种困难，那么再以这些问题去批判福山，是很难令福山心服口服的。此外，福山宣称"自由民主的理想是不可改变的"这一被德里达称为"福音书"的预言，我们在欣赏德里达片面深刻的同时，不得不反思人类历史的前景和方向何在？如果说自由民主不是唯一的人类理想，但至少也是一种非常重要的不可或缺的理想，就此而论，科耶夫及福山等思想家同样也是深刻的。正如有学者所指出的："德里达在驳斥福山的终结论的同时，又抹杀了资本主义战后到'后冷战'时期的某些进步性变化，实际上是走到了福山的另一个极端。"（毛崇杰：《解构的激情与"'后'之后"——评〈马克思的幽灵〉》，《哲学研究》2000 年第 5 期）

服从等于支持"①。

从上述的分析中,可以看出,学术理念的践行,与相应的政治伦理立场是密切关联的。怀特如此,阿伦特如此,福山和德里达亦如此。怀特的政治和伦理立场决定了他的理论观点,但这也表明了,不论怀特的历史诗学理论本身是多么激进,不论他的历史相对主义思想是多么备受学界的批评,他都不会成为一个彻底否认历史实在的虚无主义者和绝对的相对主义者,因为,他的政治和伦理立场是他理论践行的一个边界和底线。

问题在于,怀特虽然认为自己是一个多元主义者,虽然倡导历史编纂的相对主义,但是,在关于如何再现纳粹大屠杀这样一个具体的历史事件的探讨中,怀特的理论显然与实践相矛盾。他没有践行一贯的学术主张,且不论他的选择是无奈之举还是自愿,都在某种程度上证明了他其实在自我解构。

然而,从另一个层面来说,不论其他的学者怎么批评怀特,认为他是一个传统史学的破坏者与颠覆者,认为他取消了历史学科的独立性,将历史等同于文学,并彻底放逐了历史的客观性;或者批评他的相对主义立场会助长对纳粹屠杀事件的法西斯主义解读,从而在政治立场上完全错误,我们都无法不承认的是,怀特一直在对这些批评的声音进行回应或反驳或修正。从怀特本人的声音中,我们也可以看到,怀特并没有彻底否认历史的客观性,他只是在质疑这种不允许质疑的客观性与权威性,同时,他的这种质疑的目的,并非为了完全解构、摧毁、破坏历史学科的独立性与完整性,而是为了重建历史学科的尊严。正是这样一个理想的召唤,使得怀特不断地建构其历史诗学理论的大厦。因而,不论这个理论大厦是否结实,是否存在漏洞和破损之处,都不能否认怀特的学术出发点,都不能否认他为之努力付出的良苦用心。

同样,从纯粹的学术逻辑来讲,解构主义就是解构主义,不允许有任何的例外,否则就不能称其为解构。但作为一个激进的解构主义者的德里达,在解构福山的历史终结论的同时,又在隐约地希望着某种允诺和理想。一方面,他反对福山关于历史终结于自由、民主的资本主义制度的观点;另一方面,他又不反对弥赛亚式的允诺。德里达曾说过,正义是不可

---

① [美]汉娜·阿伦特等:《〈耶路撒冷的艾希曼〉:伦理的现代困境》,孙传钊译,吉林人民出版社 2003 年版,第 120 页。

解构的。① 他之所以这么说的原因，或许就在于他对某种正义的渴盼和追求。正是为了完成这种追求，才去解构，而解构的本身，是为了建构，不论这种建构有没有完成。

怀特与德里达的解构与建构的矛盾立场表明，首先，一方面，任何思想家在解构别人的同时都无法超越被解构的命运，也就是说，他们在解构别人的同时，他们自身的立场其实也在沦为他们解构的对象，自我解构；另一方面，解构也许是具有破坏性的，也许有其弊端，但是，应该注意到解构的最初理论目的与学术出发点。其次，解构是有边界的，任何的学术主张都是有边界的，都要受制于解构者的出发点和意图，受制于其政治立场。也就是说，任何的相对主义都是有边界的，即使是最激进的解构主义，其实对于价值形而上学也存有一种呵护与敬畏之心，这种呵护与敬畏也就是他们为学与做人的底线。这也是怀特为什么在纳粹屠杀立场上选择"退步"与"坚守"的原因。

因此，对于如何再现纳粹屠杀事件的追问及其解决方式，不仅仅是一个学理的、逻辑的解决，还是一个道德善恶与基于当下社会主流价值观念的一种抉择。在学术与政治之间，在现实与理想之间，在解构与建构之间，并非是一种截然二分的关系，而是互相影响、互相作用、互相冲突与制约，构成一种辩证的张力结构。而任何学者的研究都不可能仅仅是封闭的书斋里的推理和论证，总是有意无意地受制于时代、现实、个人的诸多复杂因素。正是在这个意义上，怀特才说，历史是审美的、道德的。

小结

绝对主义的价值取向的特点在于，在对某一事件、某一现象进行评价的时候，认为存在一个毋庸置疑的绝对标准，符合这个标准就是道德的、文明的、进步的，反之就是不道德的、野蛮的、落后的。但是，这种取向的最大缺点是，它假设的绝对标准、普遍标准往往以某一特定文化、宗教、哲学、意识形态等为标准，排除了其他的文化、群体的标准的合理性，这种道德绝对主义的一元论取向很容易导致文化中心主义。比如，某

---

① ［法］雅克·德里达：《〈友爱的政治学〉及其他》，胡继华等译，吉林人民出版社2006年版，第425页。

153

些自认为"进步"、"自由"、"平等"的国家和民族对它所认为的"落后"、"野蛮"的国家和民族的实质性侵略行为、殖民活动,却打着"拯救"的旗号。这是人们对绝对主义的最基本的攻讦。

相对主义则由于承认不同时代的不同文化中的不同群体的独特性、标准的相对性而显得更有说服力。相对主义主张在对某个道德现象或历史事件进行评价时,要将它们放在具体的时代、文化语境中去评价。我们常常站在自己本时代、本民族、本文化的立场来解释历史、评判是非,我们的解释和评判观念在现代性话语中有一种不证自明的合理性,但是,我们往往忽略的是,根据自身的话语、立场和标准所评价的不道德、不文明、不理性的行为和思想,在其具体的时代、民族、群体、思想观念中却可能是合法的、正当的甚至神圣的。比如,古代中国的宋代民间所风行的"杀人祭鬼"之俗以及抛弃生病之后无药可医的父母的习俗,以我们今天的眼光来看,这些习俗肯定是不文明的、不道德的、野蛮的,但是放在当时的社会语境中,对于当时当地的人来说却是合理的、被普遍接受的。

显然,相对主义对多元合理性的认同、对"他者"的尊重,比绝对主义的一元论标准具有更大的优越性。但是,相对主义自身也存在一些问题,比如,相对主义强调特定文化中的特定群体及特定事件或人物,会导致文化决定论;对不同文化之间差异性的强调也会造成不同文化框架之间不可逾越的鸿沟,不同文化之间不可互相理解,从而走向文化隔绝;对多样性、多元合理性的强调,会导致对那些杀人、侵略等不道德行为的认同。

为了在相对主义与绝对主义之间取得一个有效的平衡,有学者提出了多元主义(pluralism)的概念。多元主义的特征在于,既反对绝对主义的单一论解释,承认其他解释的合理性;又反对极端的相对主义,承认各个文化在本质上可以交流、理解;强调对历史事件、现象的解释要放在特定的社会和历史语境中,放在一个关系结构中。价值多元主义认为,多元化的价值之间不存在价值排序问题,也不存在可比性,不存在哪种价值观孰优孰劣的问题,不同的价值观在其独特的具体语境中具有各自的不同价值和意义,同时,不同的价值之间并非全然排斥、不能共存,而是存在着共存与相容的可能性。正如约翰·格雷所说的:"价值多元主义最基本的主张是,存在着许多种相互冲突的人类生长繁衍方式,其中一些在价值上无法比较。在人类可以过的许多种善的生活当中,有一些既不会比别的好,也不会比别的差，它们也不会具有同样的价值，而是有着不可通约的——也就是说，不同的——价值。"① 格雷认为，这种价值多元主义不同于通常的怀疑主义和相对主义。因而，安洛特·易布斯断言道:"多元主义介乎绝对主义和相对主义之间"，"比相对主义更为公正地作用于我们的批评倾向"②。

从上述的分析可以看出，多元主义的概念似乎避免了相对主义所容易导致的种种问题。但是，普特南等学者指出，那些对相对主义的批评其实是对它的误读，相对主义强调语境的相对性、道德判断的相对性并不等于认同所有的道德取向，因为伦理探究存在客观性，杀人、侵略等行为显然是错误的道德取向。③ 同时，相对主义对个体主观性的强调也不意味着对一切客观实在的否认，不意味着一切都是虚无主义。因而，尽管相对主义对主观性、多元性的张扬使得它具有种种的弊端，容易走向极端的相对主义，但是相对主义的这种极端化，只是一种思想上所容易导致的推论，在现实的理论批评中，相对主义是有边界的，尤其是道德相对主义，本身要受制于批评者本身所处时代、文化的道德标准。正如有学者所认为的:"价值相对主义虽然是一种理性的必然，但它无疑只能存在于人的头脑里，而从未真正在社会现实中造成价值的虚无，因而并不需要在意。"④ 也就是说，极端的相对主义会导致批评者所担心的那些弊端，但是这些弊端其实只是一种理论推导，现实中通常不会存在极端的相对主义者或者说绝对的相对主义者。怀特在如何再现纳粹屠杀事件上的立场转变就表明了这点。

尽管怀特主张对历史事件解读和阐释的相对主义立场，但是他明确反对将纳粹分子对犹太人的屠杀解释为一种善的或者文明的行为，也认可公认的对纳粹屠杀解释的善恶标准，更认可纳粹屠杀这一历史事件的客观存在。他认为，有足够的证据可以证明纳粹屠杀事件的发生与存在，任何认

---

① [英] 约翰·格雷:《自由主义的两张面孔》，顾爱彬、李瑞华译，江苏人民出版社 2002 年版，第 6 页。

② [荷兰] 安洛特·易布斯:《绝对主义·相对主义·多元主义——论文化多元社会中的阅读活动》，龚刚译，《文艺理论研究》1996 年第 2 期。

③ [美] 希拉里·普特南:《理性、真理与历史》，童世骏、李光程译，上海译文出版社 2005 年版，第 166—167 页。

④ 刘秉毅:《价值多元主义与相对主义》，《科教文汇》2008 年 8 月下旬刊。

为这一事件不存在的想法都是错误的、荒唐的，但是，怀特更多关注的是，纳粹屠杀这一事件的存在所引起的诸多问题，比如它的意义是什么，它与当代社会、与未来、与我们及下一代的相关性何在。对怀特来说，纳粹屠杀是一个人为建构的概念，尽管它的客观存在很难被质疑，但是它的所指却并非固定，它对不同的人比如对欧洲人、美国人、犹太人来说分别具有不同的意义。既然纳粹屠杀的意义不固定，而是一个开放性的问题，因而就可以用不同的意义生产模式去再现，如历史的、诗学的、精神分析的、哲学的等等。这样，对纳粹屠杀这一事件的再现的目的，就不仅仅是为了追求如实地表现其真实性，更多的是通过不同的再现方式获得一种历史解释的增殖，从而把握这一事件的存在所可能蕴含着的不同意义。无疑，怀特的历史诗学理论追求历史解释的增殖效果，他为此提出了对同一历史事件可以采用喜剧、悲剧、浪漫剧等不同的情节编织模式来建构。然而，在实践中，在如何再现纳粹屠杀事件上，怀特对他的多元立场作了限定，认为在以比喻意义的方式来再现纳粹屠杀时，不同的史学家可以根据自己的需要采用任意的情节编织模式，但是在以字面意义的方式再现纳粹屠杀时，历史学家不能采用喜剧的情节编织模式。

怀特的理论与实践的冲突、解决表明，相对主义在价值评价层面存在边界。在这个意义上说，多元主义与相对主义的内涵是一致的。怀特曾明确表示自己是一个"真正的多元主义者"，一个"甚至准备好忍受在历史知识问题上的激进的相对主义者这样的标签"的人。① 对于怀特而言，某些历史事件的客观存在是确定的，但对它的意义却可以进行多元解读。尽管有人给他贴了一个"在历史知识问题上的激进的相对主义者"的标签，但他并不否认历史真值的存在。可以说，对历史事件客观存在的认可，对人类公认的一些道德评判标准的认可，决定了怀特不论在历史本体论层面还是在历史认识论层面上都不是一个虚无主义者，这种认可也决定了他的历史相对主义有边界和底线。

怀特在如何再现纳粹屠杀事件上的有边界的相对主义立场，表明了史学家在以单纯的历史事实的陈述、字面意义的方式来再现纳粹屠杀时，不能用喜剧或田园剧的情节模式，时代的道德价值判断、善恶标准会限制史学家对过去的再现。这种基于某些共同的人性和道德感的限制，无疑是我

① Hayden White, "Historical Pluralism." *Critical Inquiry*, Vol. 12, No. 3, Spring 1986.

们判断某些历史再现的是非对错的一个底线。违背了这个底线的历史再现和研究,无疑就是错误的,会受到同行和公众的监督、指责。这是怀特的历史相对主义立场的进步之处,这也表明,多元主义和相对主义在倡导多样性、增殖性的同时,又承认某些普遍性的价值观念,如善、正义等。这似乎使得多元主义和相对主义都避免了极端的相对主义以至虚无主义的险境。

但是由此而来的问题是:多元主义和相对主义对某些普遍性观念的认可,又在证明着普遍性概念的合理性与正当性,这与其反对普遍性概念的理论基调是矛盾的。对怀特来说,一方面他认为对某一特定的历史事件的解释可以采用多元的相对主义立场,不存在一个普遍性的解释和评价标准;另一方面他又以一种普遍公认的标准去处理纳粹屠杀的再现问题。这种自相矛盾尽管可以表明相对主义的边界和底线,但亦表明了相对主义在解构绝对主义的同时,也在自我解构。就纯粹的学术活动而言,不需要附加任何的理论前提或价值预设。然而,任何的学术活动都无法做到完全的纯粹,都要受政治、意识形态有意无意的影响与干预。因而,对于如何再现纳粹屠杀事件,与其说这是一个历史知识层面的本体论范畴的问题,不如说这是一个关涉历史意义的理解层面的认识论范畴的问题。也就是说,历史学家对于纳粹屠杀的再现方式的选择,在这一事件何年何时何地发生等具体知识层面上,一般没有过多的冲突,他们的冲突在于以何种方式再现,表达何种意义,而这又是由历史学家的道德评判标准、审美标准所决定的。

同时存在的问题是,怀特尽管提出在有边界和底线的历史相对主义的理论框架中,可以追求历史事件再现的多样性,但他并没有解决接下来的问题,即我们如何在那些符合标准、遵守底线的历史再现中判断哪一种叙述和解释更加正确、更加完善呢?

在历史编纂的过程中,两个史学家尽管对很多相同的文献资料、档案记载进行搜集和整理,尽管他们的研究主题完全相同,但是最后他们的研究结论却可能大相径庭。就纳粹屠杀来说,不同的史学家面对许多同样的关于纳粹屠杀的文献、人物回忆录、传记、纪念馆等,并依据自身的理解对这一事件做出相同的或者不同的解释。比如,纳粹屠杀究竟是属于全人类的事件还是独属于犹太人的事件?这一事件的发生是现代性发展的必然结果还是德国人的某种特殊人格使然,或者是启蒙和理性的失败、人类文明的失败？对于这些问题的回答存在不同的声音和视角，没有定论，那么，当他们的结论不同甚至完全相反时，我们如何判断哪一个结论和解释更好呢？依据史学家对历史解释的深刻性、包容性，或者真实性、趣味性？正如伯克霍福所追问的："如果唯一的伟大故事的假设被抛弃，那么历史学者应该采用什么标准去判断一种历史的价值和优点？"①

显而易见，所谓历史再现的善恶边界的底线或标准，并不能从其他那些符合这个底线或标准的解释中产生出一个唯一的解释或者最好的解释。既然对过去发生的事情不存在单一的确定的解释，那么，这是否意味着，只要历史学家对于某一历史事件的叙述与当代的善恶标准、道德底线没有冲突，不论他们以什么方式，从何种视角和立场进行叙述，都同样真实，并具有同等的价值呢？这是否意味着所有的解释都是合理的？

如果按照怀特的理论来回答上述问题，那就是：史学家的这些叙述和解释具有同等的价值，也就是说，在善恶边界的范围之内，史学家对过去历史的再现都具有同等价值，不存在高低优劣之分，也不存在唯一正确的或者最好的解释。这样的回答正是与怀特所倡导的历史阐释的增殖性相契合的，也与其多元主义精神一脉相承，因为唯一正确的或最好的解释势必会排除其他解释存在的合理性。伯克霍福也说过："对唯一正确的或者最佳的阐释的探求将否定声音和视角的多样化。"② 怀特的这种理论主张对于批判传统史学对唯一的解释标准的追求有重要意义，从而解构了宏大叙事，解构了全知全能式的单一的叙事视角，以及包括种族中心主义、西方中心主义、人类中心主义等在内的任何形式的中心论。但是，怀特只是在理论层面提出这种构想，他并没有论述如何将这种理论构想运用于具体的实践中。

事实上，这种多元论的主张在实践中将遇到一个关键的难题，即，尽管同一个史学家在进行历史叙述或解释的时候运用多种视角，采用多声部的方式，避免独白式的叙述，尽管不同的史学家采用不同的情节建构模式、形式论证模式来研究同一个历史主题，并赋予其不同的意识形态意蕴，但是，这种看似多元的历史解释和研究并不一定会形成真正多元、多

① ［美］Robert F. Berkhofer, Jr.：《超越伟大故事：作为文本和话语的历史》，邢立军译，北京师范大学出版社 2008 年版，第 87 页。
② 同上书，第 89 页。

样的异质性的过去。正如伯克霍福所指出的，多元论多视角的历史容易提出和宣扬，但是不容易实现。① 在一个特定的历史文本之中，如何将多种视角和声音完善地结合在一起，真正实现多元共存的平等对话关系，仍然是一个没有解决的问题。

怀特的多元阐释理论主张所有的阐释之间都是平等的关系，没有高低优劣之分，多元化的前提就是对于他者的尊重，对于他者的声音、话语、价值观、生活方式的尊重，对于他者的知识、真理的真实性、客观性的尊重，而非一味地否定他者、贬低他者、排斥他者，只承认自己的真实、可靠、特权。但是，在具体的实践中，各种解释，各种视角、观点、声音并非都平等，"因为观点、声音和话语的真正世界的结构是由权力、等级和社会冲突所决定的"②。比如，在同一个文本中的男性话语与女性话语、霸权话语与受压制的话语、殖民话语与反殖民话语，尽管都在发出自己的声音，看似是一种平等、多元的关系，但是实质上，这些二元对立的话语是不平等的。此外，对于他者的定义和再现，往往不是由他者自己去完成，而是通过他者之外的其他历史学者。尽管历史学者将尽量地超越自身的文化框架去移情和想象他者的处境，但他们或多或少都不可避免地带着时代的烙印、自己的世界观和价值判断去实现这种由自身的世界到他者的世界的转换。历史学家在论述性别、种族、民族、宗教、阶级中的他者时，是能够超越自身的权力话语、政治范畴和意识形态系统，克服单一的视角和声音，还是盗用他者的经验，以绝对的权威和讲话的主体心态去表现他者，值得深思。

因而，不论是一个历史学家在一个文本中采用多种视角，还是多个历史学家在同样的一个文本中采用不同的声音，都面临着如何解释、贯通文本内的多种视角和声音的关系并做到真正的多元共存。"真正的多义性实

---

　　① 伯克霍福结合利默里克对美国西部历史的进行描写的著作，具体论述了多元论在实践层面上的一些尝试和局限。他认为，虽然利默里克试图讨论多种视角，但是，这些视角都被综合和统摄于历史学家自己的"宏大"的多元文化主义立场中，也就是将历史学者的立场当作总体视角，而不顾及其他的视角，历史学者的视角仍然是主导性的。伯克霍福对利默里克著作的详细讨论见 Robert F. Berkhofer, Jr.《超越伟大故事：作为文本和话语的历史》，邢立军译，北京师范大学出版社 2008 年版，第 291—298 页。

　　② ［美］Robert F. Berkhofer, Jr.:《超越伟大故事：作为文本和话语的历史》，邢立军译，北京师范大学出版社 2008 年版，第 342 页。

159

验很罕见,因为它们挑战了最终只有一种权威视角的一般历史范式。"①
这是多元论在实践层面的一个困境,也是怀特的相对主义思想没有解决的
难题。

此外,怀特的历史诗学理论尽管将多种声音、视角引入历史叙事中,
有利于实现历史的增殖,对于解构传统的唯一性、客观性、确定性的历史
阐释具有很大作用,强烈地冲击了我们对于历史的学科属性、历史与文学
的关系、好的历史应该是怎样的等问题的传统认识,但是,多元化也存在
着诸多弊端。其一,社会的多元化会使得社会群体处于一种破碎化的状
态,因而就不容易从整体背景、语境上去解释事件与事件之间的内在因果
联系,也不容易从宏观的角度去总体归纳这种联系的特征。其二,多元化
主张从特定的时空、特定的角度和立场去解释历史,具有相对性,但这也
在某种程度上遮蔽了历史解释的普遍性。对多元立场的激进追求容易导致
取消评判标准的虚无主义,如果诚如怀特所坚持的,多元立场之间是完全
的平等,没有对错、优劣,没有一种主导性的观点、立场、标准,那么,
不同的解释、不同的主张之间就会陷入一种无休止的争论。如何看待那些
互相冲突的历史叙事与解释?其三,多视角、多声音、零散化、碎片化的
历史叙事模式是否就可以完全取代单一性、先验性、整体化、统一化的历
史叙事,并且比后者更好地再现过去,更好地实现多元平等的阐释模式,
仍然是一个问题。

---

① [美] Robert F. Berkhofer, Jr.:《超越伟大故事:作为文本和话语的历史》,邢立军译,
北京师范大学出版社 2008 年版,第 312 页。

余 论
海登·怀特的理论贡献

　　海登·怀特的历史诗学理论由于其凌厉激烈的反叛意识、解构意识与探究意识备受国内外学界的关注，在历史学界、哲学界以及文艺批评界引起的广泛争议至今不息。因此，对海登·怀特理论贡献的探究具有十分重要的意义。王岳川《海登·怀特的新历史主义理论》、黄芸《真实·虚构·意义——海登·怀特的历史叙事理论评析》等论文涉及怀特理论的创新性问题，然而，目前国内学界对于怀特的理论贡献问题还没有给予足够的关注，因而还有进一步深入研究的必要性与空间。笔者将从怀特对于历史诗学理论的体系化建构、祛魅历史的反思批判精神及其对跨学科研究的实践三个方面来论述其理论贡献。

　　海登·怀特的理论构想并非空穴来风，如艾利克森所说的："任何新生代的价值观，都不是以发展成熟的形态从他们脑中跳出来的；它们早就在那儿，即便老一辈还不能清楚表达出来，它们已经存在了……年轻一代把上一代仍隐藏的想法宣扬出来，小孩子把父母忍住没说的话公然讲出来。"① 仔细考察怀特的历史诗学理论便可以发现，在怀特之前的包括柯林武德、克罗齐在内的许多历史学家、历史哲学家都提出过历史的主观建

---

① 转引自［美］乔伊斯·阿普尔比、林恩·亨特、玛格丽特·雅各布《历史的真相》，刘北成、薛绚译，中央编译出版社 1999 年版，第 281 页。

构性,而"诗学"、"历史诗学"的提法也并非始自怀特。① 以历史哲学家柯林武德为例,怀特对历史客观性的反思与批判,对历史主观性的强调等理论观点,与柯林武德都是一致的。

怀特在写关于中世纪教会史的博士论文时,就已经对柯林武德很感兴趣了。柯林武德认为,历史与自然科学虽然有相似之处,但存在本质不同。自然科学研究的是客观的物质、现象,而历史研究则不可能达到自然科学的那种客观,因为历史同时蕴含着客观发生过的事件和历史事件背后的主观思想。所以,柯林武德提出了"一切历史都是思想史"的观点。在他看来,传统的剪刀加糨糊的粘贴史学,只是对历史事件进行死板的排列与组合,只是史料的考订与堆积。历史并不是单纯的历史事件的过程罗列,不是对过去的机械照搬和模仿,而是"在历史学家自己的心灵中重演过去的思想"②。这种重演是在历史学家的知识结构和理论框架中完成的带有主观性的建构活动,蕴含着历史学家的想象力以及价值判断。柯林武德举例说明了他的观点,比如,一个研究恺撒的政治史家或战争史家,要想明白关于恺撒采取某些军事行动的记载,就需要弄清楚是什么思想使恺撒做出行动的决定,也就需要想象当时是什么样的局势,以及恺撒是怎么样想办法应对那种局势的。同样,一个研究柏拉图的哲学家在阅读柏拉图的著作时,要明白柏拉图的某些语句的含义,要明白柏拉图到底想表达

① 古希腊亚里士多德的《诗学》,是专门讨论诗艺本身以及诗的类型、数量、结构、技巧等的著作,这里的"诗学",不是仅指狭义的诗歌,而是指广义的文艺。亚里士多德将诗分为悲剧、喜剧和史诗,他在《诗学》里主要论述的是悲剧和史诗,《诗学》也因此被公认为西方文艺理论的奠基之作,正如车尔尼雪夫斯基所说:"《诗学》是第一篇最重要的美学论文,也是迄至前世纪末叶一切美学概念的根据。"(详见章安祺编订《缪灵珠美学译文集》第3卷,中国人民大学出版社1998年版,第368页)文学批评家瓦勒里也指出:"根据词源,诗学是指一切有关既以语言作为实体又以它作为手段的著作或创作,而不是指狭义的诗歌美学原则和规则。"(详见王先霈、王又平主编《文学批评术语词典》,上海文艺出版社1999年版,第133页)"历史诗学"最初由俄国的维谢洛夫斯基提出,他的代表作即《历史诗学》,而巴赫金则进一步发展了维谢洛夫斯基的"历史诗学",提出"狂欢化诗学"、"复调理论"等重要的诗学理论。维谢洛夫斯基、巴赫金与怀特研究的都是历史诗学,但是他们的根本区别在于研究对象的不同,前两者阐述的是诗学的发展历史,在历史的脉络中把握诗学,研究对象是诗学,而怀特阐述的是历史的诗性特质、历史的文学性,研究对象是历史。浙江大学翟恒兴的博士论文《走向历史诗学——海登·怀特的故事解释与话语转义理论研究》(2006)对此有较为详细的论述。
② [英]柯林武德:《历史的观念》,何兆武、张文杰译,商务印书馆2007年版,第303页。

的是什么，就必须在自己的思想与想象中去理解。也就是说，研究过去的事件或思想，要在研究者的心灵中想象并复原当时的具体情境，设身处地地去理解历史人物的所思所想。可以看出，柯林武德对历史与自然科学的区分，对传统的实证主义史学的批判，对历史学家的主观性特别是想象力的强调，与怀特是相通的。在《历史中的解释》、《作为文学制品的历史文本》等论文中，怀特曾多次强调了历史与科学的根本不同，积极倡导历史的文学性、想象力，并引用柯林武德来论证自己的观点。

　　除了柯林武德，怀特还经常引述列维·斯特劳斯、福柯、弗洛伊德、皮亚杰等人的观点来证明、支持自己的主张，他也曾明确表达过巴特对他的叙事理论研究的引领作用。在《元史学》的前言中，怀特曾坦言他的历史诗学理论中关于情节编织、形式论证和意识形态蕴含的论述，分别受益于弗莱、佩伯和曼海姆。① 可以说，怀特的历史诗学理论吸收、继承了包括历史学、哲学、社会学、心理学、文艺学等诸多学术领域中的研究成果。

　　问题在于，既然怀特的理论观点具有很大的继承性，历史的主观性、文学性等观点也并非他的独创。那么，他为什么还能在国内外学界引起如此大的反响和激烈批评？他的理论贡献又在何处呢？

　　笔者认为，怀特的历史诗学理论之所以备受关注与争议，一个重要的原因就在于他的理论有力地应和了当时的学术语境。20 世纪 70 年代，后现代主义思潮影响到历史学领域，形成了历史的"后现代"或"语言学"转向，解构了传统史学的客观性、科学性、语言的稳定性等概念，发掘历史的文本性、文本的歧义性和相对性。后现代主义的语言观、文本观、历史观无疑是备受争议的，也引起了学界的诸多批评。在这样的学术语境下，怀特提出他的历史诗学理论，倡导历史的文学性、主观性、语言性，在历史学领域中有力地应和了后现代主义的诸多观念，解构了历史学的科学神话与客观梦想，也就难免被作为后现代史学入侵传统史学的代表，难免备受批评与争议。尽管柯林武德、克罗齐等人也认识到历史与文学而非

---

　　① 海登·怀特根据弗莱《批评的剖析》中的线索提出四种情节化模式：浪漫剧、悲剧、喜剧和讽刺剧；根据史蒂芬·C. 佩伯在《世界的构想》中分析的构想的世界类型，提出了历史解释的推理性论证所采用的形式的四种范式：形式论的，有机论的，机械论的和语境论的；根据卡尔·曼海姆的《意识形态与乌托邦》，提出了四种基本的意识形态立场：无政府主义、保守主义、激进主义和自由主义。

科学更近，认识到历史的主观建构性，但是在当时强调客观、科学史学的主流话语下，他们的观点就像一个个势单力薄的小石子，不足以引起学界的狂风巨浪。

除了有力地应和了时代语境，乘势而行，怀特引起学界轩然大波的另一个重要原因在于，他建构了历史诗学理论的体系化大厦。历史编纂中所存在的诗性因素、历史的主观性，历史与文学的贯通性，历史学家所使用的语言的比喻修辞，这些理论观点并非怀特的原创，而是可见于柯林武德、克罗齐、利科、巴特等人的著述中。怀特受他们的影响与启发，在跨学科的学术背景下，借鉴、继承了他们的学术成果，为其历史诗学理论的提出奠定了坚固的基础。然而，怀特的理论又不仅仅是前人学术成果的简单拼盘与叠加，而是他根据自己的问题意识而进行的全新构建。

历史编纂与历史解释的主观性、历史与文学的相似性等学术观点，毕竟比较零散、琐碎，不足以构成一个全面的整体理论。而怀特的独特理论贡献正在于将前人零碎分散的学术成果构建成一个体系化的大厦，提出了一整套关于历史文本、历史解释、历史叙事的具体分析策略与方法。正如王岳川指出的，怀特的理论贡献不在于他所强调的历史的诗性，也不在于他肯定了历史编纂中虚构、想象、修辞等成分的作用，而在于他构建了一个完整的理论体系，提出了历史话语的三种解释策略，即情节编织、形式论证、意识形态论证，也就是说，"怀特是以整个体系的完整性显示出自己的实力的"①。

具体而言，情节编织包括四种类型的情节模式，即浪漫剧、喜剧、悲剧和讽刺剧，这四种情节模式为历史学家对事件进行解释提供了不同的效果，形式论证包括形式论、有机论、机械论和语境论四种方式，历史学家的意识形态立场则主要有四种：无政府主义、激进主义、保守主义和自由主义。历史话语的这三种解释策略之间存在某种亲和关系，这三种模式的综合就代表了历史学家的编纂风格。怀特认为，情节编织、形式论证、意识形态论证分别对应着历史学家对故事进行解释的三种方式，即审美的、认识论的和道德的。此外，怀特历史诗学理论的体系性和完整性还体现在他对历史叙事的语言的分析，对事件、年代记、编年史及严格意义的历史的区分，对转义理论的论述。

---

① 王岳川：《海登·怀特的新历史主义理论》，《天津社会科学》1997年第3期。

尽管怀特并非是主张历史的文学性、主观性的第一人，也并非是提出"历史诗学"的第一人，并且他的历史解释理论、历史叙事理论中的很多术语并非原创，而是吸收、借鉴弗莱、巴特、福柯、伽达默尔、柯林武德等文艺批评家、哲学家、历史哲学家的理论观点，将之整合成一个系统性的历史诗学理论体系。但是，怀特的贡献正在将前人的学术成果为己所用，实现一种整合性、系统性、体系化。这种整合并非一种简单的拼凑，而是怀特立足于自己对当代史学研究现状的反思而发出的深切呐喊，是在整合、反思基础上的探究、建构、深化。

如果说怀特的理论贡献之一在于建构了一个历史诗学理论的完整大厦，那么，他以其体系化的理论来对历史进行"祛魅"的反思批判态度，则是他的理论贡献之二。

历史学家总是在追求客观性，并且要努力让他们的历史编纂看起来有理有据。为此，他们要尽量掩盖其文本中的修辞性语言、情节编排、因果关系的连接等，使文本显得完全是客观事件的聚合，从而树立自己在某一领域的权威，树立历史学作为一门客观、真实的学科的权威，尽管这是以遮蔽历史中所蕴含的诗性因素为代价的，尽管这是以否定其他那些不符合"标准答案"、"权威答案"的解释、声音和视角为代价的。历史学家在以全知全能的视角讲述过去的时候，读者会误以为那就是历史，那就是历史在通过史学家的口在说话。这就制造了一种貌似权威、貌似超越了自己的意识形态和立场，貌似冷静客观、毫无主观偏见的假象。这种客观性立场无疑有其弊端。它比明确的意识形态宣传更可怕，因为所谓的客观、真实、中立的立场和权威的面纱更容易掩藏其真正的所指，更容易误导读者。

怀特的历史诗学理论正是为了揭开、去除这种所谓的客观、真实、单一的历史神话，反思并解构这种虚假的客观性、权威性，通过发掘历史编纂中的种种诗性建构因素来倡导和张扬历史的文本性，以及由此而来的多元性和异质性。

怀特在纳粹屠杀事件上的立场表明，历史事实能限定史学家的历史编纂、情节编排，一个关于屠杀的事实决定了史学家不能将其编写成喜剧、田园牧歌。这其中暗含着这样的信息，即史学家的历史编纂和历史研究要遵守人类基本的道德底线、善恶判断标准。这也是相对主义的一个最后的不能逾越的边界。可以说，历史事实这一概念缺乏严格而清晰的定义，具有很大的模糊性和复杂性。从怀特对历史事实与历史事件的区分也可以看出,历史事实既包含客观性,也有主观性。我们在确定哪些是历史事实,哪些不是历史事实的时候就已经含有价值判断、阐释和建构。因而,客观性仅仅是历史事实所包含的内容的一部分,而非全部。如果只是将历史事实作为全然客观的来进行历史编纂和研究,无疑会忽略掉史学家在进行历史编纂、历史再现、历史批评中的一个关键问题,即史学家是如何实现客观性这一高贵的梦想的?或者说,"文本是通过什么办法把表现性的东西掩饰为指涉性的东西的"。①

可是由此而来的问题是,既然历史事实中含有种种主观的价值判断因素,含有诸多的表现性的内容,那么,这是否意味着客观性的彻底消失?历史编纂、历史书写不可能客观?答案是否定的。首先,正如前文所论述过的,历史事实中的主观因素建立在相对客观的历史事件基础上,并非凭空臆造,这就决定了史学家对历史事实的阐释不可能是随意的,不可能将一个灾难性的历史事件阐释或归纳为喜剧性的;其次,尽管史学家不可能达到绝对的客观,但是可以达到相对的客观,正如澳大利亚学者麦卡拉(C. Behan McCullagh)所提出的可靠度的问题,也就是说,尽管从严格意义上说,历史学家并不知道,也不曾亲身体验过去所发生的事件,尽管他们对同一历史事件的描述常常互相冲突、矛盾,可以说,没有人能够真正地确认哪一种描述与过去完全吻合。但是,一般而言,具有大量不同证据所支持的、具有合理推论的历史描述通常比其他的描述更具有可靠性。②

怀特对历史诗性的强调只是为了表明,历史事实中存在建构因素,他并不反对历史客观性本身,就像他对历史事件的承认,对纳粹屠杀的承认,对公认的道德评价标准的承认。从这个意义来说,怀特并不是批评家所说的语言决定论者,也不是一个允许随意解释历史的取消一切标准的相对主义者,他对历史的语言性、文本性、相对性的强调,并不等于他就主张让这些因素统治历史,将历史变成语言的游戏场,变成独立于道德、政治的纯粹学术推理,可以不受任何限制地解释历史。对怀特而言,历史的

---

① [美] Robert F. Berkhofer, Jr. :《超越伟大故事:作为文本和话语的历史》,邢立军译,北京师范大学出版社 2008 年版,第 102 页。

② [澳] C. Behan McCullagh:《历史的逻辑:把后现代主义引入视域》,张秀琴译,北京师范大学出版社 2008 年版,第 18—21 页。

种种诗性特质与历史的客观真实性并不是截然对立的关系，这二者分别是历史的两张面孔，不可偏废。

安克斯密特曾指出，怀特之所以备受历史学家批评的原因在于他似乎不承认历史的客观真实性，然而，这些批评没有依据，也不明智。① 因为对怀特而言，他指出历史编纂中的种种诗性建构因素，其目的并不是为了彻底否认历史真实，也不是为了证明史学家不可能实现历史真实，而是以此表达对再现历史事实的真实性问题的担忧。也就是说，在作为历史真实的过去发生的事件与历史学家对真实事件的比喻再现之间，并不是完全等同的关系，无疑使这二者等同的客观实证主义史学陷入了一种错误的幻觉中。当然，历史再现中的比喻诗性因素不会阻碍历史真实的实现，因为过去并不是被动地等待历史学家的再现，过去也不是乏味枯燥的数据、文献的陈列，而是真实的事件与历史学家的诗性灵魂产生共鸣的产物。传统历史学家对历史的客观性，对历史的科学属性的过于强调，以及对历史诗性的贬低，对历史再现中文学风格、语言的排斥，都使得历史学日益生硬，失去其特有的学科属性与尊严。而怀特的贡献就在于，他提醒我们，所谓的绝对真实不过是个神话，是一种自我麻痹的幻觉，在真实本身与主观的智力建构之间，在历史事件与比喻再现之间，不是完全对等的，历史学家对历史事件的再现不是通过一种生搬硬套的驯服的方式，而是用敏锐的诗性的方式将过去生动化，以多种比喻视角、多种风格、多种情节模式来实现历史真实。这是怀特理论的独特价值，正如安克斯密特所言的："当普通的历史学家仅仅固守于一种比喻，怀特的比喻理论的确将常常扮演我们与历史真实之间的镜子的功能。"②

语言、文化的意义的不确定性、差异性，史学家个人的偏见、信仰、兴趣、想象，都使得传统的绝对客观性不再可能。但是，这并不等于彻底取消了历史客观性。怀特对于历史事实的阐释与理解给我们的启示在于，在语言学转向、后现代主义的语境下，不能再固守于传统的客观性的神秘梦幻，不能将历史事实理解为被史学家"发现"的或者"给定"的，但是，也不能走向另一个极端，认为历史事实只是由史学家"创造"的、

---

① F. R. Ankersmit, "Hayden White's Appeal to the Historians." *History and Theory*, Vol. 37, No. 2, May 1998.

② Ibid.

"发明"的,而应该将它理解为前者与后者的融合,既有发现、给定的成分,也有创造、发明的成分。在这个意义上说,怀特的理论观点解构了传统的主观与客观、历史与虚构的二元对立,将看似矛盾的双方融合、统一起来,也许,这种立场才是更为辩证和全面的。

事实上,我们在说"历史"与"文学","历史"与"非历史"的时候,已经暗含了对历史这门学科的独特性的肯定,暗含了对历史的某些基本特征的预设,也暗含了历史与"文学"等"非历史"学科之间存在边界。没有这种肯定、预设和边界,历史也就不能成为历史,而丧失了特定所指的历史也就可以随意阐释,可以随意将历史解读为"科学"、"文学"等其他学科。对于怀特来说,他显然不是为了取消历史的学科属性,而是为了重新树立历史的学科独立性,使它不再沦为科学与艺术的附庸,不再尴尬地徘徊于科学与艺术的中间地带。

因此,怀特对传统史学观念中的客观性的质疑与批评,不等于要彻底取消客观性,而是说,这种客观性的一元论立场排除了其他阐释的可能性,从而容易导致本质主义、普遍主义、极权主义。针对别人批评他在历史认识论立场上陷入一种怀疑主义的境地,怀特认为,他一直将怀疑主义作为任何一种科学的世界观的必要组成部分,以及对教条主义、独断论的必要反对。① 也就是说,怀特对传统史学的客观性、真实性等观念的质疑,并不是为了质疑而质疑,而是出于对一种更加完善、更加客观真实的历史认识论的追求,从而祛魅传统史学的独断论、一元论。

此外,怀特的历史诗学理论为当今的学术研究提供了另一种思路,即倡导一种多元化、增殖性的研究,而非追求唯一的正确答案。同时怀特还为我们进行跨学科研究树立了研究范式,成为跨学科研究的典范。这是怀特的理论贡献之三。

怀特学生时代对历史、哲学、社会学、心理学、文学的广泛涉猎和深厚的知识积累已经奠定了他以后跨学科研究的基础。在怀特第一篇代表性的学术论文《历史的负担》中,他不满于历史介于科学与艺术中间的尴尬地位,不满于当代历史学家对历史的科学性的强调以及他们对历史的文学性的排斥,提出历史学家应该通过借鉴文学艺术的再现手法及叙事技

---

① Hayden White, "The Public Relevance of Historical Studies: A Reply to Dirk Moses." *History and Theory*, Vol. 44, No. 3, October 2005.

巧，以重新建立历史学的尊严。怀特认为，如果当代的历史研究过于强调历史的科学性、客观性，排斥历史的文学性，那就等于让历史片面化；如果历史附属于科学的旗下，却被排除于一级科学的门外，仅作为"科学的第三级形式"，那么这样的历史无疑是毫无尊严的。因此，怀特积极倡导历史的文学性，以文学所特有的再现风格、再现策略为历史生成一张生动的面孔。

如果说《历史的负担》只是初步显示了怀特对历史文学性的强调，还不足以构成跨学科研究，那么，他的第一部著作《元史学》，由于运用当代文学艺术、社会学、语言学、政治学等理论来分析 19 世纪欧洲的一些著名历史学家、历史哲学家的著作，提出历史诗学理论，则充分彰显了怀特广博的学术积淀，显示了他跨学科研究的强劲势头。在《元史学》之后的《话语的转义》、《形式的内容》等著作中，怀特将语言学、叙事学、解释学与历史研究中的相关问题联系起来进行探究，不断完善历史诗学理论的体系，打通了历史与文学的坚固壁垒，成为跨学科研究的典范。

综上所述，尽管怀特的历史诗学理论具有很大的继承性和整合性，尽管这一理论有赞同者，有反对者，且备受学界的争议，然而可以肯定的是，这一理论以其系统性、完整性在史学领域有力地呼应了后现代的学术语境，在坚守历史事件的客观性、人类基本的道德判断标准的前提下，质疑并祛魅了传统的历史客观性、真实性观念，倡导一种多元主义的增殖性研究思路，打破历史与文学的疆界，实现跨学科研究。这是怀特及其理论对当今学界所作出的不容忽视的贡献。

参考文献

中文文献

一 海登·怀特的著作

海登·怀特:《后现代历史叙事学》,陈永国、张万娟译,中国社会科学出版社2003年版。

海登·怀特:《元史学:十九世纪欧洲的历史想像》,陈新译,译林出版社2004年版。

海登·怀特:《形式的内容:叙事话语与历史再现》,董立河译,文津出版社2005年版。

海登·怀特:《话语的转义:文化批评文集》,董立河译,大象出版社、北京出版社2011年版。

二 评述研究及其他辅助性书目

理查德·艾文斯:《捍卫历史》,张仲民、潘玮琳、章可译,广西师范大学出版社2009年版。

德瑞克·阿特兹、格尔夫·本尼顿、罗伯特·杨编:《历史哲学:后结构主义路径》,夏莹、崔唯航译,北京师范大学出版社2009年版。

汉娜·阿伦特等:《耶路撒冷的艾希曼:伦理的现代困境》,孙传钊译,吉林人民出版社2003年版。

F. R. 安克施密特:《历史与转义:隐喻的兴衰》,韩震译,文津出版社2005年版。

乔伊斯·阿普尔比、林恩·亨特、玛格丽特·雅各布:《历史的真相》,刘北成、薛绚译,中央编译出版社1999年版。

F. H. 布莱德雷：《批判历史学的前提假设》，何兆武、张丽艳译，北京大学出版社 2007 年版。

马克·布洛赫：《为历史学辩护》，张和声、程郁译，中国人民大学出版社 2006 年版。

齐格蒙·鲍曼：《现代性与大屠杀》，杨渝东、史建华译，译林出版社 2002 年版。

包亚明主编：《一种疯狂守护着思想——德里达访谈录》，何佩群译，上海人民出版社 1997 年版。

奥诺雷·德·巴尔扎克：《巴尔扎克论文艺》，艾珉、黄晋凯选编，袁树仁等译，人民文学出版社 2003 年版。

R. F. 伯克霍福：《超越伟大故事：作为文本和话语的历史》，刑立军译，北京师范大学出版社 2008 年版。

罗兰·巴特：《文之悦》，屠友祥译，上海人民出版社 2002 年版。

罗兰·巴特：《符号学原理》，李幼蒸译，中国人民大学出版社 2008 年版。

陈启能、倪为国主编：《书写历史》第 1 辑，生活·读书·新知三联书店 2004 年版。

陈启能、王学典、姜梵主编：《消解历史的秩序》，山东大学出版社 2006 年版。

陈恒、耿相新主编：《新史学·后现代：历史、政治和伦理》第 5 辑，大象出版社 2006 年版。

陈恒、耿相新主编：《新史学·纳粹屠犹：历史与记忆》第 8 辑，大象出版社 2007 年版。

陈建守主编：《史家的诞生：探访西方史学殿堂的十扇窗》，戴丽娟、谢柏辉等译，时英出版社 2008 年版。

莎蒂亚·德鲁里：《亚历山大·科耶夫：后现代政治的根源》，赵琦译，新星出版社 2007 年版。

雅克·德里达：《论文字学》，汪堂家译，上海译文出版社 2005 年版。

雅克·德里达：《马克思的幽灵》，何一译，中国人民大学出版社 2008 年版。

雅克·德里达：《〈友爱的政治学〉及其他》，胡继华等译，吉林人民出版社 2006 年版。

埃娃·多曼斯卡编:《邂逅:后现代主义之后的历史哲学》,彭刚译,北京大学出版社 2007 年版。

杜小真、张宁主编:《德里达中国讲演录》,中央编译出版社 2002 年版。

威廉·狄尔泰:《历史中的意义》,艾彦、逸飞译,中国城市出版社 2002 年版。

弗朗西斯·福山:《历史的终结及最后之人》,黄胜强、许铭原译,中国社会科学出版社 2003 年版。

诺斯罗普·弗莱:《批评的剖析》,陈慧、袁宪军、吴伟仁译,百花文艺出版社 2006 年版。

彼得·盖伊:《历史学家的三堂小说课》,刘森尧译,北京大学出版社 2006 年版。

葛红兵:《文学史学》,湘潭大学出版社 2008 年版。

葛兆光:《中国思想史导论》,复旦大学出版社 2001 年版。

约翰·格雷:《自由主义的两张面孔》,顾爱彬、李瑞华译,江苏人民出版社 2002 年版。

埃里克·霍布斯鲍姆:《史学家:历史神话的终结者》,马俊亚、郭英剑译,上海人民出版社 2002 年版。

韩震、孟鸣歧:《历史·理解·意义——历史诠释学》,上海译文出版社 2002 年版。

韩震、董立河:《历史学研究的语言学转向——西方后现代主义历史哲学研究》,北京师范大学出版社 2008 年版。

胡亚敏编:《文学批评与文化批判》,华中师范大学出版社 2007 年版。

黄进兴:《后现代主义与史学研究》,生活·读书·新知三联书店 2008 年版。

莫里斯·哈布瓦赫:《论集体记忆》,毕然、郭金华译,上海人民出版社 2002 年版。

维斯拉夫·基拉尔:《死亡的回忆:奥斯威辛五年》,李平、裴明仁译,上海译文出版社 1989 年版。

安·科什那:《莎拉的礼物:母亲经历过的大屠杀岁月》,杨晋译、新星出版社 2009 年版。

马克·柯里:《后现代叙事理论》,宁一中译,北京大学出版社 2003 年版。

道格拉斯·凯尔纳等：《后现代理论——批评性质疑》，中央编译出版社
　1999年版。

R. G. 柯林武德：《柯林武德自传》，陈静译，北京大学出版社2005年版。

R. G. 柯林武德：《历史的观念》，何兆武、张文杰译，商务印书馆2007
　年版。

B. 克罗奇：《作为思想和行动的历史》，田时纲译，中国社会科学出版社
　2005年版。

B. 克罗奇：《历史学的理论和历史》，田时纲译，中国社会科学出版社
　2005年版。

E. H. 卡尔：《历史是什么？》，陈恒译，商务印书馆2008年版。

保罗·利科：《历史与真理》，姜志辉译，上海译文出版社2004年版。

保罗·利科：《活的隐喻》，汪堂家译，上海译文出版社2006年版。

M. C. 莱蒙：《历史哲学：思辨、分析及其当代走向》，毕芙蓉译，北京师
　范大学出版社2009年版。

林同奇：《人文寻求录：当代中美著名学者思想辨析》，新星出版社2006
　年版。

罗钢：《叙事学导论》，云南人民出版社1995年版。

C. B. 麦卡拉：《历史的逻辑：把后现代主义引入视域》，张秀琴译，北京
　师范大学出版社2008年版。

彼得·诺维克：《那高尚的梦想："客观性问题"与美国历史学界》，杨豫
　译，生活·读书·新知三联书店2009年版。

弗里德里希·尼采：《历史的用途与滥用》，陈涛、周辉荣译，上海人民
　出版社2005年版。

希拉里·普特南：《理性、真理与历史》，童世骏、李光程译，上海译文
　出版社2005年版。

彭刚：《叙事的转向：当代西方史学理论的考察》，北京大学出版社2009
　年版。

费尔迪南·索绪尔：《普通语言学教程》，高名凯译，商务印书馆1980
　年版。

威廉·斯威特主编：《历史哲学：一种再审视》，魏小巍、朱舫译，北京
　师范大学出版社2008年版。

盛宁：《人文困惑与反思——西方后现代主义思潮批判》，生活·读书·

173

新知三联书店 1997 年版。

史景迁：《王氏之死：大历史背后的小人物命运》，李璧玉译，上海远东出版社 2005 年版。

A. J. 汤因比等：《历史的话语》，张文杰编，广西师范大学出版社 2002 年版。

W. H. 沃尔什：《历史哲学导论》，何兆武、张文杰译，北京大学出版社 2008 年版。

哈拉尔德·韦尔策编：《社会记忆：历史、回忆、传承》，季斌、王立君等译，北京大学出版社 2007 年版。

王炎：《奥斯维辛之后：犹太大屠杀记忆的影像生产》，生活·读书·新知三联书店 2007 年版。

王岳川：《当代西方最新文论教程》，复旦大学出版社 2008 年版。

王晴佳、古伟瀛：《后现代与历史学——中西比较》，山东大学出版社 2003 年版。

王逢振：《交锋：21 位著名批评家访谈录》，上海人民出版社 2007 年版。

汪民安、陈永国、张云鹏主编：《现代性基本读本》，河南大学出版社 2005 年版。

王先霈、王又平主编：《文学批评术语词典》，上海文艺出版社 1999 年版。

罗伯特·休斯：《文学结构主义》，刘豫译，生活·读书·新知三联书店 1988 年版。

格特鲁德·希梅尔法布：《新旧历史学》，余伟译，新星出版社 2007 年版。

斯图亚特·西姆：《德里达与历史的终结》，王昆译，北京大学出版社 2005 年版。

谢少波、王逢振编：《文化研究访谈录》，中国社会科学出版社 2003 年版。

亚里士多德：《诗学》，陈中梅译，商务印书馆 1996 年版。

格奥尔格·伊格尔斯：《二十世纪的历史学——从科学的客观性到后现代的挑战》，何兆武译，辽宁教育出版社 2003 年版。

特里·伊格尔顿：《后现代主义的幻象》，华明译，商务印书馆 2000 年版。

特里·伊格尔顿：《二十世纪西方文学理论》，伍晓明译，北京大学出版社 2007 年版。

章安祺编订：《缪灵珠美学译文集》，中国人民大学出版社 1998 年版。

章安祺、黄克剑、杨慧林：《西方文艺理论史——从柏拉图到尼采》，中国人民大学出版社 2007 年版。

张进：《新历史主义与历史诗学》，中国社会科学出版社 2004 年版。

张京媛编：《新历史主义与文学批评》，北京大学出版社 1993 年版。

基思·詹金斯：《论"历史是什么"——从卡尔和艾尔顿到罗蒂和怀特》，江政宽译，商务印书馆 2007 年版。

三　主要期刊论文

弗兰克·安克斯密特：《为历史主观性而辩》（上），陈新译，《学术研究》2003 年第 3 期。

弗兰克·安克斯密特：《为历史主观性而辩》（下），陈新译，《学术研究》2003 年第 4 期。

B. 巴恩斯、D. 布鲁尔：《相对主义、理性主义和知识社会学》，鲁旭东译，《哲学译丛》2000 年第 1 期。

白林：《论历史相对主义和客观评价的可能性》，贺若璧译，《国外社会科学文摘》1961 年第 10 期。

程光泉：《后现代性与历史学的焦虑》，《东岳论丛》2004 年第 2 期。

陈新：《诗性预构与理性阐释——海登·怀特和他的〈元史学〉》，《河北学刊》2005 年第 3 期。

陈新：《当代西方历史哲学的若干问题》，《东南学术》2003 年第 6 期。

陈新：《实验史学：后现代主义在史学领域的诉求》，《北京师范大学学报》2004 年第 5 期。

陈新：《历史·比喻·想象——海登·怀特历史哲学述评》，《史学理论研究》2005 年第 2 期。

陈永国，朴玉明：《海登·怀特的历史诗学：转义、话语、叙事》，《外国文学》2001 年第 6 期。

江天骥：《相对主义的问题》，李涤非译，《世界哲学》2007 年第 2 期。

克里夫德·吉尔兹：《反"反相对主义"》，李幼蒸译，《史学理论研究》1996 年第 2 期。

克里夫德·吉尔兹：《反"反相对主义"》（续），李幼蒸译，《史学理论研究》1996 年第 3 期。

林庆新：《历史叙事与修辞——论海登·怀特的话语转义学》，《国外文学》2003 年第 4 期。

刘秉毅：《价值多元主义与相对主义》，《科教文汇》2008 年 8 月下旬刊。

刘北成：《后现代主义、现代性和史学》，《史学理论研究》2004 年第 2 期。

李鹏程：《文化相对主义的意义和问题》，《中国人民大学学报》2007 年第 6 期。

马文通：《马丁·海德格尔，纳粹主义和犹太大屠杀》，《读书》1997 年第 2 期。

马庆珏：《对文化相对主义的反思》，《哲学研究》1997 年第 4 期。

彭刚：《叙事、虚构与历史——海登·怀特与当代西方历史哲学的转型》，《历史研究》2006 年第 3 期。

彭刚：《历史事实与历史解释——20 世纪西方史学理论视野下的考察》，《北京师范大学学报》2010 年第 2 期。

王岳川：《海登·怀特的新历史主义理论》，《天津社会科学》1997 年第 3 期。

王岳川：《历史与文本的张力结构》，《人文杂志》1999 年第 4 期。

王晓升：《道德相对主义的方法论基础批判——兼谈普遍伦理的可能性》，《哲学研究》2001 年第 2 期。

汪德飞、严火其：《温和的相对主义不可避免》，《自然辩证法研究》2010 年第 4 期。

R. T. 汪：《转向语言学：1960—1975 年的历史与理论和〈历史与理论〉》，陈新译，《哲学译丛》1999 年第 3 期。

R. T. 汪：《转向语言学：1960—1975 年的历史与理论和〈历史与理论〉》（续），陈新译，《哲学译丛》1999 年第 4 期。

凯斯·文沙特尔：《西方历史编纂学的后现代转向批判》，李凌翔译，《东岳论丛》2004 年第 4 期。

徐贲：《海登·怀特的历史喻说理论》，《苏州大学学报》1993 年第 3 期。

徐贲：《平庸的邪恶》，《读书》2002 年第 8 期。

徐贲：《"后"学和价值相对论》，《文艺研究》2003 年第 4 期。

徐贲：《“记忆窃贼”和见证叙事的公共意义》，《外国文学评论》2008 年第 1 期。

乐黛云：《文化相对主义与跨文化文学研究》，《文学评论》1997 年第 4 期。

安洛特·易布斯：《绝对主义·相对主义·多元主义——论文化多元社会中的阅读活动》，龚刚译，《文艺理论研究》1996 年第 2 期。

张汝伦：《正义是否可能?》，《读书》1996 年第 6 期。

张耕华：《关于历史认识论的几点思考》，《历史研究》1995 年第 4 期。

张永华：《后现代观念与历史学》，《史学理论研究》1998 年第 2 期。

赵世瑜：《历史学即史料学：关于后现代史学的反思》，《学术研究》2004 年第 4 期。

英文文献

一 Hayden White（海登·怀特）的主要著作

（一）专著：

White，Hayden，*Metahistory*：*The Historical Imagination in Nineteenth-Century Europe*，Baltimore and London：The Johns Hopkins University Press，1973.

（二）论文集：

White，Hayden. *Tropics of Discourse*：*Essays in Cultural Criticism*，Baltimore and London：The Johns Hopkins University Press，1978.

White，Hayden，*The Content of the Form*：*Narrative Discourse and Historical Representation*. Baltimore and London：The Johns Hopkins University Press，1987.

White，Hayden，*Figural Realism*：*Studies in the Mimesis Effect*. Baltimore and London：The Johns Hopkins University Press，1999.

（三）主要论文：

White，Hayden，"The Abiding Relevance of Croce's Idea of History." *The Journal of Modern History*，Vol. 35，No. 2（Jun.，1963）：110 – 124.

White，Hayden. "The Burden of History." *History and Theory*，Vol. 5，

No. 2 （1966）: 111 – 134.

White, Hayden, "Literary History: The Point of It All. " *New Literary History*, Vol. 2, No. 1, （Autumn, 1970）: 173 – 185.

White, Hayden, "Foucault Decoded: Notes from Underground. " *History and Theory*, Vol. 12, No. 1 （1973）: 23 – 54.

White, Hayden, "Interpretation in History. " *New Literary History*, Vol. 4, No. 2, （1972 – 1973）: 281 – 314.

White, Hayden, "Historicism, History, and the Figurative Imagination. " *History and Theory*, Vol. 14, No. 4, （Dec. , 1975）: 48 – 67.

White, Hayden, "Review: Criticism as Cultural Politics. " *Diacritics*, Vol. 6, No. 3 （Autumn 1976）: 8 – 13.

White, Hayden, "The Absurdist Moment in Contemporary Literary Theory. " *Contemporary Literature*, Vol. 17, No. 3 （Summer 1976）: 378 – 403.

White, Hayden, "Literature and Social Action: Reflections on the Reflection Theory of Literary Art. " *New Literary History*, Vol. 11, No. 2 （Winter 1980）: 363 – 380.

White, Hayden, "The Value of Narrativity in the Representation of Reality. " *Critical Inquiry*, Vol. 7, No. 1, （Autumn 1980）: 5 – 27.

White, Hayden, "The Narrativization of Real Events. " *Critical Inquiry*, Vol. 7, No. 4 （Summer 1981）: 793 – 798.

White, Hayden, "Conventional Conflicts. " *New Literary History*, Vol. 13, No. 1 （Autumn 1981）: 145 – 160.

White, Hayden, "Getting out of History. " *Diacritics*, Vol. 12, No. 3 （Autumn 1982）: 2 – 13.

White, Hayden, "The Politics of Historical Interpretation: Discipline and De-Sublimation. " *Critical Inquiry*, Vol. 9, No. 1 （Sep. , 1982）: 113 – 137.

White, Hayden, "The Question of Narrative in Contemporary Historical Theory. " *History and Theory*, Vol. 23, No. 1 （Feb. , 1984）: 1 – 33.

White, Hayden, "Historical Pluralism. " *Critical Inquiry*, Vol. 12, No. 3 （Spring, 1986）: 480 – 493.

White, Hayden, "Historiography and Historiophoty. " *The American Historical Review*, Vol. 93, No. 5 （Dec. , 1988）: 1193 – 1199.

White, Hayden, "The Rhetoric of Interpretation." *Poetics Today*, Vol. 9, No. 2, (1988): 253 – 274.

White, Hayden, "Response to Arthur Marwick." *Journal of Contemporary History*, Vol. 30, No. 2 (Apr., 1995): 233 – 246.

White, Hayden, "The Public Relevance of Historical Studies: A Reply to Dirk Moses." *History and Theory*, Vol. 44, No. 3 (Oct., 2005): 333 – 338.

White, Hayden and Erlend Rogne, "The Aim of Interpretation is to Create Perplexity in the Face of the Real: Hayden White in Conversation with Erlend Rogne." *History and Theory*, Vol. 48 (Feb., 2009): 63 – 75.

Domanska, Ewa, Hans Kellner and Hayden White, "Interview: Hayden White: The Image of Self-Presentation." *Diacritics*, Vol. 24, No. 1 (Spring 1994): 91 – 100.

二　评述研究及其他辅助性书目

Ankersmit, Franklin R, *History and Tropology: The Rise and Fall of Metaphor*, Berkeley and London: University of California Press, 1994.

Ankersmit, Franklin R, "Hayden White's Appeal to the Historians." *History and Theory*, Vol. 37, No. 2 (May 1998): 182 – 193.

Audi, Robert, ed., *The Cambridge Dictionary of Philosophy* (Second Edition), Cambridge, New York: Cambridge University Press, 1999.

Braun, Robert, "The Holocaust and Problems of Historical Representation." *History and Theory*, Vol. 33, No. 2 (May 1994): 172 – 197.

Carroll, Noel, "Review: Tropology and Narration." *History and Theory*, Vol. 39, No. 3 (Oct., 2000): 396 – 404.

Clive, John, "Review of Metahistory." *The Journal of Modern History*, Vol. 47, No. 3 (Sep., 1975): 542 – 543.

Dray, William, "Review of The Content of the Form." *History and Theory*, Vol. 27, No. 3 (Oct., 1988): 282 – 287.

Domanska, Ewa, *Encounters: Philosophy of History after Postmodernism*, Charlottesville: University of Virginia Press, 1998.

Domanska, Ewa, "Hayden White: Beyond Irony." *History and Theory*, Vol.

37, No. 2 (May 1998): 173 – 181.

Flores, Ralph, "Review of The Content of the Form. " *MLN*, Vol. 102, No. 5, Comparative Literature (Dec. , 1987): 1191 – 1196.

Friedlander, Saul, ed. , *Probing the Limits of Representation*: *Nazism and the "Final Solution"*, Cambridge, Massachusetts and London: Harvard University Press, 1992.

Gunn, Giles, "Review. " *American Literature*, Vol. 52, No. 4 (Jan. , 1981): 649 – 653.

Ginzburg, Carlo, "Checking the Evidence: The Judge and the Historian. " *Critical Inquiry* 18 (1991): 79 – 92.

Hunt, Lynn, ed. , *The New Cultural History*, Berkeley Los Aangeles and London: University of California Press, 1989.

Johnston, William, "Review. " *The Journal of Modern History*, Vol. 52, No. 1 (Mar. , 1980): 122 – 124.

Kellner, Hans, " 'Never Again' is Now. " *History and Theory*, Vol. 33, No. 2 (May 1994): 127 – 144.

Kansteiner, Wulf, "Hayden White's Critique of the Writing of History. " *History and Theory*, Vol. 32, No. 3 (Oct. , 1993): 273 – 295.

Kansteiner, Wulf, "Searching for an Audience: The Historical Profession in the Media Age—A Comment on Arthur Marwick and Hayden White. " *Journal of Contemporary History*, Vol. 31, No. 1 (Jan. , 1996): 215 – 219.

King, Richard. "Review of the Content of the Form. " *Journal of American Studies*, Vol. 23, No. 1, Sex and Gender in American Culture (Apr. , 1989): 180.

Lloyd, Christopher, "For Realism and Against the Inadequacies of Common Sense: A Response to Arthur Marwick. " *Journal of Contemporary History*, Vol. 31, No. 1 (Jan. , 1996): 191 – 207.

Leff, Gordon, "Review of Metahistory. " *The Pacific Historical Review*, Vol. 43, No. 4 (Nov. , 1974): 598 – 600.

Lang, Berel, "Is It Possible to Misrepresent the Holocaust. " *History and Theory*, Vol. 34, No. 1 (Feb. , 1995): 84 – 89.

Lacapra, Dominick, "Review of Tropics of Discourse. " *MLN*, Vol. 93, No.

5 (Dec. , 1978): 1037 – 1043.

Lacapra, Dominick, "Review of The Content of the Form." *The American Historical Review*, Vol. 93, No. 4 (Oct. , 1988): 1007 – 1008.

Megill, Allan, "Review of Figural Realism." *The Journal of Modern History*, Vol. 72, No. 3 (Sep. , 2000): 777 – 778.

Marwick, Arthur, "Two Approaches to Historical Study: The Metaphysical (Including 'Postmodernism') and the Historical." *Journal of Contemporary History*, Vol. 30, No. 1 (Jan. , 1995): 5 – 35.

Pierson, Stanley, "Review of Metahistory." *Comparative Literature*, Vol. 30, No. 2 (Spring 1978): 178 – 181.

Partner, Nancy, "Hayden White: The Form of the Content." *History and Theory*, Vol. 37, No. 2 (May 1998): 162 – 172.

Roth, Michael, "Review: Cultural Criticism and Political Theory: Hayden White's Rhetorics of History." *Political Theory*, Vol. 16, No. 4 (Nov. , 1988): 636 – 646.

Rubino, Carl A, "Review of Metahistory." *MLN*, Vol. 91, No. 5, Centennial Issue: Responsibilities of the Critic (Oct. , 1976): 1131 – 1135.

Southgate, Beverley, "History and Metahistory: Marwick Versus White." *Journal of Contemporary History*, Vol. 31, No. 1 (January 1996): 209 – 214.

Stone, Lawrence, "The Revival of Narrative: Reflection on a New Old History." *Past and Present*, No. 85 (Nov. , 1979): 3 – 24.

Stone, Lawrence, "History and Post-Modernism." *Past and Present*, No. 135 (May 1992): 189 – 208.

Tambling, Jeremy, "Review." *The Modern Language Review*, Vol. 96, No. 2 (Apr. , 2001): 452 – 454.

Zagorin, Perez, "Historiography and Postmodernism: Reconsiderations." *History and Theory*, Vol. 29, No. 3 (Oct. , 1990): 263 – 274.

后　记

选择海登·怀特来研究并不是一个轻松的任务。在这过程中，我曾经为烦琐的资料整理苦恼过，也为研究难题焦虑过，也曾经因某一论题的豁然开朗而开怀大笑过。尽管书稿中一定还存在着诸多疏漏和不足之处，然我已努力付出过，踏实地耕耘过，即使结出的是一颗尚未成熟的青果，我也将珍惜这段单纯耕作的时光和其中的快乐。

是的，我必将怀念这段时光。最怀念的，将会是那些帮助我、鼓励我、陪伴我的人们。一路走来，他们的存在让我感觉到一种温暖。我的导师章安祺先生，从我博士论文的选题到最后的定稿，都始终不断地给予耐心指导和谆谆教诲。先生严谨的治学态度、开阔的学术视野以及宽厚包容的学者情怀，都深深地感染并影响着我，引领我走进了西方文学与文艺理论的神奇思想世界，并使我于广阔的学术世界中选取海登·怀特作为博士论文的研究对象，带着自己的问题意识去学习、分析、探究、辨析海登·怀特思想中的复杂性与多元性。除了在学业上和知识上帮助我，先生还经常在生活上关心和鼓励我。先生的严谨负责、沉稳正直以一种"不言之教"的方式影响着我并使我明白，为学重要，然而做一个善良正直的有尊严的人更为重要。恩师之教导与关怀，我将铭记在心。感谢中国人民大学文学院的杨慧林教授、耿幼壮教授、杨恒达教授、范方俊教授以及外国语学院的张勇先教授、郭军教授等，给予我诸多的帮助、指导。感谢我的师兄韩振江、王涛、苏醒，师姐李先游，感谢他们对我的关心和鼓励。

工作期间，特别感谢云南师范大学对于科研工作的重视和支持，使本书能够顺利出版。感谢文学院的领导在工作、生活方面给予的帮助。

本书的大部分章节曾以单篇论文的形式发表于《清华大学学报》、《南京大学学报》、《国外文学》等学术刊物，感谢这些刊物的编辑老师！

在此，我特别想对《清华大学学报》的仲伟民编审说一声谢谢！他对年轻的学术研究者的善意关怀和扶持，显示了人与人之间一种无功利无目的的纯粹关系，让我感动，也让我感恩。

最后，我想感谢我的家人。他们一直在我的身后，作为一种无言的力量而存在，支持我、鼓励我、包容我，分担我的忧虑，分享我的喜悦。他们是我内心深处最温暖的慰藉。

王　霞
二零一四年三月七日于昆明